MARC HOFMANN

HORVATH AUF DER FLUCHT

DES LEHRERS DRITTER FALL

KNAUR

Besuchen Sie uns im Internet:
www.knaur.de

Aus Verantwortung für die Umwelt hat sich die Verlagsgruppe
Droemer Knaur zu einer nachhaltigen Buchproduktion verpflichtet.
Der bewusste Umgang mit unseren Ressourcen, der Schutz unseres Klimas und
der Natur gehören zu unseren obersten Unternehmenszielen.
Gemeinsam mit unseren Partnern und Lieferanten setzen wir uns
für eine klimaneutrale Buchproduktion ein, die den Erwerb von Klimazertifikaten
zur Kompensation des CO_2-Ausstoßes einschließt.
Weitere Informationen finden Sie unter: www.klimaneutralerverlag.de

FSC www.fsc.org MIX Papier aus verantwortungsvollen Quellen FSC® C014496

Originalausgabe Januar 2023
Knaur Taschenbuch

Redaktion: Regine Weisbrod
Covergestaltung: Carolin Liepins
Coverabbildung: Carolin Liepins
Satz: Adobe InDesign im Verlag
Druck und Bindung: GGP Media GmbH, Pößneck
ISBN 978-3-426-52884-6

2 4 5 3 1

To live outside the law you must be honest.

Bob Dylan, »Absolutely sweet Marie«

Vertrauen Sie niemandem.

Agatha Christie, Hercule Poirot
(»Der unglaubliche Diebstahl der Bomberpläne«)

Prolog

Den Konflikt zwischen Mirko und Thor hörte ich, bevor ich ihn sah. Es klang ernster als das übliche Geschrei in der 7b. Ich betrat das Klassenzimmer und sah, wie Thor seinen am Boden liegenden Widersacher in den Bauch trat, dann blitzschnell einen Bleistift von einem der Tische nahm, sich auf Mirkos Oberkörper setzte und Anstalten machte, ihm den Bleistift ins Gesicht zu rammen. Einige Schülerinnen schrien gellend auf. Schnell sprang ich hinzu und konnte Thors Arm erwischen, bevor er ihn herabsenken konnte. Ich drehte ihm den Arm auf den Rücken, sodass er vor Schmerz aufschrie. Er war wie von Sinnen und versuchte, mich mit der freien Hand ins Gesicht zu schlagen. Blitzschnell entwand er sich meinem Griff, erhob sich, ohne dass ich es verhindern konnte, und trat gleichzeitig mit den Füßen nach Mirko, der sich auf dem Boden robbend außer Gefahr bringen konnte. Jetzt war ich das Ziel von Thors Wut. Er stürzte sich auf mich.

Thor war von allen Problemen in dieser an Problemen nicht armen Klasse das größte. Er war seit Jahren ein im Grunde nicht in einer Regelklasse beschulbarer Schüler. Kleinigkeiten genügten, dass er völlig die Kontrolle verlor. Emotional und sozial äußerst reifeverzögert, lebte er in seiner eigenen Welt, zu der einzig seine Eltern Zutritt hatten. Diese, vor allem der Vater, hatten bisher nicht zu erkennen gegeben, sie wüssten, dass mit ihrem Sohn etwas nicht stimmte. Er tat einfach so, als sei alles, was geschah, die Schuld der Lehrer und Mitschüler. Ich wusste von der Biologiekollegin, dass sie Thor nicht mehr an Experimenten teilnehmen ließ, weil ständig etwas dabei zu Bruch ging. Der Sportlehrer schloss ihn kategorisch von allen Mannschaftssportarten aus, da Situationen regelmäßig eskalierten.

Thor gelang es, sich mit unbändiger Kraft meinem Griff zu entwinden. Er drehte sich blitzschnell zu mir um und stürzte sich auf mich. Durch mein jahrelanges Thai-Chi-Training war es nicht schwer für mich, ihm auszuweichen, ich nutzte seinen Schwung aus, um ihn mit einer flinken Beinbewegung zu Boden stürzen zu lassen, griff sein Sweatshirt, um den Sturz abzufangen, ließ ihn so zu Boden gleiten, drehte ihm dann einen Arm auf den Rücken und kniete mich seitlich auf seinen Oberkörper. Ich achtete darauf, ihn so zu halten, dass er sich nicht befreien konnte, vermied es aber, so fest zuzupacken, dass er große Schmerzen hatte oder sich verletzen konnte.

»Au«, rief er dennoch, »Sie tun mir weh.«

»Ich kann dich nicht loslassen, bis du dich beruhigt hast«, sagte ich. Eine solche Situation hatte ich noch nie erlebt. Einen Schüler derart festzuhalten, war keine zeitgemäße Pädagogik, aber ich verhinderte auf diese Weise versuchte Körperverletzung. Worte konnten hier nichts mehr bewirken. Immer wieder wollte Thor sich meinem Griff entwinden, aber ich ließ nicht locker. Er jammerte und stöhnte unter mir.

»Das sag ich meinem Vater!«, rief er.

Daran bestand kein Zweifel. Stiehler senior war uns allen wohlbekannt. Keine Woche verging, ohne dass mindestens ein Kollege mit einer E-Mail gemaßregelt wurde. E-Mail war aber noch das Harmloseste. Nicht selten verlangte er gleich nach einem Termin mit der Schulleitung, zu dem er auch schon mehrmals seinen Anwalt mitgebracht hatte. Mit Androhung oder Durchführung juristischer Schritte war stets zu rechnen. Leider hatten wir mit Dr. Kroll einen Schulleiter, der im Zweifel durchaus in der Lage war, sich auf die Seite der Eltern zu schlagen.

Thors Vater, ein in Freiburg praktizierender Orthopäde, glaubte seinem Sohn grundsätzlich alles. Ich selbst hatte schon mit eigenen Augen gesehen, wie Thor einem Mitschüler seine mit Eistee gefüllte Trinkflasche in den Pulli geleert hatte, ohne dafür bestraft zu werden, weil sein Vater alles so hindrehte, als ob sich Schüler und Lehrer gegen seinen Sohn verschworen hätten. Was würde erst passieren, wenn er erfuhr, dass ein Lehrer seinem Sohn den Arm auf den Rücken gedreht hatte?

Ich blickte auf. Die Klasse sah uns gebannt zu.

»Gibst du Ruhe, wenn ich dich loslasse?«, fragte ich, aber Thor war noch nicht so weit.

Er wehrte sich nach wie vor, und die roten Flecken in seinem Gesicht waren kein gutes Zeichen.

Die 7b als Ganzes hatte ich selten so ruhig erlebt wie in diesen Minuten, die sich anfühlten wie Stunden.

Irgendwann wurde der Körper unter mir ruhiger und Thors Atem flacher.

»Ich lasse dich jetzt los«, sagte ich. »Wenn du auf irgendjemanden hier losgehst, mach ich weiter.«

»Okay«, sagte er. Und ich ließ ihn los.

Schniefend und schwitzend richtete er sich langsam auf und hielt sich den Arm. Ich ging davon aus, dass er noch ein paar Minuten ein wenig wehtun würde, aber ich hatte darauf geachtet, zu vermeiden, dass er größere Beschwerden haben würde. Ich war vertraut mit meinen Kräften, meiner Motorik, und konnte die Situation gut einschätzen. Ich wusste, was ich hier tat.

Thor schlich an seinen Platz, verfolgt von unzähligen Augenpaaren. Unter normalen Umständen hätte ich sofort der Schulleitung Bericht erstattet, aber die 7b durfte keine Sekunde unbeaufsichtigt sein. Diesen Fehler würde ich nicht machen. Kollegen hatten in der Vergangenheit bitter dafür bezahlt.

1.

Es war Ende Mai, die letzte Woche vor den Pfingstferien, und langsam füllte sich die Freiburger Innenstadt wieder mit Leben, nach dem strengen Lockdown seit März. Nachdem die menschenleere und autofreie Stadt für einige Wochen gewirkt hatte wie der Schauplatz eines postapokalyptischen Films, hatten nun Kneipen, Restaurants und Geschäfte wieder geöffnet, und hätten nicht alle Menschen Masken getragen, hätte man fast schon wieder von Normalität sprechen können.

Es war ein warmer, sonniger Frühsommertag. Das, was den ersten Corona-Lockdown seit Wochen erträglich machte, war das dauerhaft schöne Wetter.

Eigentlich wollte ich nur noch ein paar Besorgungen machen, weil ich geplant hatte, am Abend für Betty zu kochen. Böhmische Hefeknödel mit Bierfleisch. Vielleicht lag es an der Kafka-Einheit, die ich derzeit mit meinem Deutschabiturkurs durchführte, dass ich vorhin diese kulinarische Eingebung hatte.

Jetzt stand ich, wie zufällig, beim Bertoldsbrunnen ganz in der Nähe des mehrstöckigen Hauses, in dem sich Dr. Stiehlers Praxis befand. Ich hatte nicht ernsthaft vorgehabt hierherzukommen. Entweder war es wirklich ein Zufall, oder mein Unterbewusstsein hatte mich hierher gelotst. Seit Freud wissen wir ja, wir sind nicht Herr im eigenen Haus, auch wenn das kaum jemand wahrhaben möchte. Aber jetzt, wo ich schon einmal hier stand, war vollkommen klar, was ich zu tun hatte. Vielleicht konnte ich ihn durch ein Gespräch noch zum Einlenken bewegen und diese unsägliche Gerichtsverhandlung am nächsten Tag im letzten Moment verhindern.

Ohne Corona hätte ich das alles schon lange hinter mir gehabt, aber so zogen doch fast drei Monate ins Land, in denen dieses Damoklesschwert der versuchten Körperverletzung über mir hing. Schuldlos schuldig, so wie Josef K. in Kafkas *Prozess*.

Thors Vater hatte zunächst beim Regierungspräsidium, der für Gymnasien zuständigen Schulaufsichtsbehörde, gegen mich wegen Körperverletzung im Amt geklagt.

Die zuständigen Beamten ermittelten, indem sie Schüler, Kollegen, die Schulleitung, mich selbst und natürlich die klagenden Eltern befragten. Sie kamen schon bald zum Schluss, dass ich nicht falsch gehandelt hatte, und wiesen die Klage ab. Nachdem ich schon glaubte, der Kelch sei an mir vorübergegangen, stellte sich heraus, dass Stiehler ebenfalls eine Zivilklage wegen Körperverletzung eingereicht hatte. Hier legte er nun tatsächlich medizinische Gutachten und Fotos vor, die beweisen sollten, dass ich Thors Arm gefährlich verrenkt haben sollte, was zu langfristigen Schäden geführt hätte.

Zusammen mit meinem Anwalt machten wir uns daran, Beweise dafür zu sammeln, dass mein Vorgehen nicht mit den in dem Gutachten und den Bildern dokumentierten Verletzungen in Zusammenhang stehen konnte. Wir hatten die Aussagen aller anderen Schülerinnen und Schüler der Klasse, die mich entlasteten. Da Meister Shixin, mein alter Tai-Chi-Lehrer, nicht mehr lebte, kontaktierte ich dessen Sohn, der dieselbe Profession wie sein Vater ausübte und daher bezeugen konnte, dass ich seit Jahren trainierte, meinen Körper zu kontrollieren und meine Kräfte gezielt einzusetzen wusste. Und wir fanden heraus, dass der von Stiehler ins Feld geführte Arzt, der das Gutachten geschrieben hatte, ein langjähriger Tenniskollege von ihm war.

Obwohl ich ein gutes Gefühl für den Ausgang des morgigen Prozesses hatte, verspürte ich den Wunsch, es noch einmal bei Stiehler zu versuchen. So ein Prozess war ein Makel; etwas blieb immer hängen, wie man so sagte.

Ein bekanntes Gesicht kam mir entgegen. Mein Schulleiter, Dr. Kroll. Wir liefen uns sozusagen direkt in die Arme. Kroll wirkte ein wenig abgekämpft, schwitzte auf der Stirn und war außer Atem.

»Horvath!«, sagte er mit heiserer Stimme. »Schön, Sie zu sehen. Endlich mal wieder in die Stadt, nicht wahr.« Seine Augen blickten seltsam hektisch hin und her.

Diese Art Small Talk fiel mir immer schwer, oft wusste ich nicht, wie ich auf Aussagen reagieren sollte, die keinen direkt erkennbaren inhaltlichen Mehrwert hatten. Daher schwieg ich, auch wenn ich wusste, dass man das als Unhöflichkeit deuten konnte.

Er sah mich irritiert an. »Na, jedenfalls wollte ich Sie gleich sowieso noch anrufen. Morgen ist ja die Verhandlung, oder?«

Ich bejahte.

»Ich wünsche Ihnen viel Glück dafür. Sagen Sie einfach die Wahrheit. Damit fährt man immer am besten. Wenn das Regierungspräsidium Sie entlastet hat, wird das Gericht es auch tun.«

»Danke für den Rat.«

»Also, Horvath, ich muss dann mal wieder. Alles Gute!« Er hob eine Faust in die Luft und schüttelte sie hin und her, offenbar eine Geste, die Stärke und Motivation ausdrücken sollte.

Ich sah ihm kurz nach, dann setzte ich meinen Weg fort, bis ich schließlich vor dem Eingang stand, neben dem ein Schild auf Dr. Stiehlers Praxis hinwies.

Ich sah auf die Öffnungszeiten. Heute bis 18:30 geöffnet, stand da. Meine silberne Taschenuhr zeigte 18:50 an. Vielleicht war er selbst noch da, aber keine Patienten mehr, das wäre ideal. Die Praxis lag im vierten Stock des Gebäudes, das ich nun betrat, und aus irgendeinem Grund, vermutlich coronabedingte Angst vor körperlicher Nähe zu Fremden, nahm ich nicht den Fahrstuhl, sondern die Treppe.

Es war heiß und stickig im Treppenhaus, und die Maske erschwerte das Atmen. Mein Kleidungsstil war wie immer nicht für den Sommer gedacht. Da ich kurze Hosen und T-Shirts für einen erwachsenen Mann, außer vielleicht am Strand, für nicht akzeptabel erachtete, trug ich lang, und auch meine bevorzugten Farben Grau, Schwarz und Braun hatten zugegeben im Sommer nicht nur Vorteile. Der Sommer und ich, wir passten nicht so gut zusammen. Meine Jahreszeit war der Herbst. Seit Jahren beobachtete ich an den Schulen ab Juni vor allem bei der Garderobe der männlichen Kollegen den Zusammenbruch jeglicher Contenance. Da wurden zuerst die Hemden aus den Hosen gezogen, schließlich selbst die ästhetisch auch schon fragwürdigen Sneaker gegen Sandalen und Flipflops getauscht, ebenso wie die langen Jeans gegen Shorts, und dann standen sie vor den Klassen wie Strandbarkeeper. Den Gipfel hatte ich im letzten Sommer erlebt, als ein Kollege mich auf dem Gang in einer Radlerhose überholte und dabei, wie ich entsetzt feststellte, nicht auf dem Weg zu seinem Mountainbike war, um damit nach Hause zu fahren, sondern in den Unterricht. Natürlich sah ich in meinem bewährten Ornat für manche aus wie ein Stutzer, ein Geck, wie man etwas exzentrisch gekleidete Männer früher nannte, aber für mich hatte das nichts mit Exzentrik zu tun, es war die einzige Möglichkeit, mich angezogen zu fühlen. Ein Psychologe, wenn man ihn fragen würde, könnte hierin vielleicht eine Art Uniform oder Rüstung sehen, mit der ich mich vor den

Unbilden der Welt zu schützen suchte. Für mich hatte es in erster Linie ästhetische Gründe.

Aber nun war mir heiß, und ich schwitzte, während ich die Stufen emporstieg. Ein Mann kam mir entgegen. Ich drängte mich ans Geländer, um ihm nicht zu nahe zu kommen. Andere Menschen hatte ich schon mein Leben lang mit einer gewissen Skepsis und nicht ungerne aus der Distanz betrachtet. Nun waren sie dank einem Virus zur potenziellen Bedrohung geworden. Eine seltsame Entwicklung, auch wenn ich vermutete, dass es Menschen gab, die das mehr traf als mich, weil sie die Nähe anderer mehr brauchten als ich.

Ich hörte, wie der Aufzug nach unten fuhr, die Tür im Erdgeschoss sich öffnete und jemand, vermutlich eine Frau, mit eiligen Schritten das Gebäude verließ.

Auch wenn ich nicht wusste, was genau ich Dr. Stiehler sagen sollte, um ihn von seiner Klage abzubringen, und auch nicht glaubte, dass er das, was auch immer ich sagte, wirklich tun würde, ging ich weiter.

Vielleicht ließ Stiehler sich doch erweichen. Bei dieser Sache konnten alle nur verlieren, egal, wie es ausging, Thor, Stiehlers Sohn, allen voran. Seine Mitschüler hatten ihn schon, als die Schulen noch offen gewesen waren, spüren lassen, was sie von alledem hielten.

Schwere Schritte kamen mir von oben entgegen. Ich blickte auf und sah erneut jemanden, der mir bekannt vorkam, auch wenn er nicht so gekleidet war wie Menschen, mit denen ich normalerweise verkehrte. Der Mann trug eine schwarze Lederjacke, schwere Stiefel und eine schwarze Maske, auf der ein Wort in ein Logo integriert war, das mir nur zu bekannt war: *Caballeros* stand da in geschwungenen Lettern. Der Name hatte sich in mein Gedächtnis gebrannt auf dieser aberwitzigen Klassenfahrt im Schwarzwald vor etwas mehr als einem Jahr. Und so wusste ich trotz oder wegen der Maske gleich, wer der Hüne war, der sich nun nur noch wenige Stufen über mir befand: Mike, der Präsident des größten Freiburger Motorradclubs, der sich, als sich die Ereignisse im Schwarzwald überschlugen, als veritabler *Deus ex machina* erwiesen hatte, als unerwarteter Retter in der Not. Oder müsste man ihn eher *Deus cum machina* nennen mit Bezug auf seine *Harley Fat Boy?*

Mike blickte zuerst an mir vorbei, und ich dachte für einen Moment, er würde mich vielleicht nicht erkennen, was ich dann wahrscheinlich so hingenommen hätte.

Seine Kleidung gab beim Gehen merkwürdig knisternde Geräusche von sich, die ich nicht einordnen konnte.

Er blieb stehen, und trotz seiner Maske sah ich, wie er zu grinsen begann. »Pauker! Du hier?«

Auch er war auf seine Art ähnlich unpassend für dieses Wetter gekleidet wie ich, und ich erkannte Schweißtropfen auf seiner Stirn.

»Mike«, sagte ich, »was machen die Geschäfte?«

»Läuft«, sagte er lachend, »was willst du hier?«

»Ich gehe zum Arzt«, sagte ich, was ja nicht einmal gelogen war.

»Aha, Probleme?«

»Rücken. Vom vielen Korrigieren.«

»Ja, du bist halt ein Korrekturensohn«, sagte er lachend. »Gehst du zu Stiehler?«

Ich nickte.

»Geh da lieber nicht hin. Der kann nix. War ich auch schon mal. Pfuscher!«

Ich nickte wieder und ersparte mir einen Kommentar, musste aber immer noch über sein Wortspiel von eben schmunzeln.

»Und du?«, frage ich. Eigentlich kannten wir uns nicht so gut, dass ich ihn gerne duzte, aber beim *Sie* zu bleiben, während er mich ansprach, als wäre ich sein Kumpel, kam mir merkwürdig vor.

»Ein Stockwerk obendran. Physio. Vom vielen Motorradfahren.«

Damit war mein Vorrat an Small-Talk-Phrasen erschöpft, und ich hoffte, er würde weitergehen.

»Also, ich muss dann mal«, sagte ich.

»Ja«, entgegnete er, »ich auch.«

Ich setzte meinen Weg fort, und dem Knistern unter mir nach zu urteilen, tat Mike das Gleiche.

»Pauker?«, rief Mike mir plötzlich nach, und ich drehte mich um.

»Du weißt, dass du mir noch einen Gefallen schuldest.«

Ich atmete schwer ein und wieder aus. Ja, ich wusste, worauf er anspielte.

Mike hatte bei unserem Zusammentreffen im Schwarzwald in all der Verwirrung als Einziger gemerkt, dass die zweihunderttausend Euro vom Banküberfall nie mehr aufgetaucht waren. Er wusste oder ahnte zumindest, dass Betty und ich sie hatten. Aber er beließ es dabei. Das Geld war immer noch in unserem Besitz. Es befand sich in einem Schließfach am Hauptbahnhof. Betty und ich hatten anfangs ein paarmal darüber geredet, ob wir es zurückgeben sollten, irgendeine Erklärung hätten wir gewiss dafür gefunden, wieso wir die Tasche mit dem Geld aus dem Banküberfall am Ende des *Showdowns im Schwarzwald,* wie die Schüler das auf Instagram genannt hatten, in den Händen hielten.

Die Polizei hatte andere Erklärungen für den Verbleib des Geldes, und niemand verdächtigte uns. Nicht dass wir vorhatten, das Geld jemals auszugeben. Weder Betty noch ich hatten das Thema in den letzten Monaten angesprochen. Vielleicht sahen wir es beide stillschweigend als eine Art Lebensversicherung an, als einen Notgroschen für alle Fälle.

»Ja, ich weiß«, sagte ich.

»Ich wollte dich deshalb sowieso mal kontaktieren.«

»Wie meinen?«, fragte ich nach. Was wollte er von mir? Dass ich ihm das Geld gab?

»Der Gefallen«, sagte er. »Ich bräuchte dich vielleicht für etwas.«

Froh darüber, dass er das pekuniäre Thema nicht explizit ansprach, überlegte ich, was für einen Gefallen ich ihm schon würde erweisen können. Diese kryptische Andeutung machte mich schon beinahe wieder neugierig.

»Gut«, sagte ich, spürte jedoch, wie meine Ungeduld wuchs. Ich wollte das Gespräch mit Stiehler hinter mich bringen und nicht bei fünfzig Grad in einem Treppenhaus mit Mike, dem Rocker, verhandeln.

»Hast du ein Handy?«, fragte er.

»Nein.«

Dies war nicht ganz richtig. Zwar hatte ich mich dieser Entwicklung lange verweigert, denn ich konnte nicht erkennen, wie sich meine Lebensqualität durch ein solches Gerät verbessern sollte, doch seit Betty mir dieses alte Kartentelefon gegeben und es mir das Leben gerettet hatte, trug ich es bei mir, auch wenn ich es nur selten benötigte. Die einzigen beiden Menschen, die von der Existenz dieses Telefons wussten und die Nummer kannten, waren Betty und Martin, und ich sah keinen Grund, warum ich einem Vertreter der Freiburger Halbwelt meine Nummer geben sollte.

Er lachte. »Pauker, was bist du nur für ein seltsamer Kauz. Also, pass auf. Bist du morgen Abend daheim?«

»Ja, ich denke schon.«

»Um acht. Ich komme zu dir.« Er drehte sich um und ging knisternd weiter.

Verblüfft sah ich ihm nach. Er war es offenbar derart

gewohnt, dass seinen Anordnungen Folge geleistet wurde, dass er gar nicht auf die Idee kam, ich könnte ihn nicht treffen wollen – und schon gar nicht in meiner Wohnung – oder ich wäre womöglich schon anderweitig verabredet. Davon, dass er nicht einmal nach meiner Adresse gefragt hatte, ganz zu schweigen. Mike brauchte offenbar nicht nach Adressen zu fragen, er fand seinen Weg auch so.

Ich stieg noch ein Stockwerk nach oben in Dr. Stiehlers Praxis. Eine weitere Person kam mir entgegen, aber ich schenkte ihr keine Beachtung. Oben angekommen, drückte ich gegen die Tür, die sich sogleich öffnete. Die Rezeption war leer. Ein Blick ins Wartezimmer verriet mir, dass auch, wie erhofft, keine Patienten mehr hier waren. Stiehler und vielleicht auch die Sprechstundenhilfe, sofern sie nicht bereits gegangen war, befanden sich sicher in einem der hinteren Räume. Hoffentlich war er nicht schon weg und die Praxistür nur deshalb offen, weil hier bereits geputzt wurde.

»Hallo?«, rief ich.

Keine Antwort.

»Hallo?«, rief ich noch einmal.

Ich ging langsam den Flur nach hinten, wo ich die Behandlungszimmer vermutete. Das erste war leer.

Am Ende des Gangs folgte ein weiteres, dessen Tür geschlossen war.

Ich betätigte die Klinke, schob langsam die Tür auf und spähte hinein.

Auf dem Boden lag ein weiß gekleideter Mann. Aus seinem Kopf lief Blut, das sich bereits in einer Pfütze auf dem Boden ausgebreitet hatte.

Ich erstarrte. Mehr fasziniert als erschrocken. Ein merkwürdiger Wesenszug. Je aufregender, irrationaler oder skurriler eine Situation war, desto kühler und ruhiger wurde ich. Zumindest emotional. Dafür begann in der Regel mein Geist hyperaktiv zu werden.

Ein erster Impuls riet mir zur sofortigen Flucht. Aber mein Kopf widersprach. Ich betrat das Zimmer und sah mich um. Es war ein ganz gewöhnliches Behandlungszimmer, mit Liege, Bücherregalen und Schreibtisch. Neben dem Schreibtisch stand eine Büste auf einer antik aussehenden Säule. Die Büste zeigte nicht etwa Paracelsus oder Robert Koch oder was man sonst in einer Arztpraxis vermuten würde, sondern Dr. Stiehler höchstselbst.

Und sie war blutverschmiert.

Ich zog in Erwägung, kurz zu prüfen, wie schwer sie war, ob sie tatsächlich aus Marmor war, wie es den Anschein hatte, oder vielleicht doch nur aus Plastik, unterließ es aber.

»Hallo?«, rief ich noch einmal für alle Fälle, kniete mich hin und berührte den Mann an der Schulter. Er rührte sich nicht. Ich ging hinter den Schreibtisch, um sein Gesicht zu sehen.

Es war tatsächlich Dr. Stiehler.

Soweit ich es beurteilen konnte, war er tot. Offenbar erschlagen mit seiner eigenen Büste.

Und dann traf mich eine Erkenntnis, die mich bis ins Innerste elektrisierte. Auch wenn ich nichts damit zu tun hatte, befand ich mich an einem Tatort, an dem kürzlich jemand erschlagen worden war. Meine Fingerabdrücke waren überall.

Und ich hatte ein Motiv.

2.

Es gibt im Leben und in der Kunst das Bild der Türen, die sich öffnen, oder auch der Wege, die sich dem Reisenden darbieten. *Zwei Straßen gingen ab im gelben Wald* …, so beginnt eines der bekanntesten Gedichte des amerikanischen Lyrikers Robert Frost. In der Regel stehen diese Türen und Wege für neue Möglichkeiten, neue Lebenswege, die eine Veränderung, oft sogar eine Verbesserung bereithalten. Seit Kafka aber wissen wir, dass eine Tür auch einfach in einer Sackgasse oder einem Labyrinth münden kann oder gar nicht erst aufgeht.

Ich sah in dem Moment in Dr. Stiehlers Praxis drei Türen vor mir. Und alle drei führten ins Ungewisse.

Ich befand mich am Schauplatz eines Mordes, der hier kürzlich stattgefunden hatte. Ich wusste, ich war nicht der Mörder, aber ich hätte ein Motiv gehabt. Meine Fingerabdrücke waren überall verteilt. Mein erster Impuls war, einfach die erstbeste Tür zu nehmen, die nach draußen führte, und von diesem Ort zu verschwinden. Aber das hätte mich noch verdächtiger gemacht.

Die Indizienlage hielt mich jedoch auch davon ab, die zweite Tür zu wählen, nämlich direkt von hier aus die Polizei zu rufen. Ich wollte nicht wie der Mörder wirken, der

Unschuld vorschützte und vom Tatort die Tat meldete, um möglichst unverdächtig zu wirken.

Also wählte ich die dritte Tür. Ich rief Betty an.

Es war mehr ein Reflex denn eine rationale Überlegung, mir war klar, dass ich sie damit in Schwierigkeiten bringen würde. Betty war die Assistentin meines Zwillingsbruders Martin, Kommissar bei der Freiburger Kripo. Seit der Klassenfahrt in den Schwarzwald waren wir ein Paar. Differenzen, Unsicherheiten und Eifersucht schienen weitgehend ausgeräumt. Wir wohnten getrennt, trafen uns aber regelmäßig, meistens bei mir, weil ich die größere und, wenn man ehrlich war, auch schönere Wohnung hatte.

Der Anruf bei Betty war unüberlegt und im Grunde vollkommen sinnlos, das ahnte ich schon, während ich noch darauf wartete, dass sie abnahm. Was konnte sie schon tun?

»Horvath, du bringst mich hier in eine unangenehme Situation«, sagte sie dann auch, nachdem sie mir zugehört hatte. »Ich fürchte, ich kann dir nicht helfen. Wir müssen offiziell die Polizei einschalten, das bekommt sonst einen Rattenschwanz, der uns verfolgen wird.«

Betty hatte beschlossen, mich weiterhin mit Nachnamen anzusprechen, wie sie es schon bei unserer ersten Begegnung getan hatte. Hin und wieder nannte sie mich Gregor, und es war für mich eher seltsam, wenn sie das tat. Als würde sie gar nicht mich meinen. Horvath war mir tatsächlich lieber.

Ich nickte resigniert. »Gut.«

»Ich schalte die Kollegen ein, du wartest und tust sonst gar nichts. Und fass bloß nichts an.«

Ich hatte ein äußerst mulmiges Gefühl. Einerseits war ich ein optimistischer Mensch, der immer davon ausging, dass alles nicht so schlimm und am Ende sowieso gut werden würde, andererseits wusste ich aus eigener Erfahrung, vor allem in letzter Zeit, dass es durchaus schrecklich werden konnte. Dass ich hier schon wieder einen Toten gefunden hatte, kam mir beinahe wie ein Fluch vor, von dem ich aber nicht wusste, womit ich ihn verdient haben könnte.

Während ich wartete, betrachtete ich den Toten am Boden vor mir. Wie immer in emotional aufwühlenden Situationen war ich ganz ruhig. Nur mein Gehirn arbeitete auf Hochtouren, und meine Gedanken schossen hin und her.

Es war erstaunlich, wie wenig man in unserer Welt mit dem Tod in Berührung kam, dachte ich. Als Folge der Epoche der Aufklärung hatte man alles, was nicht lebendig und gesund war, aus der Mitte unserer Gesellschaft an deren Ränder verbannt. Psychiatrische Anstalten entstanden ebenso wie Krankenhäuser. Besonders augenfällig wurde diese Einstellung an Friedhöfen, auch in Freiburg. Waren die Toten im Mittelalter noch ums Münster herum begraben worden, so wurden die Grabstätten zunächst auf den Alten Friedhof in Herdern, der damals noch am Stadtrand lag, verlegt, und als die Stadt weiterwuchs, auf den heutigen Hauptfriedhof im Stadtteil Brühl.

Ein Zitat von Woody Allen fiel mir ein: *Also, was den Tod angeht, ich bin dagegen.* Das konnte ich nur unterschreiben.

Jetzt erst wurde mir mein Dilemma so richtig bewusst: Ich befand mich an einem Tatort. Ich ging davon aus, dass in dieser Praxis heute ein ganz normaler Tag gewesen war, also konnte die Tat vor noch nicht allzu langer Zeit geschehen sein, denn die Praxis hatte ja bis 18:30 Uhr geöffnet. Jetzt war es zehn nach sieben. Das hieß, der Mord musste zwischen 18:30 Uhr, wenn pünktlich geendet worden war, und meinem Eintreffen etwa gegen neunzehn Uhr geschehen sein.

Ich dachte an die Begegnung mit Mike im Treppenhaus eben. Was, wenn das kein Zufall gewesen war? Aber wieso sollte der Präsident eines Motorradclubs einen Orthopäden ermorden? Ich wusste, dass die Kripo seit Jahren vergebens versuchte, den *Caballeros* unlautere Machenschaften nachzuweisen, also würde Mike doch wohl nicht so unvorsichtig sein, am helllichten Tag in der Freiburger Innenstadt einen Menschen zu töten.

Entgegen Bettys Anweisung, nichts anzufassen, ging ich zum Empfangstisch und suchte auf der Oberfläche nach einem Terminkalender, fand aber nichts. Entweder befand er sich in einer der Schubladen, die ich nicht öffnen wollte, oder die Termine wurden nur noch digital erfasst.

Ich setzte mich auf den Stuhl am Empfang und grübelte weiter. Die Verhandlung morgen würde unter diesen Umständen nicht stattfinden. Morgen nicht und vielleicht überhaupt nicht mehr, weil es keinen Kläger mehr gab, höchstens die Staatsanwaltschaft trat als Kläger auf, und Dr. Stiehler würde gar nicht benötigt, oder Frau Stiehler sprang für ihren Mann ein. Allerdings hatte sie in der ganzen Angelegenheit bisher keine Rolle gespielt, die treibende Kraft hinter alledem war stets ihr Mann gewesen. Vielleicht war auch sie froh, ihrem Sohn all das zu ersparen, zumal jetzt auch noch sein Vater tot war. Allerdings, viel auffälliger, als er ohnehin schon war, konnte Thor kaum noch werden, dachte ich mit einem leicht zynischen Schnauben.

Zwanzig Minuten später trafen sie ein. Der Erste, der durch die Tür kam, trug Zivilkleidung. Mit schnellem Blick vermaß er das Foyer der Praxis und trat dann auf mich zu. Er war größer und kräftiger als ich, hatte ein kantiges, leicht vernarbtes Gesicht und stellte sich mir als der leitende Beamte vor. Masic war sein Name. Mit seinen raubvogelhaften Augen, die ein wenig zu klein für sein Gesicht wirkten, starrte er mich durchdringend an. Es war schwer, seinem Blick standzuhalten, ich versuchte es, so gut es ging, um nicht so zu wirken, als hätte ich etwas zu verbergen. Es folgten ein weiterer Beamter, ein Notarzt und mehrere Kriminaltechniker. Und dann betrat Betty die Praxis, wie immer ganz in Schwarz gekleidet, ihre Haut ein wenig zu bleich für die Jahreszeit und ihre Lippen ein wenig zu rot für eine Kriminalbeamtin. Sie sah mich kurz an, ihr auf Außenstehende ausdruckslos wirkendes Gesicht verriet dem Kenner eine gewisse Unruhe, vielleicht sogar Besorgnis.

Ich hatte gehofft, mein Bruder Martin würde dabei sein, aber dem war nicht so. Masic hatte mich wortlos stehen gelassen, ging schnellen Schrittes zum Behandlungszimmer, in dem der Tote lag, warf einen Blick hinein und sah wieder zu mir.

»Martin hat heute frei«, flüsterte mir Betty hastig zu, »hab ihn nicht erreicht.«

Masic instruierte den Notarzt eindringlich, am Tatort nichts außer dem Toten anzufassen. Der zog verwundert die Brauen hoch und verschwand in Stiehlers Behandlungszimmer. Masic blickte zu uns und kam mit schnellen Schritten auf uns zu. Er stellte sich regelrecht zwischen mich und Betty, sodass sie sogar einen Schritt zurücktreten musste.

»Betty, keine Gespräche mit dem, also, mit Herrn Horvath, das war der Deal«, sagte Masic streng.

Was für ein Deal?, fragte ich mich. Vielleicht, dass sie überhaupt mit zum Tatort kommen durfte, war sie doch eigentlich Martins Kollegin. Betty zuckte mit den Schultern und trat ein Stück zur Seite. Da er so erpicht darauf war, Gespräche zwischen mir und Betty zu unterbinden, ging ich davon aus, dass er um unsere Beziehung zueinander wusste.

Unterdessen zogen die Techniker ihre Schutzanzüge an.

»Sie warten bitte auf mich, bevor Sie reingehen!«, herrschte er sie an.

Er zog ein Diktiergerät hervor und fragte mich, wie lange ich schon hier sei und ob ich etwas angefasst habe. Ich beantwortete alles, so exakt ich konnte. »Warum sind Sie überhaupt hier? Hatten Sie einen Termin?«, fragte er.

Ich erklärte ihm so knapp wie möglich die Situation.

Während ich sprach, verengten sich Masics Augen. Mit wachsendem Unbehagen hörte ich meine Worte mit seinen Ohren und kam erneut nicht umhin festzustellen, dass das, was ich hier erzählte, wie ein lupenreines Mordmotiv klang. Er nickte, steckte sein Diktiergerät weg und zog sich ebenfalls einen Schutzanzug über.

»Ausgerechnet Masic …«, flüsterte Betty.

»Betty«, rief Masic. »Komm doch bitte mit.«

Betty warf mir einen kurzen Blick zu und ging zu Masic. Es war eindeutig, dass er mich für verdächtig hielt, wieso sonst sollte er einen solchen Wert darauf legen, dass wir nicht miteinander sprachen. Und, ehrlich gesagt, konnte ich es ihm nicht verübeln.

»Herr Horvath, gehen Sie doch ins Wartezimmer und tun dort das, was man dort so tut«, sagte Masic. Er lächelte leicht. Ein Mann mit Humor offenbar.

Ich setzte mich. Die Angelegenheit war völlig surreal. Innerlich war ich ruhig, ja, ich verspürte sogar Erleichterung darüber, wie sich alles entwickelt hatte, zumindest, was die Klage gegen mich anging. Betty schloss sich der vor der Tür zum Behandlungszimmer wartenden Gruppe der Techniker an.

Durch die geöffnete Wartezimmertür sah ich, wie der Notarzt das schräg gegenüberliegende Behandlungszimmer verließ und Masic leicht zunickte, worauf der nun den Tatort betrat und die Kollegen mit einer Handgeste davon abhielt, ihm zu folgen. Ich konnte erkennen, wie er langsam in den Raum ging und den Blick schweifen ließ. Mit geschmeidigen Bewegungen ließ er sich auf alle viere nieder und senkte den Kopf tief über den Toten, als würde er Witterung aufnehmen. Betty sah zu mir, schüttelte leicht den Kopf und verdrehte die Augen. Einige Kollegen beobachteten Masic gebannt, andere flüsterten leise miteinander. Masic stieg nun über den Toten, vollführte Handbewegungen, als nähme er Messungen vor, zwischendurch hielt er die Hände wie ein Filmregisseur, als wollte er einen Ausschnitt erzeugen, auf den der Blick sich konzentrierte. Dann erhob er sich, durchmaß mit großen, aber geschmeidigen Schritten den Raum, drehte sich um die eigene Achse, ließ den Blick über Schreibtisch und Schränke schweifen, warf sich dann blitzschnell auf den Boden, um unter die Schränke zu sehen. Es sah aus wie der Ballettanz eines Verrückten. Dann entdeckte er die blutverschmierte Büste und hob sie an. Seinen Bewegungen nach war sie nicht aus Plastik. Er prüfte ihr Gewicht, hob sie in die Luft, wobei er beide Hände benötigte, ließ sie niedersausen, ohne sie loszulassen, nickte und stellte sie wieder auf die Säule.

Irgendwann hatte er seine eigenwillige Sichtung des Tatorts beendet, und die Kriminaltechnik durfte hinein. Masic selbst kam ins Wartezimmer, Betty ging kurz zu den Technikern ins Behandlungszimmer und stieß dann zu uns. Masic zog erneut sein Diktiergerät hervor.

»Wir brauchen jetzt gleich Ihre Fingerabdrücke, die Kriminaltechniker werden das übernehmen. Eine Frage noch: Haben Sie jemanden gesehen auf dem Weg hierher?«

Ich berichtete von diversen Personen im Treppenhaus, nannte natürlich die Begegnung mit Mike, was Masic ohne erkennbare Reaktion zur Kenntnis nahm, und vergaß auch nicht der Vollständigkeit halber Dr. Kroll zu erwähnen, den ich ja nur zwei Häuser weiter getroffen hatte und der immerhin theoretisch auch hier aus diesem Gebäude hätte gekommen sein können.

»Gut«, sagte Masic. »Sie können jetzt gehen. Ich möchte Sie bitten, morgen Mittag um dreizehn Uhr ins Präsidium zu kommen, wir werden dann noch einige Fragen haben.«

»Verdächtigen Sie mich?«, fragte ich direkt.

Er sah mich eine Weile ausdruckslos an. Dann stand er wortlos auf und verließ an Betty vorbei, die er nicht weiter beachtete, das Zimmer. Ich sah, wie er sich ernst und eindringlich mit dem anderen Kripobeamten unterhielt und dabei immer wieder zu mir hersah.

Ein Techniker sicherte meine Fingerabdrücke, entnahm mir eine Speichelprobe und ein Haar. Dann endlich setzte Betty sich neben mich. Sie atmete tief ein und wieder aus.

»Was passiert jetzt?«, fragte ich.

»Stiehler wurde offenbar ermordet. Allem Anschein nach mit mehreren Schlägen mit der Büste auf den Kopf. Jetzt wird der Tatort untersucht auf Fingerabdrücke, Haare, Hautpartikel, all das, das kennst du ja.«

Ich erinnerte mich an den Fall Menzel und nickte.

Masic sah, dass wir miteinander sprachen, ließ es nun aber zu, offenbar hatte er mich erst befragen wollen.

»Das sieht nach Totschlag im Affekt aus, das heißt, da müsste alles voller Spuren sein, man muss nur noch denjenigen finden, zu dem sie passen.«

»Oder diejenige«, sagte ich.

»Was?«

»Gendergerechte Sprache. Denjenigen oder diejenige«, sagte ich. »Es kann ja auch eine Täterin sein.«

Betty seufzte. »Oh, Horvath. Jedenfalls müssen wir zudem herausfinden, wieso die Sprechstundenhilfe nicht mehr hier ist, wann der letzte Termin war, und wir müssen mit den Leuten von der Physiopraxis ein Stockwerk obendran sprechen.«

»Wir? Bist du auch beteiligt?«

Sie schüttelte den Kopf. »Nein, natürlich nicht. Masic hat sein eigenes Team, außerdem hält er mich vermutlich für befangen und lässt mich nichts machen.«

»Gregor!«

Ich schaute zur Tür des Wartezimmers. Da stand Martin, seine abgewetzte Lederjacke trug er über der Schulter.

»Herr Kollege!«, hörte ich Masics Stimme. »Das ist mein Tatort.«

Martin fuhr herum und ging auf Masic zu. Er redete eindringlich auf ihn ein, aber ich konnte nicht hören, was gesprochen wurde. Masic hörte ihm ausdruckslos zu, dann wiederholte er deutlich hörbar seine Worte von eben: »Mein Tatort.«

Martin winkte ab und kam wieder zum Wartezimmer. »Los, nichts wie raus hier.«

»Was ist Masic für einer?«, fragte ich, als wir unten auf der Straße standen und uns unsere Masken von den Gesichtern gezogen hatten. Betty und Martin wechselten kurz einen Blick.

»Masic ist ein Arschloch«, sagte Martin. »Ein guter Polizist. Eigenwillig. Aber gut. Hat seine eigenen Methoden, die oft funktionieren.«

»Was heißt, er ist ein Arschloch?«, fragte ich besorgt nach.

Martin und Betty sahen sich wieder an.

»Masic hasst Martin«, sagte Betty.

»Warum?«, fragte ich fassungslos.

»Lange Geschichte«, sagte Martin, was hieß, er wollte nicht darüber reden.

»Und was bedeutet das für mich?«

»Natürlich nichts«, sagte Martin etwas zu schnell. »Bei uns wird niemand nach Sympathie verhaftet oder nicht verhaftet. Und Sippenhaft gibt es auch nicht.«

Wir schwiegen.

»Was genau wolltest du eigentlich von dem Toten?«, fragte mein Bruder nach einer Weile.

Ich erzählte es ihm. Danach holte ich tief Luft, sah Betty an und nickte dann bedächtig.

»Jetzt ist mir auch klar, dass das vielleicht nicht die beste aller Ideen war«, sagte ich für meine Verhältnisse fast schon erregt. »Aber es hätte ja auch etwas bringen können. Ich dachte, ich könnte diesen vermaledeiten Prozess noch irgendwie verhindern. Nicht, dass ich damit gerechnet hatte, für schuldig befunden zu werden, aber da bleibt doch in jedem Fall etwas hängen, so etwas wird man nicht mehr los.«

Martin hob die Hände. »Ja, ist gut, das war halt jetzt einfach ein verdammt blöder Zufall. Aber das wird sich alles aufklären, mach dir keine Sorgen. Irgendjemand hatte ein Motiv. Vielleicht war es Raub, Rache, Eifersucht. Das lässt sich alles feststellen, da gibt es jetzt einiges zu klären, da muss man erst einmal der Frau Gemahlin auf den Zahn fühlen, du kennst das ja alles.«

Wieder dachte ich an den Fall Menzel und das erste Gespräch, das Martin mit dessen Frau geführt hatte.

Betty blieb während dieses Wortwechsels seltsam still und nachdenklich.

»Ist Stiehler bei euch irgendwie bekannt? Hast du eine Idee?«, fragte ich Martin, doch der schüttelte den Kopf.

»Und was mache ich jetzt?«

»Du kannst erst mal nichts machen. Die Kollegen tun jetzt ihre Arbeit. Ich kann dir wahrscheinlich nur bedingt zur Seite stehen, Masic wird mich kaum auf dem aktuellen Stand halten. Du gehst morgen Nachmittag aufs Präsidium und erzählst alles genau so, wie es gewesen ist. Da du nicht der Mörder bist, muss es ja wohl jemand anderes gewesen sein. Und den werden sie auch finden. Sie werden am Ende fast immer gefunden.«

»Fast immer«, sagte ich.

»Fast immer«, wiederholte er.

Ich sah, wie Martin und Betty, fast unmerklich, erneut einen kurzen Blick miteinander wechselten, den ich nicht deuten konnte. Wussten die beiden etwas, was ich nicht wusste? Was konnte das sein?

»Also, muss los«, sagte Martin. »Wir reden morgen. Tschüs, ihr zwei.« Und damit lief er davon mit seinem typisch federnden Gang.

Betty und ich sahen uns an.

»Hast du Feierabend?«

Sie nickte, sah sich kurz gespielt verschwörerisch um und gab mir einen Kuss. »Zu dir oder zu mir?«

Wir gingen zu mir. Es war, obwohl ich schon wieder eine Leiche entdeckt hatte, für eine ganze Weile der letzte schöne Abend.

3.

Tag 1. Dienstag

Am nächsten Morgen erhielt ich wie erhofft den Anruf meines Anwalts, dass die Verhandlung bis auf Weiteres verschoben sei. Er hatte weiter nichts Erhellendes zu sagen, und so beendeten wir das Gespräch, und ich bereitete mir einen Cappuccino. Ich hatte mir, da guter Kaffee während des Lockdowns schwer zu bekommen gewesen war, eine hochwertige und daher nicht ganz billige Siebträgermaschine gekauft und freute mich jeden Morgen auf die erste Tasse.

Seit März waren die Schulen zu und die Schüler weitgehend sich selbst überlassen. Nun befanden wir uns am Ende des ersten Corona-Schul-Lockdowns, es war die letzte Woche vor den Pfingstferien, danach sollte es mit Präsenzunterricht weitergehen, wenn auch in wechselnden Gruppen.

Mit dem Heißgetränk ging ich zu meinem Computer und schaltete ihn ein. Dass ausgerechnet ich als Internet- und Computerskeptiker einmal so viel Zeit vor diesem Gerät verbringen würde wie in den letzten Monaten, war so nicht zu erwarten gewesen. Aber extreme Zeiten bedurften extremer Maßnahmen, und ich wollte nicht zu den Kollegen gehören, die man seit Jahren bei Gesamtlehrerkonferenzen immer mental abschalten sah wie Sechstklässler bei Grammatikerklärungen, wenn digitale Themen zur Sprache kamen.

Lehrer sind ja grundsätzlich nicht begeistert von Veränderungen. Ist man einmal verbeamtet und hat einen Stil gefunden, mit dem man zurechtkommt, möchte man sich davon eigentlich nur noch ungern abbringen lassen, schon gar nicht von der Bildungspolitik. Man gewöhnt sich an, Reformen erst einmal argwöhnisch aus der Ferne zu betrachten, um zu prüfen, ob ein Aussitzen vielleicht möglich wäre, nicht selten wurden Reformen ja kurze Zeit später als Irrtum erkannt und wieder zurückgenommen.

Eines der ganz großen Veränderungsszenarien am Schulhorizont drehte sich seit Längerem um das Thema Digitalisierung. Jeder wusste, irgendwann würde da etwas auf uns zukommen, jeder wusste, irgendwie würde vielleicht von jedem Einzelnen Pionierarbeit, Interesse und Engagement erwartet, aber kaum jemand beschäftigte sich wirklich ernsthaft damit, zumindest, solange es über das Zeigen von Filmausschnitten oder Bildern über den Klassenraum-PC hinausging. Weil man als Lehrer ahnte, dass man hier Teil eines der gesamtgesellschaftlichen Entwicklung weit hinterherhängenden Systems war, hatten die meisten Lehrer grundsätzlich ein schlechtes Gewissen, wenn sie Begriffen wie Digitalisierung, *e-learning* oder *blended learning* begegneten.

Am meisten setzte vielen seit Jahren das Wort *Moodle* zu. Eine Lernplattform, von der alle schon gehört hatten, unter der sich aber nur die wenigsten konkret etwas vorstellen konnten. Vielleicht war Moodle am besten mit einem UFO zu vergleichen, man ahnte, was es sein könnte, aber gesehen hatten es die wenigsten.

Aber damit war jetzt Schluss. Die Lage hatte sich geändert. Jetzt musste gehandelt werden. Corona zwang uns dazu. So skeptisch ich alledem gegenüberstand, war ich doch pragmatisch genug veranlagt, um zu wissen, dass es nun keine Alternative mehr gab. Man konnte Veränderungen kritisch sehen, aber man durfte sich ihnen nicht in den Weg stellen, wenn sie anklopften, oder, wie ein Kollege das unlängst formuliert hatte: Man musste mit der *Zeit* gehen, sonst *ging* man mit der Zeit.

Und so hatte ich mich in die Geheimnisse der Lernplattform *Moodle* und der Videokonferenzplattform *Big Blue Button* einweihen lassen.

Mein ehemaliger Schüler Tim hatte mir dankenswerterweise alles gezeigt, und im Gegensatz zu den meisten Computerexperten sprach er klar und verständlich.

Ich kaufte mir einen Drucker mit Scanner, alles Dinge, die ich eigentlich nicht in meinem Haus haben wollte, und war so schon kurz nach den Schulschließungen im März in der Lage, meine Schüler mit für sie schockierenden Entwicklungen zu konfrontieren. Die von den Kindern und Jugendlichen zunächst freudig begrüßten *Corona-Ferien* waren, zumindest für meine Schüler, nur von sehr kurzer Dauer. Ich informierte sie bereits nach wenigen Tagen, dass wir zu den normalen Stundenplanzeiten Fernunterricht machen würden.

Einige versuchten so zu tun, als bekämen sie von meinen Plänen nichts mit.

Waren bisher gängige Schülerausreden beispielsweise gewesen: »Mein Bus hatte Verspätung« oder »Ich hab die Hausaufgaben gemacht, ehrlich, aber ich hab mein Heft zu Hause liegen lassen«, so hörte ich nun regelmäßig Sätze wie »Was? Die E-Mail hab ich nicht bekommen!« oder »Ich hab Internetprobleme«.

Bereits als sich die Schulschließung am Horizont abzeichnete, hatte ich von all meinen Schülern verlangt, dass sie sich eine E-Mail-Adresse zulegten, und teilweise noch an der Schule direkt dafür gesorgt, dass dies auch geschah. Die Idee einer E-Mail-Adresse wirkte vor allem auf die jüngeren Schüler einigermaßen bizarr. E-Mails war etwas für alte Leute, sie sahen mich an, als wäre ich mit dem Vierspänner vorgefahren, um ihnen das Küferhandwerk nahezubringen.

Ich telefonierte mit Eltern und suchte nach Lösungen, wie die Schüler zur Not mit Smartphones oder Tablets arbeiten konnten. Dennoch gab es immer wieder welche, die sich unentschuldigt nicht zu den digitalen Stunden anmeldeten. Da musste dann wieder das gute alte Telefon her.

Für diesen Vormittag hatte ich nur eine Stunde in meiner siebten Klasse geplant, danach hätte eigentlich der Prozess stattfinden sollen. Vor der Videostunde wollte ich mich noch telefonisch um zwei Schüler kümmern, von denen ich seit Tagen kein Lebenszeichen mehr erhalten hatte.

Die Erste war die kleine Shanaya aus meiner siebten Klasse. Während ich die Nummer der Familie wählte, hoffte ich, gleich die Eltern an die Leitung zu bekommen und nicht Shanaya selbst oder eines ihrer Geschwister, denn Kinder und Jugendliche meldeten sich prinzipiell immer mit »Hallo?«, und dann musste man erst mühsam herausfinden, mit wem man eigentlich gerade sprach.

»Hallo?«, sagte eine kindlich klingende Stimme. Ich holte tief Luft.

»Horvath hier, Clara-Schumann-Gymnasium, mit wem spreche ich?«

»Äh, Shanaya?«

Eine transkulturelle Unart, übernommen aus dem Amerikanischen, Aussagen grundsätzlich wie Fragen klingen zu lassen.

»Hallo, Shanaya, sag an, wie geht es dir?«

»Äh, gut?«

»Wie läuft es mit dem Fernunterricht?«

»Gut, alles klar?«

»Ich habe von dir schon lange nichts mehr gehört, du hast keine Aufgaben gemacht und schickst mir nie etwas. Bekommst du die Sachen denn?«

»Ja, schon?« Ihre Antworten kamen nun zögerlicher, der Fragecharakter ihrer Antworten wurde immer deutlicher.

»Und machst du die Aufgaben?«

»Ja?«

»Und hast du eine Idee, wieso sie nicht bei mir ankommen?«

»Äh, nö?«

»Du, sag mal, sind deine Eltern da?«

Plötzlich hörte man ein Geräusch, wie wenn jemand die Hand übers Telefon legte und sich dann mit dem Telefon bewegte, vielleicht sogar eine Treppe hinauf oder hinunter.

»Shanaya?«, sagte ich.

»Ja.« Sie flüsterte nun.

»Sind deine Eltern da?«

»Nein?«, flüsterte sie.

»Wann kommen sie wieder?«

»Weiß ich nicht? Sie sind oft lange weg. Kann spät werden?«

Ich seufzte. »Sag ihnen doch, sie sollen sich bei mir melden.«

Den letzten Satz hätte ich mir trotz ihres treuherzigen »mach ich« freilich sparen können.

Das nächste Telefonat mit der Mutter des kleinen Jason verlief effizienter.

»Ich habe von Jason seit Wochen nichts mehr bekommen«, sagte ich zu der Mutter. »Macht er denn Ihres Wissens etwas für die Schule?«

»Ja, er ist jeden Tag stundenlang am Tablet.«

»Aha, und was macht er da?«

»Ja, Entschuldigung, das weiß ich doch nicht, ich habe keine Zeit, mich darum zu kümmern.«

»Gut, danke.«

Was sollte man da noch machen?

Die Reaktionen der Eltern auf die allgemeine Lage differierten beträchtlich. Laut einigen Rückmeldungen, die ich wahrgenommen hatte, dämmerte manchen Eltern langsam, dass ihr Kind möglicherweise gar nicht hochbegabt war, wie immer angenommen, weil es mit fünf Jahren so tolle Kopffüßler zeichnen konnte, sondern dass es sich keine zehn Sekunden auf eine Aufgabe konzentrieren konnte und im Grunde alleine überhaupt nichts Schulisches zu bewerkstelligen in der Lage war.

Und manche erkannten langsam, dass Lehrer vielleicht doch ein regelrechter Beruf war, wenn man das Ganze nicht nur mit ein oder zwei Kindern, sondern mit dreißig veranstalten musste.

Pünktlich startete ich die Videokonferenz mit meinen Siebenern. Wir hingen noch in den letzten Zügen einer Einheit zum Thema Zeichensetzung. Nach und nach erschienen die Namen der eingeloggten Schüler auf dem Bildschirm.

Ich bat die Schüler stets, zu Beginn der Sitzung kurz zur Begrüßung die Kamera einzuschalten, weil ich nicht wollte, dass sie der Veranstaltung vom Bett aus beiwohnten oder noch ihren Schlafanzug trugen. Auch im Fernunterricht musste die Form gewahrt bleiben. Damit wollte ich ihnen auch eine Struktur in ihrem Alltag verschaffen, in dem viele ansonsten auf sich alleine gestellt durch die Tage mäanderten, und ihnen ein Gefühl von Normalität vermitteln.

Die Kameras durften allerdings nur kurz an bleiben, weil sonst die Verbindungsstabilität litt. Ich sah während unserer Begrüßung, dass etliche Schüler recht aufgekratzt wirkten.

Die Stunde selbst verlief dennoch ausgesprochen zäh. Die Besprechung der Hausaufgaben war langatmig, meine Fragen liefen ins Leere. Ich entließ die Schüler in kleine Arbeitsgruppen, in denen sie zwei Aufgaben lösen sollten, doch als ich mich zuschaltete, hörte ich auf dem Audiokanal bloß Schweigen. Ich holte sie zurück in die große Gruppe, erkundigte mich nach dem Problem und entließ die Schüler, nachdem keine befriedigende Antwort kam, in eine fünfzehnminütige Einzelarbeit. Die Besprechung der Ergebnisse war ein Desaster. Niemand meldete sich freiwillig, direkt von mir angesprochene Schüler schwiegen hartnäckig. Ich brach ab.

»Was ist eigentlich los mit euch heute?«, fragte ich in die Runde. »Gibt es etwas, was ich wissen muss?«

Es dauerte eine Weile, dann meldete sich Jule, die Klassensprecherin, ein extrovertiertes und selbstbewusstes Mädchen.

»Entschuldigen Sie, Herr Horvath, aber wir können uns heute nicht so gut konzentrieren.«

»Aha, und warum nicht?«

Eine Weile war es still.

»Na, wegen der Challenge«, meldete sich ein Junge.

»Der was?«

»Oh, Herr Horvath, der TikTok-Challenge halt«, übernahm Jule wieder.

Innerlich sackte ich in mich zusammen. Es war zu befürchten gewesen, dass die Pandemie dem chinesischen Techkonzern zu noch größerer Popularität verhelfen würde.

»Ja, nun, und wieso muss das während meines Unterrichts passieren?«

»Wegen Zeitdruck.«

Ich atmete tief ein und wieder aus.

»Also gut. Erklärt mir das bitte ganz genau. Jule. Bitte von Anfang bis Ende in zusammenhängenden Sätzen.«

»Okay. Es geht um Melody und Tobi.«

In der Chatleiste erschienen mehrere Emojis. Herzen, Lachmännchen mit Kussmündern.

»Die haben uns eine Klassenchallenge gestellt«, fuhr Jule fort.

»Geht das denn?«, fragte ich. Natürlich war ich über die Grundzüge dieser schon länger existierenden Parallelepidemie einigermaßen im Bilde, so gut man das als Erwachsener mit Social-Media-Aversion eben sein konnte.

»Ich dachte, diese Challenges sind immer für alle offen.«

»Ja, eigentlich schon, aber wir haben deren Handynummern bekommen.«

»Soso«, machte ich ratlos.

»Na, wegen den Emojis, die wir gekauft haben.«

Ein Hinweis über den falsch verwendeten Dativ mit *wegen* schien mir in dem Moment aussichtslos.

»Wie gekauft?«, versuchte ich zu verstehen.

»Na ja, im AppStore. Die kann man da kaufen und dann seinem Lieblings-TikTok-Star schenken. Die schweben dann so über den Bildschirm, und wenn man ganz viele kauft, dann erwähnt der Star dich in seinem Video, und wenn man noch mehr kauft, dann kriegt man vielleicht die Handynummer.«

»Und das habt ihr gemacht?«

»Ja, und jetzt können wir mit Melody und Tobi chatten. Wir sind alle ganz verliebt in die beiden. Tobi hat so tolle Wangenknochen und Melody voll die krassen Nägel und Haare und Beine und so, die ist so krass schön.«

»Und was machen die so in ihren Videos?«

»Ach, nicht viel eigentlich. Melody sieht einfach nur wunderschön aus und sitzt immer vor so voll schönen

Landschaften am Pool oder am Strand oder so, und Tobi fährt sich durch die Haare und leckt sich über die Lippen.«

»Er leckt sich … was?« Ich musste mich zusammenreißen, um nicht laut loszuschreien.

»Na ja, doof, gell? Aber uns ist halt langweilig«, sagte Jule.

Während sie sprach, hatte ich versucht, online mehr über die beiden TikToker herauszufinden. Ich fand einen Artikel eines Nachrichtenmagazins und das erste Stichwort, das mir bei Tobi entgegensprang, war »Fuckboy-Content«.

»Und was ist nun die Challenge?«

»Wir sollen als Klasse eine Tanzchoreo auf die Beine stellen. Also jeder für sich zu Hause, aber trotzdem gemeinsam, verstehen Sie? Und die führen wir Tobi und Melody dann vor, und dafür erfüllen die uns einen Wunsch.«

Ich wünschte der Klasse resigniert viel Erfolg und beendete die Stunde. Es war einerseits ein Abgrund, der sich hier mal wieder vor mir auftat, andererseits wurden die USA von einem Mann regiert, der der Bevölkerung empfahl, Desinfektionsmittel gegen Corona zu trinken, und die Briten wählten den Fake-News-Fürsten zu ihrem Premierminister. Angesichts dessen verbat es sich schon beinahe, den Kopf über die Jugend von heute zu schütteln.

Außerdem hatte ich wie alle Erwachsenen Wichtigeres zu tun, als mich um die vor Langeweile irr gewordenen jungen Menschen zu kümmern. Nach meinem derzeitigen Stand war ich immer noch der Hauptverdächtige in einem Mordfall. Ich hatte schlecht geschlafen in dieser Nacht und wirr geträumt, Träume von labyrinthartigen Dachböden mit niedrigen Decken, Sackgassen und freiem Fall. Irgendwann war ich von Betty geweckt worden, weil ich mich wimmernd hin- und hergeworfen hatte.

Aber vielleicht gab es mittlerweile eine Spur, die weg von mir als Verdächtigem führte, vielleicht konnte das Gespräch heute Nachmittag Masic davon überzeugen, dass ich nicht der war, den er suchte.

Es klingelte an der Tür.

Ich öffnete und wartete, wer das Treppenhaus emporgestiegen kam.

Es war Martin, mein Bruder.

»Soll ich die Maske anlassen?«, fragte er.

Ein Dilemma. Aus irgendeinem Grund glaubten viele Menschen, man könne sich bei guten Bekannten, Freunden oder Familienmitgliedern weniger anstecken als bei Fremden.

Andererseits war es zu skurril, sich mit dem eigenen Zwillingsbruder mit Maske zu unterhalten.

»Okay, okay«, sagte er, sich offenbar meines Zwiespalts gewahr werdend. »Ich lass sie an.«

Er ging an mir vorbei ins Wohnzimmer, wo er ein Fenster öffnete und dann nervös hin und her lief. Auch ich setzte eine Maske auf und folgte ihm ins Wohnzimmer.

»Gregor, pass auf, es gibt ein Problem.«

Er bedachte mich mit einem Blick, den ich nicht recht deuten konnte.

»Ich darf dir das natürlich eigentlich nicht sagen, aber es gibt bislang vor allem deine Fingerabdrücke am Tatort. DNA-Analyse wird noch ein paar Stunden dauern. Masic konnte den Haftrichter bisher nicht überzeugen, dich zu verhaften, aber wenn da keine weiteren Indizien auftauchen, die auf jemand anderen hinweisen, ist das vielleicht nur eine Frage der Zeit.«

Ich starrte ihn an und dachte in dem Moment an Josef K. im *Prozess.*

Irgendjemand musste Josef K. verleumdet haben, denn ohne dass er etwas Böses getan hatte, wurde er eines Morgens verhaftet. So begann dieser rätselhafte Albtraum von einem Roman.

Und nun war ich mittendrin.

»Hast du mir alles gesagt, was es zu sagen gibt?«, fragte Martin. »Du hast nichts verschwiegen?«

Verblüfft sah ich meinen Bruder an. Ich kannte ihn gut genug, um zu wissen, dass diese Fragen nur eines bedeuten konnten: Er war nicht vollkommen überzeugt von meiner Unschuld.

»Martin, du glaubst mir doch, oder?«

»Ja, klar, natürlich glaube ich dir«, sagte Martin schnell

und fuhr sich mit der Hand über die Augen. »Also, pass auf. Das Problem ist Masic. Wir sind nicht die besten Freunde, wie wir ja gestern schon angedeutet haben.«

Angedeutet ist gut, dachte ich. *Masic hasst Martin,* hatte Betty gesagt.

»Was hat er denn für ein Problem mit dir?«, fragte ich.

Martin atmete schwer. »Wir haben uns schon während der Ausbildung in Hamburg kennengelernt und konnten uns von Anfang an nicht leiden. Masic war immer schon eher ein sperriger Typ, unnahbar, irgendwie seltsam und ich … na ja, weißt du ja.«

Ja, ich wusste, was er meinte. Martin hatte immer schon die Fähigkeit besessen, ohne jede Anstrengung andere für sich einzunehmen. Er war einer dieser Menschen, deren Nähe, Zuneigung oder Freundschaft von anderen gesucht wurden, und damit war er offenbar nicht nur das Gegenteil von Masic, sondern, wie ich seit meiner Kindheit selbst erfahren hatte, auch von mir.

»Irgendwie hat er uns von Beginn an als Konkurrenten gesehen«, fuhr Martin fort, »und das Problem war, dass ich immer besser abschnitt als er. Ich hatte bessere Noten, wurde vor ihm befördert. Ich hatte später ein gutes Verhältnis zum Polizeipräsidenten, und das hat sich für mich eben ausgezahlt. Masic war immer ein wenig zu verbissen, guter Polizist, ganz klar, aber einfach zu schräg für manche.«

»Und das ist alles? Deshalb jetzt mein Ungemach? Das ergibt doch keinen Sinn.«

Martin grinste schief. »Na ja, es kommt noch mehr. Masic hatte eine Freundin, also eher eine Verlobte. Und, was soll ich sagen …«

Ich ahnte, was nun kommen musste. Martins Wirkung auf andere war immer schon beim weiblichen Geschlecht besonders ausgeprägt gewesen, und das auch hier wieder, ohne dass er sich sonderlich darum bemüht hätte. An festen Beziehungen war er lange Zeit nicht interessiert gewesen, es waren eher kurzlebige Affären, von denen ich, als wir noch zu Hause wohnten, mehr mitbekommen hatte, als mir lieb gewesen war.

»Jedenfalls wollten sie heiraten, hatten schon einen Hochzeitstermin und alles, und dann …« Er zögerte kurz, was mir die Zeit verschaffte, ausgiebig den Kopf zu schütteln.

»Das ist doch nicht dein Ernst, Martin.«

»Er hat uns erwischt. Wir waren in einem Hotel. Er hat es wohl geahnt und stand plötzlich im Zimmer.«

Ich schüttelte immer noch den Kopf.

»Das war ja auch nur eine einmalige Sache«, ereiferte sich Martin, »außerdem, ich hab ja niemanden betrogen, sie war es doch eher …«

»Schweig still!«, sagte ich nun doch einigermaßen verärgert. Ich steckte also in dieser Bredouille, weil Martin die Finger nicht von den Frauen anderer Männer lassen konnte. Er hatte seinem schlimmsten Rivalen vor dessen Augen Hörner aufgesetzt. Ich konnte nicht umhin, Verständnis für Masics Abneigung gegen meinen liebestollen Bruder aufzubringen.

»Kannst du mir mal verraten, wieso ihr jetzt beide in Freiburg seid?«

Er zuckte mit den Schultern. »Ich weiß es nicht. Zufall vielleicht? Oder er ist mir absichtlich nachgefolgt. Ich bin ja vor drei Jahren wegen Anna zurück, und ein halbes Jahr später steht er mir plötzlich in der Dienststelle gegenüber. Ich dachte, ich seh nicht richtig.«

Man konnte nur hoffen, dass es wirklich Zufall war und sich nicht um einen von langer Hand geplanten Rachefeldzug Masics gegen meinen Bruder oder dessen komplette Sippschaft handelte.

»Was wurde aus Masics Beziehung?«

Martin zuckte wieder die Schultern. »Nichts. Er hat sofort Schluss gemacht, Hochzeit gecancelt. Ich weiß nicht, was aus ihr geworden ist. Masic jedenfalls hat, soviel ich weiß, seither niemanden mehr. Das ist vielleicht auch sein Problem, vielleicht sollte er mal wieder …«

»Sprich es nicht aus, Bruder«, sagte ich und hob abwehrend die Hände. »Du hast schon genug angerichtet.«

Er sah mich unbehaglich an, dann gab er sich einen Ruck. »Sorry, Bruder, aber mach dir keine Gedanken, wird schon.«

Das war ein weiterer großer Unterschied zwischen uns. Martin konnte das wirklich, sich keine Gedanken um etwas machen.

»Doch, Martin, ich mache mir Gedanken«, fuhr ich ihn an. »Ich mache mir sogar große Gedanken. Es muss doch irgendetwas geben, was man dagegen tun kann. Das kann doch alles nicht wahr sein!«

Martin sah mich nachdenklich an. Er hatte die Eigenart, in seine Gespräche Zitate aus Liedern von geschätzten Popgruppen, vornehmlich aus den Achtzigerjahren, einzustreuen. Mir fiel auf, dass dies in unserem Gespräch bisher ausgeblieben war.

»Ruf auf alle Fälle mal deinen Anwalt an, ansonsten braucht es jetzt vielleicht ein paar *orchestrale Manöver in der Dunkelheit.*«

»Was?«, fragte ich irritiert.

»Na, wenn alle Stricke reißen, *try walking in my shoes.*«

Na also, ging doch mit den Zitaten, dachte ich. Einerseits. Andererseits verstand ich nicht recht, was er mir sagen wollte.

4.

Mit einem weiteren Cappuccino kehrte ich an den Schreibtisch zurück, besah mir noch einige von Schülern hochgeladene Texte und versah sie mit Kommentaren und Bewertungen, dann prüfte ich meine E-Mails, deren tägliche Zahl sich seit dem Lockdown mindestens verdreifacht hatte.

Die erste kam von der Schulleitung und betraf wie schon öfter das grassierende Problem mit der Trenddroge *Tilidin*. Eigentlich ein rezeptpflichtiges Schmerzmittel, wurde das süchtig machende Opioid in den letzten Jahren verstärkt in Deutschrap-Kreisen und -Liedern als Superdroge verherrlicht und von Jugendlichen als solche missbraucht. Tilidin machte angst- und schmerzfrei und verschaffte ein Gefühl von Wärme und Geborgenheit, etwas, was viele Jugendliche schon vor der Pandemie zu oft vermisst hatten. Bereits vor der Schulschließung war das Thema immer wieder auf den Tisch gekommen, weil es wohl auch etliche Schüler des Clara-Schumann-Gymnasiums, an dem ich unterrichtete, betraf. Ohne dass Namen genannt wurden, berichteten die Sozialpädagogen von besorgniserregenden Zahlen, und nicht wenige Kollegen nickten bei diesen Ausführungen wissend, gab es doch nun eine Erklärung für so manches bisher schwer erklärbares Schülerverhalten. So war noch im Februar ein Schüler ohne ersichtlichen Grund von der nur für die Oberstufe zugelassenen, drei Meter hohen Dachterrasse gesprungen und hatte sich ein Bein gebrochen. In meiner Kursstufe waren mir zu Beginn des Schuljahrs einige Jungs vor allem in den späteren Stunden des Tages regelmäßig durch vermeintlich grundloses hysterisches Lachen und häufige und offenbar unaufschiebbare Klogänge aufgefallen.

Als Nächstes öffnete ich eine Mail von Amir aus meinem Deutschkurs, der mir im Namen aller viel Glück für den Prozess wünschte, was mich sehr rührte.

Dass all diese digitalen Neuerungen mein Leben nun entgegen meiner altmodischen Persönlichkeit derart bestimmten, hatte mich zu einem Entschluss geführt, um mein Seelenheil wenigstens teilweise wiederzuerlangen. Ich hatte beschlossen, fürderhin möglichst viele alte, vom Aussterben bedrohte Wörter in meinen aktiven Wortschatz zu übernehmen. Ein Manierismus, gewiss, aber einer, der mir guttat und zu mir passte, wie ich fand.

In einer laut eigener Aussage meine Privatsphäre respektierenden Suchmaschine prüfte ich schließlich noch, ob es bereits Nachrichten zum gestrigen Mord in Freiburg gab, aber alles, was ich fand, waren Kurzmeldungen, welche die dürre Faktenlage abbildeten.

Ich schaltete den Computer aus, zog mich an und machte mich auf den Weg in die Innenstadt. Dabei dachte ich unablässig darüber nach, was genau Martin mir am Ende unseres Gesprächs hatte sagen wollen. Ich spürte eine ganz ungewohnte Unruhe in mir. Außergewöhnliche Situationen führten bei mir in der Regel dazu, dass ich immer stoischer und rationaler wurde. Jetzt war es anders. Ich war äußerst besorgt. In der Hildastraße entdeckte ich einen jungen Mann mit Kopfhörern auf einem Skateboard, der mir sehr bekannt vorkam. Tim war als Einziger der sogenannten Viererbande – vier Schüler aus meinem ehemaligen Deutschabiturkurs, die mir im Fall Menzel zur Seite gestanden hatten – in Freiburg geblieben. Er trug wie immer eine Baseballmütze über seinen halblangen blonden Haaren, ein Trägershirt und Shorts. Seine bleichen, dünnen Beine blendeten beinahe in der Sonne.

»Herr Horvath, ist Ihnen nicht etwas warm?«

Eine Frage, die man mir seit vielen Jahren jeden Sommer etliche Male stellte.

»Doch«, antwortete ich. »Aber der Sommer ist kein Vergnügen. Wer das glaubt, der irrt.«

Tim absolvierte ein Praktikum bei einer Fotografin, weil das mit dem Studienplatz auf der Filmhochschule in Köln nicht geklappt hatte. Daneben jobbte er in Schanklokalen, um sich dieses Studium auch leisten zu können.

»Herr Horvath, wie lief der Prozess?«

Ich war mit Tim immer lose in Kontakt geblieben und hatte ihm vor einiger Zeit von der Sache mit Thor und seinem Vater erzählt. Es rührte mich, dass er sich sogar den Prozesstermin gemerkt hatte.

Gute Frage, schoss es mir durch den Kopf, zumindest, wenn man dabei an Kafka denkt. Und dann tat ich etwas, was mich selbst überraschte. Ich erzählte ihm alles, was seit dem gestrigen Abend geschehen war.

»Fällt Ihnen auch auf, dass Sie ständig tote Leute sehen?« Tim grinste. »Wie in dem Film *The Sixth Sense.*«

Der Titel sagte mir nichts, aber an Tims Worten war etwas dran.

»Diesmal ist es anders.« Ich berichtete ihm von Masics Verdacht und ließ auch die Sache mit ihm und meinem Bruder nicht aus. Während ich sprach, löste sich meine Anspannung immer mehr. Der Klang meiner Worte ließ die Tatsache, dass ich hier verdächtigt wurde, den Vater eines meiner Schüler erschlagen zu haben, immer abwegiger erscheinen, ebenso kam mir mein vorheriges Unwohlsein, was meine Lage anging, zunehmend hanebüchen vor. Bei uns wurde doch im Jahr 2020 niemand Unschuldiges wegen Mordes verurteilt, das war doch ganz und gar ausgeschlossen. So etwas kannte man höchstens aus anderen Ländern wie den USA, wenn man die falsche Hautfarbe hatte.

Tim hörte mir aufmerksam zu. Dann nickte er und sagte: »Klarer Fall von Dr. Kimble.«

Ich sah ihn überrascht an. Die Serie hatten Martin und ich als Kinder gesehen. Der des Mordes an einem Kollegen verdächtige Arzt sieht nur eine Möglichkeit, sich von dem Verdacht zu befreien. Er muss den wahren Mörder finden.

»Sie müssen selbst aktiv werden«, sagte Tim ungerührt. »Das ist doch genau Ihr Ding. Außerdem vielleicht Ihre einzige Chance.«

Ich spielte diese Möglichkeit kurz in Gedanken durch. Natürlich schien es nach meinen Erfahrungen der letzten Jahre naheliegend, dass ich nun auf eigene Faust zu ermitteln begann. Allerdings war dies hier eine ganz andere Situation.

Im Fall Menzel hatte ich von Anfang an ein paar Anhaltspunkte gehabt, ich hatte mehr über ihn gewusst als jetzt über Stiehler. Wie sollte ich an Informationen über den toten Arzt gelangen – und das Ganze auch noch schnell, denn irgendwann würde Masic den Haftrichter vielleicht doch überzeugen.

Eine Stelle im *Prozess* fiel mir ein, wo der Advokat Huld K. davon abbringen will, seine Unschuld immer weiter beweisen zu wollen, weil man dadurch nur die besondere Aufmerksamkeit der immer rachsüchtigen Beamtenschaft erregen würde. Das leuchtete mir ein. Würde mein Ermitteln hinter Masics Rücken nicht erst recht dessen Misstrauen erregen? Ich wusste es nicht.

»Ich weiß nicht, ob das wirklich nötig ist«, antwortete

ich ratlos. »Außerdem weiß ich fast nichts über den Toten.«

»Wann müssen Sie im Präsidium sein?«, fragte Tim.

Ich sah auf die Uhr. »In einer halben Stunde.«

Tim nickte. »Sollten Sie nach dem Gespräch mit den Ermittlern Ihre Meinung ändern, kommen Sie doch in den Stühlinger. Ich gehe da jetzt hin und werde eine ganze Weile dort sein.«

Er nannte mir einen Namen und eine Adresse.

»Wieso, was ist das für ein Ort?«, fragte ich.

»Dort wohnt genau der Mann, den Sie jetzt brauchen.«

5.

Ich saß in einem Verhörzimmer, wie man es aus dem Fernsehen kennt, mit einer Scheibe, durch die man nur in eine Richtung sehen konnte. Ich war sicher, auf der anderen Seite stand jemand, der Masic und mich beobachtete. Ich hoffte, es war Martin, wusste es aber nicht und befürchtete das Schlimmste.

Masic machte keine Anstalten, dafür zu sorgen, dass ich mich wohlfühlte, im Gegenteil.

Mir war heiß in meinem Baumwollhemd und meiner Weste. Das Glas Wasser, das man mir angeboten hatte, war schon fast leer. Es machte nicht den Anschein, als würde man mir nachschenken. Wenigstens hatte Masic mich nicht lange antichambrieren lassen, sodass das Verhör einigermaßen pünktlich beginnen konnte.

Masic schaltete sein Aufnahmegerät ein. »Also, Herr Horvath, dann erzählen Sie mal.«

»Alles, auch das, was ich Ihnen gestern schon gesagt habe?«, fragte ich arglos.

Er starrte mich ausdruckslos an.

Also begann ich, erzählte die Geschichte von der Dienstaufsichtsbeschwerde und der Gerichtsverhandlung wegen Körperverletzung, wie es in Wirklichkeit dazu gekommen war und wie ich versucht hatte, Dr. Stiehler noch einmal zu sprechen. Ich erwähnte alle, die ich auf dem Weg in die Praxis getroffen hatte, Dr. Kroll, Mike, den Motorradpräsidenten – hier erläuterte ich knapp, woher wir uns kannten –, den Mann im Treppenhaus, die Frau im Aufzug.

Ich erwähnte auch, dass die Sprechstundenhilfe weit und breit nicht zu sehen gewesen war.

Masic hörte reglos zu, seine Raubvogelaugen fixierten mich kalt und konzentriert. Sie waren alles, was ich von seinem Gesicht sehen konnte, denn natürlich trugen wir beide Mundschutz.

»Was wollten Sie ihm denn sagen?«

Fragend sah ich ihn an.

»Na, Stiehler, was wollten Sie ganz konkret von ihm?«

Ich überlegte. Das war in der Tat keine dumme Frage. Im Grunde hatte ich mir das nicht so genau überlegt. Ich hatte gehofft, es würde sich ein vernünftiges Gespräch zwischen zwei Männern ergeben, allerdings kam mir dieser Gedanke momentan deutlich absurder vor als gestern Abend. Was genau hatte ich denn erwartet? Dass Stiehler wirklich von allem abließ und zugab, ein wenig übers Ziel hinausgeschossen zu haben?

»Ich wollte ihn davon überzeugen, dass der Hauptleidtragende in der ganzen Sache sein Sohn sein würde.«

»Inwiefern?«, fragte er.

»Na ja, alle haben gesehen, dass ich versucht habe, einen anderen Schüler zu retten. Die Zeugenaussagen waren ausnahmslos auf meiner Seite gewesen. Es gab niemanden, der Stiehlers Theorie unterstützte. Außerdem hat sein Sohn eine Vorgeschichte an Gewaltausbrüchen und anderen Ausfallerscheinungen.«

»Wie schätzen Sie Dr. Stiehler ein, so charakterlich?«

Ich wusste nicht, was ich dazu sagen sollte.

»Oder anders gefragt.« Masic beugte sich vor. »Halten Sie ihn für einen Mann, der einen Fehler zugibt und einfach loslässt?«

Masic kannte Stiehler offenbar recht gut, woher auch immer. Vielleicht hatte er einfach seine Hausaufgaben gemacht. Denn er hatte natürlich völlig recht.

»Nein«, murmelte ich.

»Können Sie das noch einmal so wiederholen, dass man es versteht.«

»Nein«, sagte ich lauter, aber es klang eher wie ein heiseres Krächzen. Ich schwitzte, und mein Mund war trocken. Mein Glas war nun leer.

Ich sah nur Masics stahlblaue Augen. Ähnlich wie Betty schien auch Masic nur selten zu blinzeln. Vielleicht lernte man das in der Polizeiausbildung.

Ich merkte natürlich, was Masic vorhatte. Er wollte mich dazu bringen, zuzugeben, dass ich mit meinem Gesprächsversuch bei Stiehler auf Granit gebissen hatte, um ihn dann im Affekt zu erschlagen.

»Die Sprechstundenhilfe erhielt um achtzehn Uhr einen Anruf, dass ihrem Sohn etwas passiert sei. Sie ist sofort in die Notaufnahme der Uniklinik, dann ins Josefskrankenhaus. Falscher Alarm. Ihr Sohn saß munter zu Hause vor dem Fernseher. Wissen Sie etwas über diesen Anruf?«

Ich verneinte.

»Nun, dann frage ich Sie noch einmal«, sagte Masic mit immer schneidenderer Stimme. »Was genau wollten Sie von Dr. Stiehler?«

Ich war ratlos. Wäre ich der wahre Täter gewesen, wäre dies vielleicht der Moment gewesen, in dem man einknickte. Aber so? Ich wusste nicht mehr, was ich noch sagen sollte. Ich spürte, wie ich mit dem Rücken zur Wand stand.

Denn in dem Moment fand ich mich selbst höchst verdächtig.

Als ich das Präsidium verließ, fühlte ich mich deutlich schlechter als zuvor. Masic hatte mich ziehen lassen mit der Auflage, die Stadt nicht zu verlassen. Wie Martin gesagt hatte, fehlte Masic noch ein Haftbefehl, und das Gespräch hatte ihn offenbar nicht weitergebracht, ansonsten hätte er mich gewiss einbehalten. Was mich am meisten irritierte, war, dass ihn meine Beobachtungen über mögliche weitere Verdächtige überhaupt nicht interessiert zu haben schienen. Mike war doch durchaus ein Kandidat, den man mit einem Mord in Verbindung bringen konnte, zumindest eher als einen unbescholtenen Oberstudienrat. Das konnte nur bedeuten, dass ich nicht als Zeuge befragt worden war.

Es musste doch weitere Verdächtige geben. Die Ermittlung konnte unmöglich lediglich daraus bestehen, sich auf einen Einzigen zu konzentrieren, um ihm ein Verbrechen nachzuweisen, das der nicht begangen hatte, nur weil der Kommissar dessen Bruder nicht mochte. Vielleicht aber ließ Masic sich ja bloß nicht in die Karten schauen.

Das Verhör hatte etwas bei mir verändert. Es war deutlich zu spüren gewesen, dass Masic mich dazu bringen wollte, mich zu verraten. Für ihn stand der Schuldige fest. Eine Stelle aus Kafkas *Prozess* fiel mir ein, in der K. bemerkt, dass das Gericht, wenn es einmal anklagt, so fest von der Schuld des Angeklagten überzeugt sei, dass es von dieser Überzeugung nur schwer abgebracht werden könne.

Plötzlich sah ich mich in Zuchthauskleidung in einer Zelle sitzen. Vielleicht war es nur U-Haft, aber war das nicht eine Möglichkeit? Was wusste man denn schon, wie viele Menschen, die eben noch unbescholtene Bürger gewesen waren, plötzlich ins Gefängnis mussten? Wieso glaubte man, das beträfe einen selbst nie und nimmer?

Ich entsann mich einer Begebenheit, die viele Jahre zurücklag. Es war zu meiner eigenen Schulzeit gewesen, vielleicht in der zehnten Klasse. Man hatte mich bezichtigt, unserem Deutschlehrer, Dr. Peise, einem Mann, den ich sehr schätzte, Wertsachen und seinen roten Lehrerkalender entwendet zu haben. Der Lehrerkalender war in vordigitalen Zeiten noch mehr ein Heiligtum als heute, befanden sich darin doch alle eingetragenen Noten des Schuljahrs, die möglicherweise nicht irgendwo anders doppelt gesichert waren. Dr. Peise war daher vor allem daran interessiert, den Kalender zurückzuerlangen, seine Geldbörse schien ihm selbst gar nicht so wichtig. Ich hatte zunächst überhaupt nicht verstanden, wie man ausgerechnet auf mich kam, ich war, weder charakterlich noch was mein Verhalten anging, ein naheliegender Verdächtiger. Daher hatte ich schon bald die Vermutung, dass ich Opfer einer Intrige geworden war. Uwe hieß die Nemesis meiner Schulzeit, ein grobschlächtiger, vierschrötiger Drangsalierer und Peiniger. Ich war sicher nicht sein einziges Opfer in all den Jahren, aber ich vermute, ich war eines seiner liebsten. In seinen Augen war ich ein altkluger Bücherwurm, aus dem er nicht schlau wurde. Mein gesamtes Gebaren störte ihn, vermutlich, weil er es nicht verstand. Dass ich ein Außenseiter war, machte mich zum perfekten Opfer, denn mögliche Zeugen seiner Übergriffe würden nicht Partei für mich ergreifen, und Martin, der Einzige, den er dahingehend fürchten musste, lag zu der Zeit mit gebrochenem Bein im Krankenhaus, wie ich mich erinnerte.

Ich hatte dem Vorwurf des Diebstahls nichts entgegenzusetzen gehabt, außer der Wahrheit. Ich blieb standhaft bei meiner Version, während Uwe und seine Spießgesellen – ihrem hinterhältigen Grinsen nach zu urteilen, das sie mir hinter dem Rücken der Erwachsenen zeigten, die wahren Täter – behaupteten, mich bei der Tat beobachtet zu haben. Da sie mir nicht nachgewiesen werden konnte, blieben Sanktionen aus, doch Dr. Peise, der auch mich und meine Unterrichtsbeiträge bis dahin offensichtlich sehr geschätzt hatte, konnte die Enttäuschung darüber nicht verbergen, ignorierte mich fürderhin weitgehend, und ich war froh gewesen, als wir im Jahr darauf einen neuen Deutschlehrer bekamen.

Nie wieder wollte ich mich einer Situation so ausgeliefert fühlen. Nie wieder würde ich einem Fehlurteil so passiv gegenüberstehen.

Vielleicht hatte Tim recht. Ich musste selbst tätig werden. Und das war es wohl auch, was Martin mit seiner rätselhaften Andeutung gemeint hatte. *Try walking in my shoes.* Natürlich, das war es.

Meine Versuche, mich selbst zu beschwichtigen und meine Lage als harmloser einzustufen, als sie offenbar war, hatten sich in Luft aufgelöst. Auch bei uns gerieten Unschuldige ins Visier der Staatsgewalt. Also beschloss ich, Tims Angebot anzunehmen, und machte mich auf den Weg zu Tims Bekannten.

Vom Polizeipräsidium war es nicht allzu weit bis in die Eschholzstraße, daher ging ich die Strecke zu Fuß.

Ich spürte, wie mich der Gedanke, den wahren Mörder selbst zu finden, zu elektrisieren begann. Schon im Fall Menzel hatte ich diesen Rausch verspürt, den mir die Jagd nach dem Mörder verschaffte, und auch während dieses irren Endes der Klassenfahrt in jener bizarren Schneeregennacht hatte ich mich so lebendig gefühlt wie kaum je zuvor.

Wenn Sie dem Hund ein Kaninchen zeigen, geht er in den Kaninchenbau, sagt Poirot. *Der Hund jagt Kaninchen. Und Hercule Poirot jagt Mörder. Und ich werde eindringen in seine Höhle und ihn jagen.*

Plötzlich war mir vollkommen klar, was ich zu tun hatte. Diesmal würden Uwe und seine Schergen nicht davonkommen. Genauso wenig wie derjenige, der Stiehler wirklich auf dem Gewissen hatte.

Denn auch Gregor Horvath jagte Mörder.

6.

Zwanzig Minuten später klingelte ich an dem Haus, das Tim mir beschrieben hatte, und stieg in den vierten Stock hinauf. Was hatte Tim gesagt? *Hier wohnt genau der Mann, den Sie jetzt brauchen.* Ich war gespannt, was das zu bedeuten hatte.

Oben angekommen, war ich schweißgebadet. Es war eine Art Naturgesetz, dass man desto weiter oben wohnte, je jünger man war. Den Weg nach unten musste man sich erarbeiten. Im wahrsten Sinne. Unten war teurer.

Tim öffnete die Tür und bat mich herein. Ich betrat eine Wohnung, die im Grunde nur aus einem Zimmer und einem Bad bestand. Das Zimmer war voll gestellt mit Computern. Vor mehreren nebeneinander aufgereihten Bildschirmen, die auf einem breiten Tisch standen, saß jemand mit dem Rücken zu mir und tippte mit beiden Händen parallel auf mehreren Tastaturen gleichzeitig.

Sämtliche Fenster waren geöffnet. Tim war ohne Maske. Ich sah ihn fragend an.

»Das ist Tschakka, mein Cousin.«

Tschakka trug ein zu großes schwarzes Sweatshirt, das im Schulterbereich mit weißen Punkten, vermutlich Schuppen, übersät war, und eine schwarze Jogginghose. Seine Körperhaltung war gedrungen, alles an ihm wirkte seltsam unförmig, wie eine Kreatur, die sich evolutionsgeschichtlich wieder rückwärts bewegte, hin zu etwas, das kauerte oder kroch und das Licht mied. So wie er links und rechts auf die Tasten hämmerte, erinnerte er mich an einen übergewichtigen Oktopus.

»Hier drin sind wir sicher«, sagte Tim. »Wenn jemand mit Sicherheit kein Corona hat, dann er. Er meidet nämlich die analoge Welt grundsätzlich. Genauso wie frische Luft.«

Die letzten Worte betonte er übertrieben und beugte sich dabei in Tschakkas Richtung, der mit einer Hand abwinkte. »Und Sonnenlicht«, ergänzte Tim. Jetzt erst sah ich, dass Tschakka eine Sonnenbrille trug.

Außer Computern lagen in der Wohnung auffällig viele Pizzakartons verstreut.

»Tschakka hat vor Kurzem Skorbut bekommen«, sagte Tim. »Hat sich jahrelang nur von Chips ernährt.«

Tschakka gab ein paar undefinierte Laute von sich.

»Salt and Vinegar«, sagte Tim grinsend. »Irgendwann ist ihm ein Zahn ausgefallen. Seitdem isst er jeden Tag eine Pizza.«

Tschakka murmelte wieder etwas.

»Pizza Hawaii«, ergänzte Tim. »Die Ananas und die Tomatensoße reichen. Enthalten genügend Vitamine, dass die Zähne wieder gesund und kräftig sind, oder?«

Tschakka nickte.

Mir war nicht klar, was genau ich hier sollte und wie

der vor seinen Bildschirmen sitzende junge Mann mit der Sonnenbrille und dem Vitaminmangel, der mich bisher noch nicht einmal angesehen hatte, mir helfen sollte.

»Tschakka ist Ihr Mann«, sagte Tim, als hätte er meine Gedanken erraten. »Er ist Hacker. Und zwar der Beste.«

Wieder murmelte Tschakka, ohne den Blick vom Bildschirm zu nehmen.

»Hacker wohlgemerkt«, sagte Tim, »darauf legt er Wert. Nicht Cracker.«

»Wo ist da der Unterschied?«

Tim sah Tschakka an, der wieder begann, vor sich hin zu murmeln.

Während er Unverständliches von sich gab, tippte er unentwegt weiter auf seinen Tastaturen. Was er tippte, war mir unklar, es handelte sich um rätselhafte Textteile und Symbole auf schwarzem Hintergrund.

Tim wartete, bis Tschakka zu Ende gemurmelt hatte, dann sagte er: »Hacking ist nicht illegal. Hacker werden benötigt, um Sicherheitslücken und Schwachstellen in Systemen zu entdecken.«

Verblüfft blickte ich von Tschakka zu Tim.

»Das hat er eben gesagt?«, fragte ich.

Tim sah mich fragend an. »Äh, ja.«

»Und du verstehst das alles?«

»Ja, schon.«

Ich schüttelte irritiert den Kopf. Als Germanist wusste ich natürlich darum, dass Sprache sich wandelte. War man nicht gerade ein Experte dafür, war es heute fast unmöglich, einen Text aus dem Mittel- oder gar Althochdeutschen zu verstehen. Aber dass dieser Sprachwandel nun schon von einer Generation zur nächsten stattfand, war mir neu. Es war mir vollkommen unmöglich, auch nur ein Wort von dem zu verstehen, was Tschakka hier von sich gab, aber Tim verstand offenbar jedes Wort.

»Tschakka arbeitet für mehrere Firmen als Sicherheitsexperte«, ergänzte Tim grinsend. »Er ist der Beste weit und breit.«

Tschakka gab ein Geräusch von sich, als würde er rülpsen.

»Tschakka sagt, das stimmt«, sagte Tim und grinste wieder.

»Und Cracker?«, fragte ich und versuchte die Absurdität dieser Kommunikationssituation einfach zu ignorieren.

Ich wartete Tschakkas Gemurmel ab, dann sagte Tim: »Cracker machen das, von dem Laien glauben, dass Hacker es machen.«

»Gut, das wäre dann also geklärt«, sagte ich.

»In unserem speziellen Fall«, fuhr Tim fort, »wäre Tschakka jedoch bereit, als Cracker zu arbeiten, denn das ist es, was Sie jetzt brauchen.«

»Aha«, machte ich.

»Ein Einblick in den Computer einer Zielperson«, sagte Tim, nachdem er Tschakka aufmerksam gelauscht hatte,

»gewährt uns einen Einblick in die Persönlichkeit, die Vorlieben, ja, ich möchte fast sagen, die Seele des Computerbesitzers. Wir erfahren so mehr über diesen Menschen, als seine Freunde über ihn wissen, seine Frau, vielleicht sogar mehr, als die Person selbst über sich weiß.«

Verblüfft lauschte ich diesen Ausführungen.

»Herr Horvath«, sagte Tim, »Sie stehen unter Mordverdacht, aber Sie sind unschuldig. Irgendjemand ist der wirkliche Mörder. Und der hatte ein Motiv. Wir werden uns jetzt ein wenig auf Doktor Stiehlers Rechnern umsehen, und danach, glauben Sie mir, werden wir deutlich mehr über den Mann wissen als jetzt.«

»Ja, aber«, sagte ich hilflos, »ist das nicht illegal?«

Tschakka schnaubte, Tim grinste. »Ja, klar. Das liegt in der Natur dessen, was ein Cracker tut, aber …«

Tschakka gab ein paar Laute von sich, die etwas unwirsch klangen.

»Ja, ist ja gut«, sagte Tim und schloss das Fenster. »Wird langsam zu viel frische Luft für ihn. Zu viel Sauerstoff. Nicht gut für sein Gehirn. Es arbeitet am besten ohne. Nicht dass ihm noch schwindelig wird.«

Tim ließ die Jalousien herunter. Tschakka atmete erleichtert auf und nahm die Sonnenbrille ab.

»Tschakka!«, rief er auf einmal, und diesmal verstand ich das Wort sogar.

»Wir sind drin«, bestätige Tim mit Blick auf die Bildschirme.

Ich sah Tim fragend an.

»Dr. Stiehlers Heimnetzwerk, wir sehen also jetzt alle Rechner bei Stiehler zu Hause«, ergänzte er.

Gebannt folgte ich Tschakkas Finger, der mir auf den Bildschirmen verschiedene Dinge zeigte. Auf dem ersten sah man ein Computerspiel, in dem ein Soldat durch eine zerstörte Stadt lief. Tschakka murmelte etwas.

»Thors Rechner«, übersetzte Tim mittlerweile beinahe simultan. »Das spielt er gerade. Spiel ist erst ab sechzehn oder sogar achtzehn. Kein Wunder, macht der kleine Racker so einen Wirbel in der Schule.«

»Wie geht das?«, fragte ich verblüfft.

»Ist nicht schwer«, sagten Tschakka und Tim. »Über die Postadresse findet man die IP-Adresse, dann muss er die IP-Adresse anpingen, um festzustellen, welches Betriebssystem benutzt wird, danach einen offenen Port suchen und dann mittels Brute-Force-Angriff den Anmeldeprozess oder das Passwort hacken, schließlich muss er sich Super-User-Rechte verschaffen, was ihm ... jetzt in diesem Moment gelungen ist – Tschakka!«

Langsam hatte ich eine Ahnung, wie er zu seinem Namen gekommen war.

Auf dem nächsten Bildschirm sah man plötzlich einen Pornofilm. Tim grinste, ich sah verlegen weg.

»Noch ein Sohn«, fragte Tschakka, und Tim übersetzte, »etwas älter als der eben?«

Ich nickte. »Marlon.« Da fiel mir etwas ein.

»Sag mal, Tim, warst du nicht mit Marlon in einer Stufe?«

»Nein, der war ein Jahr über mir.«

»Weißt du trotzdem etwas über den?«

Er schüttelte den Kopf. »Ganz schräger Typ. Mit dem wollte eigentlich niemand etwas zu tun haben. Und dann gab es da diese Poolpartys im Keller bei denen zu Hause. Da sind immer so Gerüchte kursiert, aber ich war da nie.«

»Was für Gerüchte?«, fragte ich.

Er zuckte mit den Achseln und überlegte. »Ich weiß es nicht mehr. Hat mich nie interessiert. Aber ich frag mal rum, vielleicht erfahre ich etwas.«

Tschakka zeigte auf einen der nun schwarzen Bildschirme vor ihm und murmelte.

»Und hier«, übersetzte Tim, »haben wir den Rechner des Ermordeten. Ist natürlich momentan nicht in Betrieb.«

Fasziniert beobachtete ich Tschakkas Tun.

»In der nächsten halben Stunde«, erklärte Tim, »hat Tschakka Zugriff auf alle auf dem Rechner gespeicherten Daten, sämtliche in den letzten Wochen benutzte Dateien, den Browserverlauf, seine Mails und sämtliche Anmeldedaten zu Webseiten, vielleicht sogar seine Bankdaten und seine gesamten Online-Banking-Aktivitäten. Dann wird es interessant.«

Fassungslos folgte ich alledem. Konnte ich das zulassen?

Andererseits, hatte ich eine Wahl?

»Und wenn das jemand zurückverfolgt? Kann man da nicht erwischt werden?

Tim nickte, als wäre er zufrieden mit meiner Frage.

»Spuren verwischen«, sagten Tschakka und Tim. »Mindestens so wichtig wie alles andere. Aber keine Sorge. Uns erwischt niemand.«

Das konnte in der Tat eine Möglichkeit sein. Wenn Masic sich tatsächlich bereits jetzt auf mich eingeschossen hatte, war es nur eine Frage der Zeit bis zum Haftbefehl. Und dann konnte ich gar nichts mehr tun. Ich musste die Zeit, die mir blieb, nutzen. *Benutze deine Augen,* sagt mein Lieblingsdetektiv Hercule Poirot in *Tod auf dem Nil, benutze deine Ohren. Benutze dein Gehirn, wenn du eins hast. Und, wenn nötig, handle.*

Ich spürte das schon vertraute Kribbeln. Ich jagte wieder Gauner und Halunken. Mit Tschakkas Hilfe würde ich diesem Possenspiel ein Ende bereiten.

Tschakka tippte immer weiter in rasender Geschwindigkeit. Wir sahen ihm noch eine Weile zu, dann gab Tim mir ein Zeichen, und wir machten uns daran, die Wohnung zu verlassen.

Tschakka grunzte noch etwas in unsere Richtung.

»Ah ja«, sagte Tim, »Ihre Telefonnummer noch. Haben Sie eigentlich mittlerweile ein Handy?«

Ich holte es heraus und fragte Tim, wie ich darauf meine eigene Nummer finden konnte, weil ich sie natürlich nicht auswendig kannte. Er nahm das Telefon, tippte darauf herum, schrieb die Nummer auf einen Zettel, den er seinem Cousin gab, und speicherte sie anschließend noch mit meiner Erlaubnis in sein Smartphone. Für alle Fälle schrieb ich mir die Nummer auch auf ein Blatt und steckte es in meine Geldbörse. Ich hatte so eine Ahnung, ich würde sie noch benötigen.

»Aber wie versteh ich ihn, wenn er anruft«, fragte ich Tim leise.

Tim grinste wieder, dann sagte er: »Tschakka, Herr Horvath hört nicht so gut. Ruf mich an, wenn es etwas gibt.«

Tschakka drehte sich zum ersten Mal um und sah mich an. Dann schüttelte er den Kopf.

Was sollte das? Ich blickte Tim an.

»Das soll ein mitleidiger Gesichtsausdruck gewesen sein. Er bedauert Sie. Wegen Ihrem Gehör.«

Ich atmete tief ein, unterdrückte eine hier eigentlich fällige Korrektur wegen des nicht verwendeten Genitivs nach *wegen*, und wir verließen die Wohnung.

»Das kann doch nicht wahr sein«, sagte ich, als wir draußen auf der Straße standen. »Hat der wirklich deutsch gesprochen? Und du verstehst jedes Wort?«

Wieder grinste Tim. »Na ja, ich geb zu, er nuschelt ein wenig. Vielleicht muss man ihn schon so lange kennen wie ich. Manchmal vergess ich, dass andere ihn gar nicht verstehen könnten.«

»Wieso tut er das?«, fragte ich nach einer Weile.

»Na ja, er redet halt nicht so viel. Kommuniziert mehr schriftlich.«

»Nein, ich meine, wieso macht er sich anheischig, mir zu helfen?«

»Äh«, machte Tim und kratzte sich verlegen am Kopf, »ich weiß, nach zwei Jahren Deutschkurs bei Ihnen sollten mir auch altertümliche Ausdrücke unserer schönen Sprache geläufig sein, aber …«

Ich lächelte ihn milde an. »Wieso er mir hilft, war die Frage.«

Tim grinste wieder. »Ach so. Na, erstens, weil er es kann. Hackt sich gerne irgendwo rein. Er meinte mal, er war schon überall. Es geht ihm nur darum, dass er es kann. Dieser Datenklau von Bundestagsabgeordneten vor einiger Zeit? Tschakka meinte, diese Daten habe er schon seit Jahren. Ich möchte nicht wissen, was der alles weiß. Welche Informationen der irgendwo gespeichert hat. Aber das interessiert ihn eigentlich nicht. Geld interessiert ihn auch nur so lange, wie er sich alles an Computertechnik kaufen kann, was er braucht. Sie müssen sich auch keine Sorgen machen. Die Polizei wird nicht merken, dass jemand Doktor Stiehlers Systeme gehackt hat. Und falls doch, sie werden es nie im Leben zurückverfolgen können. Der weiß schon, was er tut.«

Das klang zunächst einmal beruhigend.

»Nein, ich meinte eigentlich, wieso hilft er *mir*? Was gebe ich ihm dafür?«

»Er macht das erst mal als Gefallen für mich. Ich hab noch einen gut bei ihm.«

Ich überlegte, ob ich nachfragen sollte, ließ es aber sein.

»Sag mal«, fiel mir plötzlich etwas ein, was ich ihn schon lang hatte fragen wollen, »Leila und du, seid ihr eigentlich noch zusammen?« Tim und Leila waren ein im Grunde unmögliches Paar, umso mehr hatte ich mich für die beiden gefreut, weil sie einander sehr gutzutun schienen.

Sein Blick verdüsterte sich sichtbar, als er den Kopf schüttelte. Ich versuchte, ihn mitfühlend anzublicken.

»Was ist passiert?«

»Ach, lange Geschichte, erzähl ich ein andermal, ich muss auch los ins Fotostudio«, sagte Tim, setzte sein Skateboard, das er eben noch in der Hand gehalten hatte, auf den Boden und machte Anstalten, sich in Bewegung zu setzen.

»Aber Tim, eins noch«, sagte ich.

Er drehte sich um und sah mich an.

»Danke.«

Er nickte und grinste schief. »Für Sie immer, Herr Horvath.«

7.

Ich stand vor dem Haus von Familie Stiehler. Genau genommen handelte es sich um eine Villa in Herdern, ziemlich weit oben in der Wintererstraße, also exklusivste Wohngegend, mit Blick über die Stadt.

Hier würde ich mit meinen Ermittlungen beginnen. Siebenundzwanzig Prozent aller Mordopfer in Deutschland, hatte ich kürzlich gelesen, standen in verwandtschaftlicher Beziehung zum Täter. Es war nur logisch, mit der Ehefrau zu starten. Außerdem hatte ich sonst keinerlei Anhaltspunkte.

Es war gewagt, hier aufzukreuzen, das war mir klar, aber ich hatte nun eine Mission, und die nahm hier ihren Anfang.

Wie oft war die Polizei schon da gewesen? Auf jeden Fall am gestrigen Abend zur Überbringung der Todesnachricht. Ich stellte mir vor, wie Masic Frau Stiehler die Kunde persönlich überbracht und sie im Anschluss direkt sanft verhört hatte, so wie ich es bei meinem Bruder und Corinna Menzel erlebt hatte. Die Ehefrau war statistisch potenziell höchst verdächtig, daher war dieses erste Gespräch äußerst wichtig. Wichtig war auch, dass die Frau, die eben erst vom Tod ihres Mannes erfahren hatte – zumindest, wenn sie nicht die Täterin war –, nicht merkte, dass sie gerade vernommen wurde. Andererseits ging es natürlich auch darum, Informationen zu bekommen. Hatte der Tote Feinde? Wer profitierte von dessen Tod? Hatte die Frau womöglich eine Affäre?

Mein Besuch würde vielleicht etwas Klarheit schaffen, zumindest würde ich in jedem Fall versuchen, ein Haar der Frau Gemahlin zu bekommen, das konnte vielleicht noch nützlich sein. In meinem ersten Fall hatte die DNA-Analyse von mir erbeuteter Haare Verdächtige ausschließen oder noch verdächtiger machen können. Momentan wusste ich allerdings nicht, wie genau ich Haare labortechnisch untersuchen lassen konnte.

»Hallo?«, sagte eine Frauenstimme durch den Lautsprecher neben dem Tor, das die komplette Einfahrt auf das Grundstück versperrte.

»Horvath, Thors Lehrer, ich würde gerne mit Frau Stiehler sprechen, es ist wichtig.«

Ich war gespannt. Jetzt konnte alles passieren. Eine Weile tat sich nichts, und ich dachte schon, man würde mich einfach vor dem Tor stehen lassen, doch dann ertönte der Summer, und ich drückte gegen das Tor.

Ich durchquerte den großen Hof und sah, wie die Haustür sich öffnete und eine Frau im Türrahmen erschien, bei deren Anblick ich ein wenig erschrak.

Sie sah aus wie ein missglücktes medizinisches Experiment. Unter ihrer grotesk dicken Schminkschicht ragten zwei wulstige Lippen hervor, die Augenbrauen schienen auftätowiert, die Nase wirkte unnatürlich schmal.

»Frau Stiehler?« Mir fiel auf, dass ich Thors Mutter eben zum ersten Mal sah. Bisher hatte ich nur mit seinem unangenehmen, aber jetzt toten Vater zu tun gehabt.

Sie sah mich aus wässrigen Augen an, über denen ein Schleier zu liegen schien.

»Sie sind Thors Lehrer …«, sagte sie, und ich bestätigte, was ich ihr eben schon durch den Türöffner mitgeteilt hatte. »Was machen Sie hier?«

Wenn ich das richtig sah, schwankte sie ein wenig und musste sich im Türrahmen festhalten.

»Es geht um Ihren Mann, ich möchte Ihnen mein herzliches …«

»Heute wäre der Prozess gewesen, richtig?« Sie führte ein Sektglas an den Mund.

»Ja, das, fürwahr …«, stammelte ich und versuchte, mich zu sammeln. Sie war scharfsinniger, als es den Anschein machte.

»Kommen Sie rein«, bat sie mich.

Ich zog meine Maske hoch und trat zögerlich ein.

»Ach, lassen Sie doch die alberne Maske weg«, sagte sie. »Glauben Sie etwa daran?«

Ich sah davon ab, sie in eine Diskussion darüber zu verwickeln, dass wissenschaftliche Erkenntnisse keine Glaubensfrage waren, wie neuerdings immer mehr Menschen annahmen, so als hätte es die Aufklärung und den zivilisatorischen Fortschritt der letzten dreihundert Jahre, den wir weitgehend der Wissenschaft verdankten, nicht gegeben.

»Ich lasse sie lieber oben.«

»Wie Sie meinen«, sagte sie und ging durch einen langen Flur. »Wissen Sie, mein Mann war überzeugt, dass das alles nichts anderes als eine …«

Sie hielt inne. Ich ahnte, was sie sagen wollte, und war ganz froh, dass sie es nicht tat.

»Na ja, ist auch egal«, sagte sie wie zu sich selbst.

Das Haus war ein Paradebeispiel für Architektur und Einrichtung, die zwar teuer war, der aber jegliches Gespür für wahre Ästhetik fehlte. Seelenlos, glatt, vulgär. Der Boden war glänzend gefliest. Eine Glastür führte in ein Wohnzimmer, in das sie mich nun führte. Auch hier weiße Fliesen, ein obszön großes, schwarzes Ledersofa, eher eine Sofalandschaft, ein riesiger Flachbildfernseher, teure Sessel und zwei Marmortiger links und rechts des Sofas.

»Haben Sie ihn umgebracht?«, fragte Frau Stiehler, die sich abrupt zu mir umgedreht hatte, und ich erstarrte.

Sie lachte heiser. »Kleiner Scherz. Nur, weil der Prozess jetzt ausfällt. Wollen Sie etwas trinken?«

Ich verneinte.

Sie nahm eine Sektflasche aus einem eisgefüllten Sektkühler und schenkte sich nach. »Natürlich haben Sie ihn nicht umgebracht. Sie sind nicht der Typ, der Leute umbringt, das sieht man gleich. Sie lösen Probleme …«

Sie kam für meinen Begriff etwas zu nah an mich heran. Ihr Gesicht berührte fast meine Schulter.

»… anders«, hauchte sie. »Ich kenne mich aus mit Lehrern, wissen Sie … Jedenfalls …«

»Hören Sie«, unterbrach ich ihre elliptischen Auslassungen. »Es tut mir alles sehr leid. Mit Thor. Und Ihrem Mann. Ich wünschte, das wäre alles anders gekommen. Ich wollte das so nicht.«

Sie sah mich eine Weile ernst an. »Ich habe meinen Mann nicht unterstützt bei dem, wie er sich verhielt.«

Ich hatte mit vielem gerechnet, doch damit nicht.

»Sie sind nicht der Erste, wissen Sie.«

Ich sah sie fragend an.

»Lehrer, meine ich. Dem mein Mann zugesetzt hat.«

»Ich weiß«, sagte ich.

Sie zog die Augenbrauen hoch, sagte aber nichts.

»Haben Sie das der Polizei erzählt?«, fragte ich.

Sie sah mich irritiert an. »Natürlich nicht. Wieso auch?« Sie trank einen Schluck, dann hellte sich ihr Blick auf. »Ah ja, verstehe, Sie haben Angst, dass die Polizei Sie für den Mörder hält.«

Dafür, dass sie offensichtlich betrunken war, kombinierte sie erstaunlich klar und schnell.

»Wissen Sie, ich …« Sie suchte nach Worten. »Meine beiden Söhne, ich weiß, wie anstrengend sie sind.« Sie trank. »Glauben Sie mir, ich bin ihre Mutter. Was meinen Sie, wie viele Gespräche ich geführt habe? Erst bei Marlon, dann bei Thor. Krippe. Kindergarten. Grundschule. Immer wieder. Konzentrationsprobleme. Defizite im Sozialverhalten. Sachbeschädigung. Bewegungsdrang. Lernschwach. Aber ein IQ von hundertachtzig. Nur hat man davon nie etwas gespürt. Seit der zweiten Klasse kein Kindergeburtstag mehr, weil sie keine Freunde hatten. Mein Mann hat nie verstanden, dass unsere Söhne problematisch waren. Vor allem Thor. War ja nie da. Kam abends, wenn er schon im Bett war. Hat nicht mitbekommen, was hier den ganzen Tag los war. Der Jähzorn, die unzähligen Auseinandersetzungen. Wie oft ich hier heulend saß und nicht mehr weiterwusste. Weil sie im Winter in Sandalen und kurzer Hose rauswollten und keine Stiefel anziehen, wie sie sich mit Händen und Füßen gewehrt haben. Weil wieder ein Anruf von einem Lehrer oder anderen Eltern kam. Diese Kämpfe.«

Sie starrte mit leerem Blick zum Fenster hinaus. »Mein Mann war ein Problemlöser, ein Macher. Er hat das Ganze an sich gerissen. Hat Eltern am Telefon zusammengestaucht, wenn es wieder zu einem Vorfall mit einem anderen Kind gekommen war. Hat Lehrer angeschrien oder mit dem Anwalt gedroht. Geändert hat es nichts, aber zumindest ließ man uns in Ruhe.«

Für einen Moment sah sie jünger aus. Hübscher. Lebendiger. Ganz kurz blitzte die Frau hervor, die sie einmal gewesen war. Glücklich. Voller Hoffnung auf ein gelingendes Leben. Einen liebenden Partner, normale Kinder.

Was war geschehen? Stiehler, ihr Mann, war geschehen, vermutete ich. War er immer schon ein Haderlump gewesen? Verfluchte sie sich, dass sie es nicht früher erkannt hatte, erst, als sie schon so ein zumindest materiell annehmliches Leben hatte, dass sie daraus nicht mehr ohne Weiteres entfliehen konnte? Und dann ihre Söhne, sozial defizitäre, eigenbrötlerische Jungs, die in ihren eigenen Welten lebten und ihrer Mutter wahrscheinlich nichts zu sagen hatten, genauso wenig wie sie ihnen.

Vielleicht hatte sie genug davon gehabt. Und hatte ihren Mann eigenhändig erschlagen.

Frau Stiehler hatte den Rest ihres Glases in einem Zug geleert und wirkte plötzlich sehr in sich gekehrt.

Nachdem das Gespräch bis hierhin interessanter und aufschlussreicher als erwartet verlaufen war, begann ich mich zum ersten Mal unbehaglich zu fühlen. Ich erhob mich und überlegte, wie ich an ein Haar gelangen sollte.

»Jedenfalls«, sagte ich, »es tut mir leid. Mit Ihrem Mann.«

Sie starrte mit trübem Blick aus dem Fenster. Ich drehte mich um und wollte das Wohnzimmer verlassen. Vielleicht hing irgendwo eine Jacke oder ein Schal der Witwe.

»Ich habe mal in einem Film einen Satz gehört«, sagte sie leise. »Der Tod dauert das ganze Leben und hört auf, wenn er eintritt. Ich glaube, dieser Satz stimmt.«

Ich blickte sie an. Sie hatte die Augen geschlossen und damit das Gespräch wohl beendet.

»Haben Sie denn einen Verdacht, wer Ihren Mann getötet haben könnte?«, fragte ich sie direkt. Ich war gespannt, ob ich sie damit aus der Fassung bringen würde.

Frau Stiehler schnaubte kurz mit weiterhin geschlossenen Augen. Ich wartete, doch offenbar war das ihre ganze Antwort.

»Ich würde dann mal …«, sagte ich nach einer Weile unbehaglichen Wartens.

Bei diesen Worten erwachte sie aus ihrem kontemplativen Zustand. »Warten Sie.«

Sie ging aus dem Wohnzimmer und über eine Wendeltreppe ins obere Stockwerk. Ich folgte ihr in den Flur. Das war die Gelegenheit. Aber die Garderobe musste sich hinter geschlossenen Türen befinden, hier waren weit und breit keine Kleidungsstücke zu sehen. Ich ging zu einer Flügeltür in der Nähe des Hauseingangs und riss sie auf. Da hingen Jacken, Schals und Halstücher.

Ich hörte, wie Frau Stiehler die Treppe herunterkam. Ich ergriff ein Tuch, riss es vom Haken, stopfte es unter meine Weste, schloss die Tür, drehte mich um und ging ein paar Schritte von der Garderobe weg, gerade in dem Moment, als Frau Stiehler den Fuß der Wendeltreppe erreichte.

Ich hoffte, sie hatte mich von der Treppe aus nicht sehen können.

Frau Stiehler hielt ein schwarzes Notizbuch in der Hand, das sie mir nun entgegenstreckte. Sie wirkte nicht, als hätte sie mein unlauteres Hantieren an ihrer Garderobe bemerkt.

»Das hat meinem Mann gehört. Nehmen Sie es. Vielleicht finden Sie etwas Interessantes darin.«

Ich sah sie fragend an.

Sie nickte mir aufmunternd zu. »Nehmen Sie es ruhig. Auf Wiedersehen.«

Sie drehte sich um und ging ins Wohnzimmer zurück.

Ich wollte ihr für alle Fälle noch meine Handynummer hinterlassen, die ich nun auf einen Zettel schrieb, den ich auf das Telefontischchen im Flur legte. Mit einem Mal verteilte ich recht großzügig meine Mobilnummer, dachte ich insgeheim. Zum Glück hatte ich sie mir notiert.

Ein Geräusch über mir erregte meine Aufmerksamkeit. Ich blickte nach oben und wurde Thors gewahr, der oben an der Wendeltreppe stand und mit rätselhaftem Gesichtsausdruck auf mich herabsah. Wie lange stand er schon da? Hatte er mich beobachtet, wie ich das Tuch aus der Garderobe genommen hatte?

Und wenn schon, das war jetzt auch egal.

Eilig verließ ich das Haus.

8.

Ich ging die Wintererstraße hinunter, von dort in den Stadtgarten und setzte mich im Schatten auf eine Bank.

Beim Anblick der vielen Menschen hier wäre man nicht auf den Gedanken gekommen, dass wir immer noch mitten in einer Pandemie steckten. Die Spielplätze waren wieder geöffnet, überall saßen Menschen auf dem Rasen und auf den Bänken, genossen den warmen Frühsommertag, lachten, spielten, unterhielten sich. Die in Freiburg unerlässlichen Jonglierer, Einradfahrer und Slackliner waren auch alle da, und irgendwo spielte jemand sanft auf einer Gitarre. Ich atmete tief ein. Für einen kurzen Moment hatte ich vergessen, in welcher Situation ich mich befand. Für einen Moment war das Leben gut.

Ich öffnete das schwarze Notizbuch. Wieso hatte Frau Stiehler mir das Buch gegeben? Wieso nicht der Polizei? Was hatte das zu bedeuten?

Ich finde es ein gutes Zeichen, wenn ein Fall undurchsichtig ist, sagt Poirot einmal. *Wenn eine Sache sonnenklar ist, eh bien, seien Sie misstrauisch! Dann hat sie jemand so gemacht.* In der Tat, sonnenklar war hier gar nichts.

Es handelte sich um ein Buch, dessen karierte Seiten etwa bis zur Hälfte beschrieben waren. Die Eintragungen begannen laut der Jahreszahlen, die hin und wieder oben vermerkt waren, im Jahre 2016.

Dort waren, nach Monaten sortiert, drei- bis vierstellige Ziffern notiert, in der Regel mit einem Minus versehen, manchmal auch mit einem Plus, Letztere aber weitaus seltener, dazwischen tauchten hin und wieder weibliche Vornamen auf, teilweise mit Handynummern.

So ging das bis 2017, wo sich die Eintragungen plötzlich änderten. Nun folgten einzelne erst zwei-, dann dreistellige Zahlen, die mit den Buchstaben TR kombiniert waren: TR *50,* TR *100*, es ging bis TR *300.*

Die größeren Zahlen mit den Plus- und Minuszeichen gingen dabei parallel immer weiter.

2018 stiegen die Zahlen mit TR dann sprunghaft an, wobei das *R* erst immer seltener und dann gar nicht mehr auftauchte, es hieß nun *T 100, T 200*, bis zu *T* 500.

Im Herbst 2019 traten zwei weitere Änderungen auf. Zum einen stand auf einer Seite lediglich M200T, dafür hörten die Eintragungen der Zahlen, die mit *T* kombiniert waren, auf.

Die Zahlen mit den Plus- und Minuszeichen, vor allem die mit dem Minus, gingen munter weiter.

Das Buch war ein einziges Rätsel. Wie sollte ich hinter die Bedeutung dieser Eintragungen kommen? Und wieso hatte Frau Stiehler mir das Buch gegeben, wo sein Inhalt vollkommen kryptisch war?

Einige Zeilen des guten alten Bertolt Brecht fielen mir

ein: *Denn für dieses Leben ist der Mensch nicht schlau genug. Niemals merkt er eben diesen Lug und Trug.*

Ich sah auf die Uhr. Mir war eingefallen, dass ich heute noch gar nicht mit Dr. Kroll gesprochen hatte, um ihn über alles, was seit unserem Treffen gestern geschehen war, auf dem Laufenden zu halten, vor allem auch darüber, dass ich der Polizei gegenüber seinen Namen genannt hatte, falls sie bei ihm vorstellig wurden.

Ich beschloss, Kroll einen Besuch an der Schule abzustatten, er war sicher noch dort. Dass kein Unterricht stattfand, hieß für die Schulleitung nicht, dass weniger zu tun war als sonst, im Gegenteil. Das Kultusministerium bombardierte die Schulen regelmäßig mit neuen Vorgaben und Regelungen, die in der konkreten Umsetzung immer recht vage gehalten waren, dafür aber stets unmittelbar umgesetzt werden sollten.

Auf dem Weg zur Schule zuckte das Mobiltelefon in meiner Tasche. Eine Nachricht von Betty, die besagte, dass es heute Abend später würde.

Plötzlich fiel mir ein, dass ich am Abend ja noch ganz anderen Besuch erwartete. Mike hatte gestern im Treppenhaus sein Kommen angekündigt. Eine gewisse Irritation überkam mich. Was konnte das bedeuten? Vielleicht sollte ich lieber absagen, es war möglicherweise ungünstig, sich in meiner Situation mit einem Vertreter der Freiburger Halbwelt zu verlustieren.

Mir fiel auf, dass ich nach all dem Tumult gestern

Abend ganz vergessen hatte, Betty von Mikes angekündigter Stippvisite zu erzählen. Ich würde es nachholen. Kurz erwog ich, sie anzurufen, unterließ es aber dann doch, da sie sicherlich sehr beschäftigt war und sowieso nicht abnehmen würde. Wir führten auch keine Beziehung, in der man sich tagsüber einfach so anrief, um etwas zu erzählen.

Ich erreichte das Clara-Schumann-Gymnasium, das auf den ersten Blick wie ausgestorben wirkte. Ruhig und majestätisch lag das alte Gemäuer in der Nachmittagssonne, bewacht von den großen Nadelbäumen, die es umgaben.

Ehe ich das Gebäude durch den Haupteingang betrat, nahm ich beim Turm, jenem Nebengebäude, das vor nicht allzu langer Zeit der Tatort meines ersten Falles gewesen war, eine schnelle Bewegung wahr. Es wirkte, als hätte ihn eben jemand betreten.

Neugierig geworden, bog ich nach rechts ab und ging zum Turm. Ich verfügte in dem Gebäude über ein kleines Kabuff, ein nicht anderweitig genutzter Raum, den ich als inoffiziellen Arbeitsplatz nutzte, und da ich sowieso noch ein paar Dinge dort deponiert hatte, die ich mit nach Hause nehmen wollte, betrat ich das Treppenhaus des Turms.

Ich lauschte, doch es war nichts zu hören. Ich musste mich geirrt haben.

»Hallo?«, rief ich, während ich nach oben stieg, keine

Antwort. Im zweiten Stock angekommen, hörte ich von oben ein dumpfes Geräusch. Da war doch jemand.

Ich ging weiter. Ganz oben befand sich nur ein einziger Raum, das Turmzimmer, das für mich immer mit dem Blick nach unten auf den toten Kollegen Menzel und den beiden Treffen des *Sodalicium* verbunden bleiben würde, dem Geheimzirkel, der meinetwegen nicht mehr existierte.

Die Tür zum Turmzimmer war angelehnt.

»Hallo?«, rief ich wieder. Und schob vorsichtig die Tür auf.

Drinnen herrschte schummeriges Licht, die Fensterläden waren fast alle geschlossen, nur durch ein Fenster drangen ein paar Sonnenstrahlen, in denen Staubwolken tanzten.

Als Erstes fiel mir die Wäsche auf, die auf durch den Raum gespannten Leinen hing. Socken, Hemden, Hosen, auch Unterhosen waren dabei. Männerkleidung. Ich betrat den Raum, es roch nach Essen und noch etwas anderem, das ich nicht benennen konnte. Mein Blick fiel auf einen kleinen Gaskocher und ein paar ungewaschene Töpfe und Geschirr, das auf einem Campingtisch stand. Am Boden sammelten sich Rotweinflaschen. Was ging hier vor? Hatte sich ein Obdachloser hier eingenistet?

»Hallo?«, rief ich noch einmal, und dann erschrak ich. Neben dem Kamin an der Hinterseite des Zimmers saß jemand auf einem Sessel.

Es war mein Kollege Nestroy, der Mann, der mich damals ins *Sodalicium* eingeladen hatte.

Als er sah, dass ich ihn bemerkt hatte, sprang er auf.

»Horvath, schön, Sie zu sehen.«

Er hatte sich offenbar vor mir versteckt oder gehofft, ich würde ihn nicht finden, sonst hätte er auf mein Rufen früher reagiert.

»Herr Nestroy, was tun Sie hier?«, fragte ich und setzte meine Maske auf.

Er sah erbärmlich aus, wirkte abgemagert, hatte offenbar länger nicht geduscht, war unrasiert, die Haare waren lang und ungepflegt. Er trug eine braune Strickjacke, eine weite Leinenhose und karierte Hausschuhe.

Er lächelte verlegen. »Nun, dasselbe könnte ich Sie fragen.«

»Wohnen Sie hier?«, fragte ich verblüfft.

»Nun, also, *wohnen*, ein großes Wort, Horvath, wohnen. Was heißt das schon?«

Ich wusste spontan auch nicht, wie genau das Wort *wohnen* sich am besten definieren ließ, doch es machte wohl den Anschein, als hauste er hier zumindest seit geraumer Zeit.

»Nun ja«, begann er, »ich räume ein, wenn Sie so wollen, verbringe ich hier gerade etwas Zeit, ja. Wissen Sie, wie soll ich sagen? Ich kann gerade nicht nach Hause.«

Ich sah ihn fragend an.

»Nun, mein Lebensgefährte hat, also wir, nun, er hegt

einen gewissen Groll gegen mich. Ich habe, also, ich habe … nun ja, ich war vielleicht nicht ganz … vielleicht lassen wir das lieber.«

Ich wollte nicht weiter in ihn dringen, wo es ihm offensichtlich so schwerfiel, darüber zu sprechen, und er merklich peinlich berührt war. Er blickte auf seine an der Leine hängenden Socken und Unterhosen und begann nun, diese hektisch abzuhängen.

»Lassen Sie nur, mich stört das nicht.«

»Nein, nein, das ist schon in Ordnung, hätte ich gewusst, dass Sie, also … und die Maske können Sie ruhig abnehmen. Ich habe sicher kein Corona, ich treffe ja niemanden.«

Nestroy war merklich derangiert. Der Mann litt sichtlich. Ich hegte außerdem immer noch gewisse Schuldgefühle wegen der medialen Aufmerksamkeit, die die geheimen Umtriebe, an denen er beteiligt gewesen war, dank mir auf ihn gezogen hatten.

»Ich hoffe, Sie sind mir nicht mehr allzu böse wegen des *Sodaliciums.*«

Er winkte ab. »Ach, Horvath, das ist vergessen. Ehrlich gesagt, war ich gar nicht so unfroh. Von Bülow konnte sehr autoritär und unangenehm sein, das alles war schon länger nicht mehr so wie früher. Da liefen einige ungute Dinge. Das war ja auch der Grund, warum Menzel da immer wieder … na ja, ist auch egal jetzt. Ungemach, what is it good for, wie wir Lateiner sagen, nicht wahr? Außerdem haben wir Pandemie, das ist ja wohl deutlich schlimmer.«

Ich hatte den sonst eher formvollendeten und reservierten Nestroy noch nie so aufgedreht erlebt. Möglicherweise war er betrunken.

»Das stimmt«, räumte ich ein. »Und weiß Kroll, dass Sie hier sind?«

»Ja«, nickte er, »Kroll hat mir das ja ermöglicht. Der Hausmeister weiß auch Bescheid, sonst niemand. Ist ja niemand hier zurzeit. Tei-ming is not a city in China, was, Horvath, nein, manchmal muss das Timing einfach stimmen. Ich fliege zu Hause raus, und dann ist Lockdown. Sonst könnte ich ja gar nicht hier sein. Unglaublich, oder?«

Ich dachte über eine geeignete Replik nach, doch er sprach einfach weiter, offenbar froh, endlich einmal wieder mit jemandem reden zu können.

»Und wissen Sie, was das Beste ist?«, fragte er, kam auf mich zu und stupste mir mit dem Zeigefinger auf die Brust. »Manchmal schlendere ich durch die Gänge des Schulhauses. Und dann lausche ich. Und wissen Sie, was ich höre?«

Er machte ein entzücktes Gesicht. »Nichts, Horvath! Rein gar nichts. Es ist still wie in einer Gruft. Sonst immer dieses Geplärr und Gekreisch und jetzt – diese Ruhe, herrlich, Horvath, wirklich wahr.«

Er nickte erfreut. »Und dann, wissen Sie, was ich dann noch mache?«

Wieder verneinte ich, immer noch höchst verwundert über Nestroys Verhalten, der auf mich mittlerweile wirkte wie ein betrunkener Gnom.

»Ich gehe in ein Klassenzimmer, stelle mich an die Tafel, Kreide in der Hand … und dann … unterrichte ich. Horvath. Ja, ich unterrichte. Und es ist so schön. So, wie ich mir diesen Beruf immer vorgestellt habe. Ich kann reden, und niemand stört mich, kein närrisches Verhalten, niemand unterbricht, niemand lacht dümmlich oder sieht auf die Uhr. Ich stelle Fragen und beantworte sie selbst. Und wissen Sie was? Die Antworten stimmen immer. Ich muss mir nicht diesen Käse anhören, den die Schüler für richtige Antworten halten. Niemand will etwas von mir. Es gibt keine Reformen. Keine Elterngespräche. Keine Konferenzen. Keine Korrekturen. Keine E-Mails der Schulleitung oder der Kollegen mit irgendeinem Mumpitz, nein, es ist die reine Freude. Pures Unterrichten, der reine Inhalt. Keine Nebengeräusche. Ein Traum, Horvath, ein Traum. Ein Lehrerparadies gar.«

Er nickte versonnen.

Es war eindeutig. Nestroy war verrückt geworden.

»Probieren Sie es mal aus«, sagte er, während ich mich langsam verabschiedete. »Horvath, tun Sie das. Sie verpassen etwas«, hörte ich ihn noch weiter reden, doch da war ich schon auf dem Weg die Treppenstufen nach unten.

Ich ging in mein Kabuff, griff einen Ordner mit Unterlagen zu Kafka sowie dessen gesammelte Kurzprosa aus dem Regal und betrat kurze Zeit später den Verwaltungstrakt. Die Gänge lagen wie ausgestorben, was sie natürlich zurzeit auch waren, zumindest nachmittags, wenn die Sekretärinnen und Hausmeister und alle, die auch während des Lockdowns hier arbeiteten, gegangen waren. Nur ein Büro war besetzt.

Ich klopfte.

Kroll öffnete die Tür, sah mich, zog seine Maske über Mund und Nase und bat mich herein.

»Horvath, was machen Sie noch hier zu so später Stunde?«

Ich setzte mich. »Ich weiß nicht, ob Sie es schon gehört haben …«

»Sie meinen Stiehler?«

Ich nickte.

Er nickte ebenfalls.

»Ja, ich bin im Bilde. Also kein Prozess.« Er nickte weiter vor sich hin. »Eigenartige Sache, was?«

»Ja«, sagte ich, plötzlich unsicher, was ich hier eigentlich wollte, und irritiert von Krolls ständigem Nicken.

»Aber so ist das wohl im Leben«, sagte er mit einem Mal überraschend emotional, »eben noch der Herr der Lage. Alle Fäden in der Hand. Alles unter Kontrolle. Und zack. Alles aus.«

Kroll wirkte seltsam aufgewühlt und gleichzeitig abwesend, fast wie jemand, der unter Schlaflosigkeit litt, unendlich müde, aber unfähig, einzuschlafen. »Eben noch einen Lehrer verklagen, die Schule in Misskredit bringen, den Machbarkeitsvater mimen, und – bämm! –«, er schlug mit der Faust auf den Tisch, dass ich zusammenzuckte, »liegt er da in seiner Praxis mit blutendem Kopf.«

Ich fragte mich, woher Kroll diese Details kannte. In der Zeitung konnte das ja wohl so exakt nicht gestanden haben. Ich überlegte, ob ich thematisieren sollte, dass er und ich uns ja in der Stadt noch gesehen hatten, ja, dass er genau genommen aus der Richtung von Stiehlers Praxis gekommen war und, rein theoretisch, zumindest zeitlich, durchaus dessen Mörder sein konnte, aber wieso sollte ich ihn das jetzt fragen, und vor allem, wie?

»Wissen Sie, dass Sie nicht der Erste sind?«, fragte er plötzlich.

Ich horchte auf. »Wie meinen?«

»Nun, Sie sind nicht der erste Kollege, auf den er es abgesehen hatte.«

»Nun, ich bin über allerlei Vorfälle im Bilde, wenn Sie …«

»Das meine ich nicht.« Er winkte unwirsch ab. »Es gibt für Ihren Fall ein Vorbild. Eine Blaupause sozusagen.«

»Ach.«

»Ja. Erinnern Sie sich noch an den Kollegen Bartsch?«

Der Name sagte mir etwas. Ein älterer Kollege, wir hatten nie viel miteinander zu tun gehabt, der vor acht oder neun Jahren pensioniert worden war. Es war ein stiller

Abgang gewesen, das war mir noch im Gedächtnis. Ohne offizielle Verabschiedung, wie das sonst üblich war.

»Ja, Bartsch«, sagte ich, »Mathe und Physik, richtig?«

»Chemie und Bio, um genau zu sein.«

Na ja, dachte ich, immerhin die Richtung stimmte.

»Es ging um Stiehlers älteren Sohn Marlon. Der war da so in der sechsten, siebten Klasse. Ähnlicher Fall wie bei Ihnen. Auch Aussage gegen Aussage. Dienstaufsichtsbeschwerde, das volle Programm. Wir haben das damals sehr diskret behandelt, das hat kaum jemand mitbekommen.« Kroll nickte eine Weile vor sich hin. »Und wissen Sie, was dann? Bartsch hat einfach alles hingeschmissen. Hat sich krank gemeldet, frühpensionieren lassen, trotz aller Einbußen, und ward nicht mehr gesehen. Von einem Tag auf den anderen.« Er nickte wieder. »Konsequent. Nicht lange herumlamentiert. Zack.« Diesmal hieb er sich mit der Faust in die Handfläche seiner anderen Hand. »Ein Mann der Tat!«

Wollte er mir zwischen den Zeilen etwas mitteilen? Ich hatte Kroll noch nie so erlebt. Sonst ein Mann klarer Worte, sprach er in Rätseln.

»Aber wissen Sie«, schloss er seine mysteriösen Ausführungen, »manchmal ist der Tod ja auch eine Erlösung.«

9.

Ich war rechtzeitig zu Hause für Mikes Besuch. Durchs offene Fenster hörte ich kurz vor acht den tief gurgelnden Motor seiner Harley. Natürlich hatte ich ihm nicht abgesagt. Davon abgesehen, dass ich gar nicht gewusst hätte, wie ich ihn erreichen sollte, hatte meine Neugier obsiegt. Ich wollte wissen, was sein Begehr war. Ich öffnete die Haustür und lauschte dem Klang seiner schweren Stiefel auf den Holzstufen.

Da ich davon ausging, dass Mike eher ein Biertrinker als ein Weintrinker war, hatte ich noch zwei Flaschen im REWE in der Talstraße besorgt.

»Pauker!«, sagte er zur Begrüßung.

»Kaltgetränk?«, erwiderte ich und lotste ihn, da er keine Maske trug, auf meinen kleinen Balkon hinaus. Ich sah, dass er seinen Helm auf dem kleinen Tischchen im Flur ablegte. Ein Kribbeln durchfuhr mich, da ich natürlich wieder auf der Jagd nach Haaren war. Ich musste aufpassen, dass sich das nicht zu einem Steckenpferd auswuchs.

»Auf jeden«, sagte er, und ich holte ihm ein Bier aus dem Kühlschrank.

Wir gingen auf den Balkon und setzten uns. Mike öffnete sein Bier, ich selbst schenkte mir ein Glas Weißwein ein, dann prosteten wir uns zu.

»Nette Wohnung«, sagte er. Ich war nicht sicher, ob er es ernst oder ironisch meinte, ich konnte mir nicht einmal vorstellen, wie jemand wie Mike wohnte.

»Sag mal«, begann er im Plauderton, »du warst doch gestern Abend auf dem Weg zu diesem Arzt. Stiehler, richtig? Ich habe gehört, der wurde ermordet.«

Ich sah ihn eine Weile an und überlegte, was ich ihm erzählen sollte.

»Ja«, sagte ich, gespannt, worauf er herauswollte.

»Hast *du* ihn gefunden?«, fragte Mike und sah mich scharf an. Seine Augen veränderten sich für einen kaum merklichen Moment.

Der Typ ist ein Tier, so war er auf der Schwarzwaldhütte einmal beschrieben worden.

»Ja«, gab ich zu. Ich wusste nicht, warum ich hätte lügen sollen.

Für einen weiteren Moment fixierte er mich, dann lehnte er sich zurück, seine Gesichtszüge entspannten sich, und er pfiff durch die Zähne. »Und?«

Ich zuckte mit den Achseln. »Nun ja, es gibt erfreulichere Situationen. Aber wir standen uns ja auch nicht so nah, daher ging es.«

Mike sah mich an, als müsste er erst verarbeiten, was ich da gesagt hatte, dann lachte er sein dröhnendes Lachen und klopfte mit der Hand auf den Tisch. »Pauker, du bist der Brüller. Ausgezeichnet.«

»Ja. Das Dumme ist nun«, fuhr ich fort, weil ich keinen

Grund sah, heimlich zu tun, »dass ich sowohl ein Motiv habe als auch etwa zum Zeitpunkt der Ermordung dort war.«

»Du hast ein Motiv?«, fragte er, und es klang fast ein wenig beiläufig.

Ich erzählte ihm alles.

Er hörte aufmerksam zu, dann grinste er. »Du bist mir ja einer. Erst die Nummer da oben im Schwarzwald und jetzt das. Augen auf bei der Berufswahl, was?« Er gluckste. »Und ich dachte, ich lebe gefährlich.«

»Was ich dich fragen wollte«, sagte ich, ohne auf sein Geplänkel einzugehen. »Hast du ihn umgebracht?«

Er starrte mich an. »Was?«

Ich starrte zurück.

Auch wenn ich mir nach wie vor nicht vorstellen konnte, dass Mike, dem seit Jahren keine kriminelle Machenschaft hatte nachgewiesen werden können, in der Freiburger Innenstadt am helllichten Tag einen Mord beging – da gäbe es, wenn es denn schon unbedingt sein musste, sicher weniger riskante und aufsehenerregende Methoden –, so gehörte er doch theoretisch zum Kreis der Verdächtigen und würde Haare lassen müssen.

Ich war gespannt, wie er reagieren würde. Manchmal las man davon, dass die Augen verrieten, was jemand wirklich dachte oder fühlte. Wenn das stimmte, hatte Mike seine Augen entweder unter Kontrolle, oder ich war ein Dilettant, der nicht wusste, worauf er eigentlich achten sollte.

»Kleiner Scherz«, löste ich die Situation auf. »Aber tatsächlich wollte ich dich fragen, ob du etwas gesehen hast oder irgendjemanden, der infrage käme? Für die Polizei bin ich nämlich gerade der Hauptverdächtige.«

Er sah mich nachdenklich an. Ich wurde nicht schlau aus ihm. Allerdings wusste ich auch nicht, was eine glaubhafte Reaktion gewesen wäre auf eine Geschichte, wie ich sie ihm gerade erzählte.

Nachdem er mich eine Weile gemustert hatte, lehnte er sich zurück, trank einen Schluck Bier und begann im Plauderton zu erzählen:

»Also, ich hatte, wie schon gesagt, Physio ein Stockwerk darüber. Mein Rücken, die haben mich ganz schön in die Mangel genommen. Ich hab dann noch so eine Salbe draufbekommen, irgendetwas Neues aus Asien, was weiß ich, und dann haben sie mir so eine Folie um den Oberkörper gewickelt, damit das schön warm bleibt und nicht gleich einzieht oder so. Deshalb hab ich so geknistert gestern, weiß nicht, ob du es gehört hast.«

Tatsächlich war es mir aufgefallen, wie mir in dem Moment wieder in den Sinn kam. Ich hatte es völlig vergessen.

»Und bin dann nach unten, wo wir uns begegnet sind. Da waren Leute im Treppenhaus, zwei oder drei, die hast du sicher auch gesehen. Sonst weiß ich nichts.«

»Gut, wenn dir noch etwas einfällt …«

Er grinste. »Wieso stellst du mir diese Fragen eigentlich und nicht die Polizei?«

»Das frage ich mich auch.«

»Sagst du ihnen, dass du mich gesehen hast?«

»Hab ich schon.«

Er nickte und hob die Hände. »Klar, ist in Ordnung. Hab nichts zu verbergen.«

Ich entschuldigte mich, scheinbar, um auf die Toilette zu gehen. In Wirklichkeit wollte ich seinem Helm, den er im Flur abgelegt hatte, ein Haar entnehmen. Ich spähte um die Ecke, um sicherzugehen, dass er mich nicht beobachtete, da hörte ich ein Klirren. Ich versuchte zu ignorieren, was es damit auf sich hatte, weil es vielleicht keine bessere Gelegenheit mehr geben würde, an Mikes Haar zu gelangen, nahm den Helm, untersuchte ihn, fand tatsächlich ein kurzes Haar auf der Innenseite, packte es zwischen zwei Finger und legte den Helm schnell wieder auf das Tischchen im Flur.

»Bin an dein Glas gekommen. Sorry.«

Ich fuhr herum. Mike stand in der Wohnzimmertür. Hatte er mich gesehen? Ich war mir nicht völlig sicher. Auf jeden Fall war es *haarscharf* gewesen, *Haarakiri* fast schon. Mein Gehirn arbeitete wieder hyperaktiv, in der Regel ein Zeichen großer Anspannung.

»Hast du etwas zum Auffegen?«, fragte Mike.

»Ja, macht nichts, ich bring alles raus.«

Mit zitternden Händen holte ich Schaufel, Handbesen und Mülleimer und säuberte den Balkon von den Scherben.

»Und dein Anliegen?«, fragte ich währenddessen betont beiläufig. Als er nicht antwortete, sah ich zu ihm hoch und bemerkte, dass er mich ernst anblickte. Ich hoffte inständig, dass er mich nicht bei der Haarentnahme beobachtet hatte, und ärgerte mich über meine mangelnde Vorsicht, während ich meine Aufräumarbeiten beendete und mir aus dem Wohnzimmer ein frisches Glas holte.

Er räusperte sich. »Also erst mal gehe ich davon aus, dass du das Geld immer noch hast, die zweihunderttausend?«, hörte ich seine Stimme von draußen.

Ich fuhr herum und starrte ihn an.

Die Rocker hatten auf der Schwarzwaldhütte vergeblich die Tasche mit dem Geld gesucht, weil Betty sie zu gut versteckt hatte und nur einer ahnte, dass das Geld am Ende immer noch in der Hütte gewesen war. Und der saß jetzt hier auf meinem Balkon. Ich ging hinaus, setzte mich, schenkte mir ein Glas Wein ein und hoffte, Mike würde nichts von meiner Anspannung spüren.

Mike sah mich schweigend an.

»Zum Wohl«, sagte ich betont leger, er blickte mich weiter ernst an. Lauernd, als versuchte er, meine Gedanken zu lesen.

»Keine Angst.« Er grinste. »Ich will nur, dass du weißt, dass ich das mit dem Geld weiß. Es gibt keine andere Möglichkeit. Nur ihr könnt es haben. Oder habt ihr es zurückgegeben?« Er zuckte mit den Schultern. »Möglich, aber irgendwie glaube ich das nicht, oder, Pauker?«

Ich versuchte alle Ausdruckslosigkeit, zu der ich imstande war, in meinen Blick zu legen, und schwieg.

»Wie gesagt, keine Angst«, redete er weiter. »Ich will einfach nur, dass wir das geklärt haben. Für alle Fälle. Oder sagen wir, für den Fall, dass du meine Bitte abschlägst.«

Ich wurde immer unruhiger. Was wollte er? Was um Himmels willen konnte er von mir wollen, das ein solches Druckmittel rechtfertigte?

Er grinste wieder gutmütig. »Das Letzte war nicht ganz ernst gemeint. Ich wollte es einfach nur mal gesagt haben. Außerdem spricht das alles für dich, für deine Integrität und Diskretion. Am Umgang mit einer großen Summe Geld erkennst du den Charakter eines Menschen.«

Das erschien mir logisch. »Von wem ist das?«, fragte ich interessehalber, immer auf der Suche nach brauchbaren Zitaten. Außerdem spürte ich erleichtert, dass Mike mich nicht zu bedrohen schien.

»Von mir!« Er lachte dröhnend. »Große Männer können sich auch selbst zitieren.«

Ich lächelte. Ein Motorradpräsident mit Humor.

»Als ich klein war«, zitierte ich Oscar Wilde, den alten Aphoristiker, »glaubte ich, Geld sei das Wichtigste im Leben. Heute, da ich alt bin, weiß ich: Es stimmt.«

Wieder lachte er donnernd. »Den merk ich mir!«

Er trank sein Bier leer.

»Und was kann ich nun für dich tun?«, fragte ich.

»Also, das ist ein wenig heikel. Ich verlasse mich auf deine Diskretion, okay? Ich hab schon eine Weile drüber nachgedacht, wie ich das machen könnte, und als ich dich da oben im Schwarzwald erlebt hab, dachte ich, du bist der richtige Mann.«

»Wofür?«

Er sah mich ernst an, eine Art dramatische Pause, dann sagte er:

»Ich kann nicht lesen und schreiben.«

10.

Gegen halb zehn trat Betty durch meine Tür. Aus irgendeinem Grund verschwieg ich ihr Mikes Besuch, ich wusste selbst nicht, warum, vielleicht aus Angst vor ihrer Missbilligung. Betty sah müde aus, als sie sich auf mein Sofa fallen ließ und mit leerem Blick mein Bücherregal anstarrte.

Eine Weile sprach niemand ein Wort.

»Geschafft?«, fragte ich. Es war offensichtlich, dass sie das war. Aber über die Jahre hatte ich durch Imitation gelernt, dass Menschen auf diese Art kommunizierten. Small Talk. Es ging weniger um die Sache als um anderes. Die Beziehung, gegenseitige Wertschätzung, Empathie, solche Dinge. Ich fühlte mich immer wie ein Schauspieler, wenn ich so redete, aber ich wollte nicht gleich den Elefanten im Raum ansprechen und Betty mit dem Existenziellen bedrängen. Für sie war die Lage allem Anschein nach auch nicht einfach. Ihr Lebensgefährte stand unter Mordverdacht. Wie verhielt man sich da?

»Weißt du, was ich die ganze Zeit mache?«, fragte sie.

Ich sah sie fragend an.

»Die ganzen gelangweilten Jugendlichen im Lockdown verschicken im großen Stil Nacktfotos und Schlimmeres von sich selber. Die Mädchen vor allem. Es ist ein richtiger Trend. Eine Pandemie sozusagen.« Nur wenn man sie sehr gut kannte, konnte man an ihren Augen für einen Moment erahnen, dass sie einen Scherz gemacht hatte. »Das Problem ist, unter vierzehn fällt das unter Kinderpornografie. Darüber, bis achtzehn, ist das Jugendpornografie. Das sind teilweise zwölfjährige Mädchen. Und die Typen, also die Empfänger, wissen manchmal nichts Besseres, als das in WhatsApp-Gruppen mit siebzig, achtzig Leuten zu teilen. Und jeder Empfänger macht sich prinzipiell strafbar. Höchstens, man löscht gleich und kommentiert das noch entsprechend. Und wir müssen alle siebzig Empfänger ermitteln und dem bei jedem Einzelnen nachgehen. Handys konfiszieren, Anzeige erstatten. Das kann richtig wehtun, so eine Anzeige, das landet in deinem Führungszeugnis. Es ist Wahnsinn. Niemand sagt ihnen, was das für Folgen hat. Und wir arbeiten am Anschlag.«

Ich ging in meinem Kopf meine Schüler durch und überlegte, wem ich so etwas zutrauen würde. Es war schwer. Man kannte die Abgründe nicht.

Betty schwieg wieder, und natürlich spürte sie meinen lauernden Blick. »Wie war dein Gespräch mit Masic?«, fragte sie endlich.

»Ich weiß es nicht, hast du nichts gehört?«

Sie schaute mich eine Weile nachdenklich an.

»So eine Scheiße, Horvath«, sagte sie mit einem Mal für ihre Verhältnisse geradezu heftig und richtete sich auf.

»Was meinst du?«

»Ich bekomme fast nichts mit. Nur, dass es offenbar bislang keinerlei Hinweise auf einen Mörder gibt. Also keine außer denen, die auf dich weisen. Deine Fingerabdrücke sind überall. Die anderen Spuren werden noch ausgewertet. An dem Tag waren wohl mindestens zwanzig Personen in dem Zimmer. Das kann dauern. Die Kollegen müssen jetzt alles, was sie finden, abgleichen mit den Patienten, die an dem Tag da waren. Ein Team war heute den ganzen Tag unterwegs und hat die Leute aufgesucht und ihnen Fingerabdrücke abgenommen. Masic war heute offenbar noch mal bei Frau Stiehler, aber es gibt keinen Hinweis, dass die etwas damit zu tun hat. Das ist alles, was ich mitbekommen habe.«

Ich stellte mir vor, wie Masic und ich uns in Frau Stiehlers Wohnzimmer begegneten. Das wäre doch ein sehr heiterer Moment geworden. Wie knapp wir uns wohl verpasst hatten?

»Masic hat sich auf dich eingeschossen«, fuhr Betty fort. »Der macht Druck auf sein Team, dass die irgendetwas über dich finden, das ihn dem Haftbefehl näherbringt. Und dass sie völlig diskret arbeiten. Da dringt kaum etwas nach außen. Es herrscht völliges Misstrauen, vor allem mir und Martin gegenüber. Die haben natürlich Angst, dass wir dich über die Ermittlungen auf dem Laufenden halten. Hast du einen Wein?«

Ich schenkte ihr ein Glas Kaiserstühler *Pinot Blanc* ein

und setzte mich neben sie. Sie nahm einige große Schlucke.

Dann reichte ich ihr die zwei Tüten mit den Haaren von Mike und Frau Stiehler. »Ich bin selbst ein wenig aktiv geworden.«

Sie sah mich mit ihren großen, dunklen Augen an, dann blickte sie auf die Haare, dann wieder zu mir.

»Fuck, Horvath.«

»Ich hatte Martin so verstanden, als wäre das sein Rat gewesen«, sagte ich entschuldigend. Ich entschied mich, ihr auch nichts von Tschakka zu erzählen, weil ich den Eindruck hatte, das würde die Dinge nur unnötig verkomplizieren.

In dem Moment fiel mir allerdings auf, dass ich vergessen hatte, ein Haar von Kroll zu besorgen. Schließlich war auch er in der Nähe des Tatorts gewesen, auch wenn ich mir beim besten Willen nicht vorstellen konnte, warum er Stiehler hätte erschlagen sollen, außer, dass er vielleicht nicht noch einen Lehrer wegen dieses Mannes verlieren wollte. Aber das war dann natürlich doch etwas zu sehr an den *Haaren* herbeigezogen. So viel Einsatz für das eigene Kollegium ginge wohl noch weit über das übliche Maß hinaus.

Betty sah mich wieder aus ihren dunklen Augen an. »Von wem sind die Haare?«

Ich sagte es ihr. Sie sah mich ernst an und schüttelte leicht den Kopf.

»Ich frag jetzt einfach mal nicht, wie du an Mikes Haar gelangt bist«, sagte sie matt. Nun, dachte ich, dann musste ich es ihr ja auch nicht erzählen, und schwieg.

»Ich weiß momentan nicht, wie ich dir helfen kann«, sagte sie und klang resigniert. »Es wird schwerer als beim letzten Mal.« Damit meinte sie den Fall Menzel und wie sie mir geholfen hatte, hinter dem Rücken der Polizei zu ermitteln. Allerdings war es diesmal anders. Der Fall Menzel kam mir vor wie etwas aus einem anderen Leben. Diesmal war das mehr als ein Spiel, ein Lebenselixier, so wie ich die Jagd nach den Schuldigen damals wahrgenommen hatte. Etwas, das mich erquickte, das mich wach und lebendig machte wie lange nichts, mich aus meiner Routine gerissen hatte. Diesmal ging es um mich. Um meine Existenz.

»Ich habe zwar noch meinen Kontakt im Labor«, fuhr Betty fort, »aber Masic isoliert mich. Er hat die Kriminaltechnik instruiert, mir nicht mit Dingen behilflich zu sein, die nicht unmittelbar mit klar nachweisbaren Fällen zu tun haben, an denen ich aktuell arbeite.«

Das klang nicht gut. Was sollte ich denn nun mit meinen gesammelten Haaren machen?

»Wenn du unschuldig bist, wird sich das auch herausstellen. Mach dir keine Sorgen.«

Das *Wenn* in dem Satz störte und beunruhigte mich, aber ich sah davon ab, sie darauf anzusprechen.

Eine Stelle aus Kafkas *Prozess* fiel mir ein. *»Dann kön-*

nen auch die besten Beziehungen zu den Beamten nicht mehr helfen, denn sie selbst wissen nichts. Der Prozess ist eben in ein Stadium getreten, wo keine Hilfe mehr geleistet werden darf.«

Mich fröstelte.

Seufzend nahm Betty die beiden Plastikbeutel entgegen. »Gib mal her, vielleicht fällt mir etwas ein.«

Ich trank mein Glas leer. Es war heute Abend schon mein viertes, und langsam spürte ich die Wirkung des Weins.

»Weißt du, es ist schon interessant«, sagte ich. »In letzter Zeit fühle ich mich sowieso schon die ganze Zeit schuldig.«

Sie sah mich skeptisch an. »Weswegen?«

»Na ja«, erklärte ich. »Ich bin ein alter weißer Mann. Ich bin ein Problem, stehe unter Generalverdacht. Die folgenden Generationen klagen mich an. Ich bin schuld an der Ausgrenzung und Benachteiligung von Frauen und Minderheiten. An der Ausgrenzung von Ausländern, lehne die multikulturelle Gesellschaft ab, befürworte das Patriarchat, mache mich chronisch des Rassismus und Sexismus schuldig, bin ein Repräsentant von struktureller Diskriminierung, profitiere vom Pay-Gap und bin hauptsächlich für die Zerstörung des Planeten, vor allem den Klimawandel.«

Ein amüsierter Zug spielte um Bettys Mundwinkel, sonst blieb ihr Gesicht gewohnt stoisch während meiner Ausführungen.

»Vielleicht solltest du dich nicht ganz so wichtig nehmen, Horvath«, sagte sie und lächelte fast unmerklich, »aber ich weiß natürlich, was du meinst …«

»Und jetzt noch Mord«, fuhr ich fort. »Ich komme mir vor wie eine Figur bei Kafka. Schuldlos schuldig.«

Betty sah mich noch eine Weile an, dann trank sie ihr Glas aus, stand auf, ging zum Fenster und sah auf die Straße hinaus.

»Was ist da?«, fragte ich.

»Ach, nichts.« Sie rieb sich die Augen. »Ich dachte vorhin, da hätte mich jemand beobachtet. Aber war wahrscheinlich nichts.«

Sie gab mir einen Kuss auf den Mund und wünschte mir eine gute Nacht.

Ich hätte mir gewünscht, sie wäre in dieser Nacht bei mir geblieben, doch offenbar wollte sie in ihrer Wohnung schlafen.

Irritiert blickte ich ihr nach, doch zog es vor zu schweigen. Betty zog sich von mir zurück, ich spürte es. So war es schon einmal gewesen.

Ich war allein. Wie eigentlich schon mein ganzes Leben lang. Ein Zitat fiel mir ein: *Überlege wohl, bevor du dich der Einsamkeit ergibst, ob du auch für dich selbst ein heilsamer Umgang bist.*

Eine gute Frage, in der Tat.

Ich ging zum Fenster und sah hinaus auf die Straße. Außer hin und wieder einem Auto und ein paar Radfahrern war nichts zu sehen.

Da ich keine Hoffnung auf baldigen Schlaf hatte, lenkte ich mich damit ab, zu recherchieren, wie ich Mike das Lesen und Schreiben beibringen konnte, und stieß auf den erbitterten Streit, der hier über die jahrelang praktizierte und nun teilweise verbotene Methode *Schreiben nach Gehör* herrschte. Experten führten den Anstieg eklatanter Rechtschreibprobleme von Kindern auf diese Methode zurück, die Grundschülern zuerst alle möglichen Freiheiten beim Schreiben gewährte, um sie nicht zu frustrieren, und die es danach offenbar versäumte, diese Freiheit durch Regeln einzugrenzen.

Ich fragte mich, wie ich vorgehen sollte. Tatsächlich hatte man als Gymnasiallehrer keine ausgeprägte Kenntnis davon. Man war nur immer wieder erstaunt darüber, wie schlecht viele schrieben, und versuchte in der Unterstufe, den Problemen mehr oder weniger systematisch Einhalt zu gebieten, ehe man dann ab der Mittelstufe frustriert in den Chor derer einstimmte, die darüber lamentierten, dass die Schüler heutzutage immer schlechter schrieben, in der stillen Hoffnung, bei den ganz schlimmen Fällen würde irgendjemand LRS diagnostizieren, damit man die Rechtschreibung nicht mehr zählen musste und das Thema als nicht im Unterricht lösbar deklarierte. Und das alles nun also bei Mike. Nur weil Mike vordergründig ein jovialer, sympathischer Zeitgenosse war, wusste ich doch auch von seiner Skrupellosigkeit und Brutalität bei der Durchsetzung seiner Interessen. Konnte ich ihm dauerhaft seine Defizite vor Augen halten, würde er das akzeptieren? Und außerdem, sollte ich ihm ein Schönschreibheft besorgen? Ihm Hausaufgaben geben?

Ich nahm mir noch ein letztes Glas Wein, legte ein Johnny-Cash-Album auf und setzte mich aufs Sofa.

It all began when they took me from my home and put me on death row. A crime for which I am totally innocent, you know.

Bei diesen Zeilen lief es mir eiskalt den Rücken herunter.

Ich stellte die Musik aus, machte noch zwanzig Minuten Leibesübungen durch Tai-Chi und dachte darüber nach, wie ich weiter vorgehen sollte. Ich würde morgen unbedingt den pensionierten Kollegen Bartsch aufsuchen. Viel mehr hatte ich momentan nicht in der Hand. Ich hoffte, von Tschakka mehr zu erfahren, irgendetwas, mit dem ich weiterarbeiten konnte, vielleicht käme Betty auch zu aufschlussreichen Ergebnissen, meine gesammelten Haare betreffend. Auf ein Blatt Papier notierte ich mir meine für morgen geplanten Ermittlungsschritte: Dr. Kroll und der frühpensionierte Kollege Bartsch würden Besuch von mir bekommen. Dann schrieb ich den Namen Tschakka auf und versah ihn mit einem Fragezeichen, und bei Frau Stiehler würde ich mich noch einmal nach der Bedeutung des Notizbuchs erkundigen. Ich starrte auf die dürren Notizen auf dem Blatt. Mehr hatte ich nicht. Es war nicht allzu viel.

In dieser Nacht schlief ich unruhig und träumte, ich stünde in einer riesigen Kirche. Ein Pfarrer trat herbei und wies mich darauf hin, zu viel fremde Hilfe zu suchen. Ich erklärte ihm, warum ich das tat, warum ich das für unerlässlich hielt. Er lauschte meinen Worten, dann sagte er, ich täuschte mich in Masic. Ich solle ihn aufsuchen, er befände sich hinter einer Tür in einem verborgenen Winkel des Gotteshauses. Ich stand vor besagter Tür, hinter der ich Masic vermutete. Ich würde ihm sagen, dass ich unschuldig war, und er würde mir glauben, dessen war ich mir ganz sicher. Vor der Tür stand ein Hüter, der mir den Einlass verwehrte. Ich setzte mich und wartete. Ich wartete eine Ewigkeit. Niemand kam in dieser Zeit und verlangte nach Einlass. Jahre vergingen. Schließlich war ich alt und spürte den Tod nahen. Ich fragte den Türhüter, wieso in all den Jahren niemand Masic hatte sprechen wollen.

»Dieser Eingang war nur für dich«, sagte der Hüter. Wie ich eben erst bemerkte, war es Masic selbst. »Ich gehe jetzt und schließe ihn.«

Dann starb ich.

Und erwachte schweißgebadet und mit klopfendem Herzen.

11.

Tag 2. Mittwoch.

Der nächste Tag begann mit einer Doppelstunde Kafka in meinem Deutschkurs. Als Videokonferenz.

Mein nächtlicher Albtraum spukte mir noch durchs Gemüt, als ich mir in düsterer Stimmung einen Cappuccino machte. War heute der Tag, an dem sich meine Unschuld erwies? Oder der, an dem der Haftrichter meiner Verhaftung zustimmen würde? Ich warf einen kurzen Blick auf meine gestrige Namensliste und schaltete den Computer ein.

Schon unmittelbar nach dem Beginn des Lockdowns im März hatte man es allerorten rufen hören, dass die Corona-Krise nun endlich die Mängel im Schulwesen offengelegt habe, vor allem werde nun deutlich, wie sehr die Schulen oder vielmehr die Bildungspolitik die Digitalisierung vernachlässigt hätten, und nun bekäme man die Quittung dafür, weil niemand auf diese Situation vorbereitet sei. Ich hielt diese Kritik für überzogen und im Grunde unnötig. Wie ich unlängst irgendwo gelesen hatte, war Digitalisierung generell der Zustand, den man immer so gerade eben noch nicht erreicht hat. Zum anderen hielt ich es für Aberwitz, Millionen von Euro für besseres Internet und mehr Endgeräte für alle Schüler und Lehrer zu versprechen, solange es in diesem Land noch immer unzählige Schulen mit nicht funktionierender Klospülung und undichten Turnhallendächern gab.

Außerdem fand ich es vermessen, den Schulen vorzuwerfen, sie seien auf eine weltweite Pandemie nicht vorbereitet gewesen. Ich glaube, außer ein paar Virologen, auf die seit Jahren niemand hörte, war das niemand.

Das eigentliche Problem, fand ich, war, dass wir noch mehr als sonst schulische Aufgaben während der Krise an die Elternhäuser weitergereicht hatten und somit noch mehr als ohnehin bereits von den Elternhäusern abhing, wie gut die Kinder durch die Krise kamen. Ich hielt es immer schon für falsch, Lern-, Vertiefungs- und Übungszeit – also das, was wir Hausaufgaben nennen – an die Elternhäuser auszulagern, wo doch jeder, der schulpflichtige Kinder hat, bestätigt, dass Hausaufgaben im Grunde Hausfriedensbruch sind. Im Weiteren überlässt man die Förderung auch gerne Nachhilfeinstituten oder YouTube.

Was in manchen Familien genau geschah, wusste niemand, aber man konnte es erahnen, wenn Schüler nach zwei Monaten Lockdown die Namen ihrer Lehrer nicht mehr kannten, dafür aber die aller *Fortnite*-Charaktere.

Zwanzig Minuten vor Beginn der Videokonferenz schaltete ich meinen Computer an, richtete den Konferenzraum ein und lud Dokumente auf Moodle hoch und richtete Links ein zu Seiten, die vielleicht hilfreich waren.

Ich gestaltete meinen Fernunterricht wie den vor Ort auch. Die Schüler sollten gemeinsam an Problemen arbeiten, nicht einfach Buchaufgaben abhandeln, die man dann, im günstigsten Fall, besprach.

Nach und nach meldeten sie sich an, und ihre Kamerabilder erschienen auf meinem Bildschirm. Vor allem bei den Jungs musste ich wieder schmunzeln. Da die Friseure seit Wochen geschlossen hatten, sah man hier momentan Haarfrisuren, die es seit den Neunzigerjahren bei jungen Männern so nicht mehr gegeben hatte.

Wie immer fehlten einige, zwei schafften es immerhin, mich per Mail auf Internetprobleme hinzuweisen als Begründung für ihre heutige Abwesenheit.

Unsere momentane Lektüre, Kafkas *Prozess*, passte auf beinah unheimliche Weise zur Gesamtsituation in der real existierenden Wirklichkeit. Der Bankprokurist Josef K., der Protagonist des Romans, wird am Morgen seines dreißigsten Geburtstages verhaftet, ohne sich einer Schuld bewusst zu sein. Trotz seiner Festnahme darf sich K. noch frei bewegen und weiter seiner Arbeit nachgehen. Vergeblich versucht er herauszufinden, weshalb er angeklagt wurde und wie er sich rechtfertigen könnte.

Die Schüler hatten in den bisherigen Stunden völlig unterschiedlich auf den Text reagiert. Die Hälfte spürte, dass dieser Autor, vielleicht mehr als jeder andere, mit dem sie in der Schule konfrontiert wurden, ihnen etwas über die Rätselhaftigkeit ihrer eigenen Existenz und der Welt insgesamt zu sagen hatte. Gerade die Pubertät war eine Zeit, die viele als kafkaesk ansahen, auch wenn sie das nicht so hätten benennen können. Ich selbst hatte mich in meiner Jugend von Kafka verstanden gefühlt wie von niemandem sonst. *Die Verwandlung* handelte von mir und meiner Andersartigkeit, *Der Prozess* von diesem mulmigen Gefühl, dass alle anderen weit weniger verwirrt, verloren und alleine waren als ich.

Auch bei manchen Schülern hatte man den Eindruck, die Lektüre zeigte ihnen, wenn schon keinen Ausweg, dann doch, dass Kafka eine verwandte Seele war. Die andere Hälfte fragte sich, was der Quatsch sollte, und es bestätigte wieder einmal ihre Meinung, dass Literatur Zeitverschwendung war und Literaturinterpretation ein endloses Gelaber, das nichts brachte.

»Wieso lesen wir das?«, war hier eine gängige Schülerfrage, die noch gesteigert wurde durch den Klassiker: »Hat der Autor sich das wirklich alles so überlegt, was wir da hineininterpretieren?«

Worum es ging, war, dass Literatur eine gewisse Ambiguitätstoleranz fördern, also die Leser dazu bringen konnte, andere Sichtweisen – und seien sie einem noch so fremd – zu verstehen, um vielleicht zu erkennen, dass die Welt nicht immer einen Sinn ergab. Gerade in diesen Tagen, wo sich mehr Menschen wieder in geschlossenen

Welterklärungsversuchen wie Verschwörungstheorien heimisch fühlten, eine durchaus relevante Erkenntnis.

»So, guten Morgen allerseits«, begrüßte ich die Klasse. »Sie sehen wie immer gut aus. Sie dürfen Ihre Kamera jetzt ausmachen.«

Dann begann ich meinen ersten kleinen Test. »Achmed, sag du mir doch mal kurz, wo im Roman wir gerade sind.«

Keine Reaktion.

»Achmed, hörst du mich?«, wiederholte ich geduldig.

Wieder nichts.

Mein Verdacht hatte sich bestätigt. Achmed hatte ein kleines Ritual entwickelt, sich morgens einzuloggen, um Anwesenheit vorzugaukeln, und sich dann direkt wieder ins Bett zu legen. Die Clevereren schrieben noch etwas von »Mikrofonproblemen« in den Chat und glaubten, damit würden sie für den Rest der Stunde in Ruhe gelassen, aber selbst das hatte Achmed vergessen. Ich machte mir eine Notiz, am Nachmittag die Eltern zu kontaktieren.

»Frage«, begann ich den Unterricht, »was ist kafkaesk an *Der Prozess?*«

Emma meldete sich, wie immer, sofort. Auch Vida. Bei Vida, dieser seltsam alten Seele von einer Schülerin, hatte ich das Gefühl, dass ihr Blick auf die Welt im Allgemeinen und auf ihre Altersgenossen und den Mikrokosmos Schule im Speziellen durchaus dem Kafkas entsprach. Vida wirkte immer, als würde sie mit einer Mischung aus Langeweile und Amüsement von einer erhöhten Position aus, wie eine Art auktorialer Erzähler, auf das schulische und jugendliche Treiben unter ihr hinabblicken. Und das, was sie sah, war in ihren Augen anscheinend surreal, grotesk und auch auf eine schwer zu erklärende Art urkomisch. Doch anders als Kafka, von dem man ja weiß, dass er bei Vorlesungen seiner eigenen Texte im Freundeskreis sich oft vor Lachen kaum halten konnte, huschte bei Vida lediglich ein amüsiertes Kräuseln um ihre Lippen.

»Vida?« Ich wartete gespannt, was sie zu sagen hatte.

»K. fühlt sich anonymen Mächten ausgeliefert, wodurch seine Existenz bedroht und bestimmt wird. Angst, Unsicherheit und Entfremdung sind die Folge. Ebenso Schuld und Verzweiflung durch die Ausweglosigkeit seiner Lage, die seine Existenz zunehmend als sinnlos erscheinen lässt.«

Jedes ihrer Worte traf mich mit voller Wucht. Was sie sagte, stimmte inhaltlich, aber was mich so erschütterte, war, dass ich das Gefühl hatte, sie sprach auch über mich. Zwischen K. und mir existierten geradezu gespenstische Parallelen.

Plötzlich fragte ich mich, was ich hier eigentlich tat. Man verdächtigte mich eines Mordes, den ich nicht begangen hatte, ein Hacker, dessen Worte ich nicht verstand, half mir dabei, hinter dem Rücken der Polizei zu ermitteln, und ich nahm wildfremden Menschen Haare aus ihren Garderoben. Das war doch ganz und gar absurd. Was erhoffte ich mir denn davon? Mein Leben lang war ich bemüht gewesen, der Unordnung und der Irrationalität einer Welt, die sich Vernunft und Sinn immer wieder zu entziehen schien, mittels Form, Etikette, rationalem Denken und Ästhetik beizukommen.

Aber wenn man ehrlich war, hatten meine Ermittlungsversuche im Fall Menzel und bei Lukas' Verschwinden auf der Klassenfahrt gezeigt, dass mein Glaube, mittels Deduktion, Kombination und Analyse zur Wahrheit vorzudringen wie die großen Detektive, Poirot allen voran, nichts als eine vermaledeite Hanswurstiade war. Ich war wie ein törichter, eitler Geck im feinen Zwirn durch diese Kriminalfälle gestolpert, und am Ende war es stets der Zufall gewesen, der das letzte Wort hatte. Mein Leben war ein Theaterstück, geschrieben von einem Narren, und der Hauptdarsteller war blind. Wieso sollte es diesmal anders sein? Wie kam ich auf den Gedanken, ich könne hier irgendetwas ausrichten. Vielleicht war *Der Prozess* nicht nur ein faszinierender Roman, sondern viel mehr: eine Warnung. *Weißt du, dass dein Prozess schlecht steht?*, wird K. einmal gefragt. Vielleicht sollte ich mir K.s vergebliches Streben zum Vorbild nehmen, mich in meine Altbauwohnung setzen und dem Räderwerk des Schicksals seinen Lauf lassen.

»Heute«, fuhr ich dennoch fort, »sprechen wir über Josef K. und die Frauen.«

»Das wurde auch langsam Zeit«, schrieb Max in den

Chat, von seinen Klassenkameraden und einigen Lehrern Mad Max genannt. Seit seinem Versuch, auf der Klassenfahrt mit einem Besen auf die Gangster, die uns belagerten, zu schießen, wusste ich, warum.

Sein Kumpel Amir postete ein Symbol klatschender Hände. Amir war der Vernünftigere der beiden, ein beliebter und immer gut gelaunter junger Mann, der erst vor ein paar Jahren aus Syrien nach Deutschland gekommen war.

Als Nächstes erkundigte ich mich nach den Namen der Frauen, die in dem Roman eine Rolle spielten. Ich hatte die Frage kaum zu Ende gestellt, da erschien bereits das vereinbarte Meldesymbol von Emma im Chat. Emma wusste immer alles. Sie meldete sich auf jede meiner Fragen. Mitunter kam es vor, dass ich die Frage noch nicht einmal gestellt hatte, da erschien schon ihr Zeichen.

Sie nannte die Namen der weiblichen Figuren.

Nun teilte ich die Klasse in ihre festen Arbeitsgruppen ein, lud ein Dokument mit dem Arbeitsauftrag und den entsprechenden Seitenzahlen hoch und entließ sie in ihre Gruppenräume. Dort sollten sie sich gemeinsam ihre Ergebnisse erarbeiten, diskutieren und hinterher gemeinsam präsentieren.

Erleichtert nahm ich zur Kenntnis, dass weder mein gestern ausgefallener Prozess – solche Abläufe finden in der Regel vom Schulbetrieb unbemerkt hinter den Kulissen statt – noch der Mord an Stiehler angesprochen wurde. Letzteren hatten sie sicher mitbekommen, aber offenbar nicht mit einem Schüler ihrer Schule oder gar mit mir in Verbindung gebracht.

Ich lauschte in die ersten beiden Gruppen hinein, wo bereits eifrig diskutiert wurde.

In der dritten dagegen herrschte Ratlosigkeit.

»Hast du gelesen, die Scheiße?«, fragte Max, der meine Anwesenheit offenbar noch nicht bemerkt hatte.

»Hab's versucht, aber ich versteh's nicht.«

»Ich weiß überhaupt nicht, was das soll, Digger«, ereiferte sich Max wieder, »ich dreh noch durch, ich kann mich null konzentrieren. Hab versucht zu lesen, keine Chance. Für jede Seite muss ich erst mal zwanzig Minuten pumpen, sonst Kollaps.«

Mit *pumpen* meinte er das Stählen seines Körpers mittels entsprechender Kraftübungen, nicht selten kombiniert mit der Einnahme überteuerter Nahrungsergänzungsmittel, eine weitere Sucht, der viele junge Männer in letzter Zeit anheimgefallen waren. Warum, war unklar, nur ein völlig verwirrter Geist konnte dem, was nach einer Weile mit ihren Oberkörpern geschah, einen ästhetischen Mehrwert zusprechen.

»Hallo, Herr Horvath«, sagte Amir, der nun offenbar meinen Namen entdeckt hatte.

Ich öffnete den Chatbereich, in dem Schüler einander persönliche Nachrichten schicken konnten, und las Unangenehmes. Man lästerte über Emmas ständigen Eifer, über die Tatsache, dass viele andere Corona-Ferien hätten und sie nicht, dass der Physikkollege jede Woche zwanzig Buchseiten zum Durcharbeiten aufgebe, diese aber nie besprochen würden, dass der Kollege in Geschichte jede Videostunde fünfundvierzig Minuten in sein Mikrofon dozierte, und das auf eine derart monotone und uninspirierte Weise, dass selbst Emma dazu übergegangen sei, den Ton auszuschalten, um sich die Inhalte parallel lesend zu erarbeiten, und dass das Mikrofon der Biokollegin immer klinge, als stünde sie in einem Monsun, während sie unterrichtete. Ich sperrte die Chatfunktion. Tim hatte mich auf alle Fallstricke des Programms hingewiesen und entsprechende Maßnahmen empfohlen.

Ich verließ die Gruppe und starrte auf den Bildschirm, der den nun verwaisten Hauptraum zeigte. Worum es in der Stunde ging, war, dass Josef K. bei dem Versuch, seine Unschuld zu beweisen, verschiedenste Frauen instrumentalisierte. Ich dachte an Betty, die möglicherweise gerade ihre Karriere riskierte, um mir zu helfen. Und an Frau Stiehler und ihr rätselhaftes Notizbuch. Was für eine Art Hinweis war das? Wieso um alles in der Welt hatte sie mir das gegeben und nicht der Polizei? Müsste ich Kafkas Warnung ernster nehmen? Ich beschloss, Betty das Buch am Abend zu zeigen, vielleicht Martin noch zu kontaktieren, auch wenn Kafkas Warnung im Grunde eindeutig war: Joseph K., das machte der Roman unmissverständlich klar, nutzten seine ganzen Bemühungen am Ende gar nichts.

Nach dem Ende der Stunde blieben einige Schüler – Max, Amir, Lukas und Neno, Leila und Vida – im Konferenzraum mit der Bitte um eine Unterredung. Lukas und Neno, denen wir das Tohuwabohu auf der Schwarzwald-Klassenfahrt zu verdanken hatten, wähnten sich seither offenbar in meiner Schuld, so wie sie sich um Freundlichkeit und sogar Leistungen in Deutsch bemühten, Letzteres einmal mehr ein Beweis, wie wichtig die sogenannte Beziehungsebene für erfolgreiches Unterrichten war. Und dann war da noch Leila, die sich während des *Showdowns im Schwarzwald,* wie die Schüler das hinterher genannt hatten, bei der Konfrontation mit ihrer Drogen dealenden Verwandtschaft als so überaus kühn und mutig erwiesen hatte.

Wir schalteten unsere Kameras ein.

»Wir haben gehört, was passiert ist«, sagte Amir.

»Was meinst du genau?«

»Na, das mit Dr. Stiehler.«

Es war ihnen also doch nicht entgangen. Und es ehrte sie, dass sie ihr Wissen nicht vor dem gesamten Kurs zum Thema gemacht hatten, sondern hier, in kleinerer Runde. Der Name des Toten hatte nicht in der Zeitung gestanden, dennoch war der Mord an dem Arzt natürlich Stadtgespräch, und ich vermutete, dass durch die sozialen Medien – einer Parallelwelt, zu der ich freiwillig keinen Zugang wollte – auch Stiehlers Name kursierte.

»Bevor ihr fragt, ich war's nicht«, sagte ich.

Sie grinsten.

»Das wissen wir doch, Herr Horvath«, sagte Max. »Sie sind einer von den Guten.«

»Das freut mich, dass das so deutlich wird.«

»Aber jetzt mal ohne Scheiß«, sagte Lukas, »das ist schon ein krasser Zufall, oder? Dass der jetzt vor dem Prozess ermordet wurde.«

»Ja«, erwiderte ich, gespannt, worauf die Schüler hinauswollten.

»Also«, begann Amir, »jedenfalls, also, Sie sind ja vielleicht irgendwie …« Er suchte nach Worten.

»Wir gehen davon aus«, übernahm Leila in der ihr eigenen klaren Art, »dass der Mörder noch nicht gefunden wurde und Sie ziemlich verdächtig sind, denn Sie haben ja doch ein echtes Mordmotiv.«

»Nun ja«, murmelte ich. »Das stimmt tatsächlich.«

»Haben Sie ein Alibi?«, fragte Leila beinahe streng.

»Nein«, antwortete ich.

Ich sah, wie Max zischend Luft durch die Zähne einsog.

»Wir haben da eine Information für Sie«, fuhr Leila fort, »nur, falls Sie wieder selbst ermitteln, damit Sie nicht so random rumfragen müssen …«

Ich wurde hellwach. »Ich höre«, sagte ich und spürte, wie mein Puls sich beschleunigte.

»Also, jedenfalls gab es ja diesen älteren Sohn von Stiehler, der letztes Jahr Abi gemacht hat.«

»Marlon.«

»Richtig«, sagte Leila, »Vida könnte Ihnen etwas mehr über ihn erzählen, aber …«

»Wir hatten ausgemacht, darüber nicht zu sprechen«, wies Vida sie kühl zurecht.

»Verzeihung«, sagte Leila grinsend.

»Äh, mit dem?«, rief Max in die Kamera. »Wie krass, Vida!«

»Stopp, ich will das nicht hören«, rief ich. Zu viele Privatinformationen.

»Er ist eine verlorene Seele, ich hatte das Gefühl, mich seiner annehmen zu müssen«, sagte Vida ernst.

Darauf schwiegen alle einen Moment, bis Max mit einem neuerlichen, diesmal aus tiefster Seele kommenden »krass!« den Bann brach.

»Also, der hat immer so Partys veranstaltet«, fuhr Amir fort, »bei seinen Eltern im Haus, also bei Stiehlers. Die haben so einen Pool im Keller, total krass, Digger.«

»Ja?« Ich war gespannt, was nun kam.

»Und, obwohl der eher unbeliebt war, der Typ, weil irgendwie schräg, kamen da natürlich immer eine Menge Leute.«

»Voll das geile Essen und so«, rief Max. »Und Getränke, was man wollte, und alles.«

»Und da liefen natürlich alle in Badeshorts rum und die Mädchen in Bikinis und alles, meganice«, sagte Amir.

»Jedenfalls ist da auch immer der Alte rumgesprungen«, machte Max weiter. »Die Mutter hat man nie gesehen oder nur kurz, aber der Vater von dem, der war da immer voll dabei, auch mit Badehose und so, der hatte immer so eine enge Speedo, voll eklig.«

»Der Vater von dem?«, fragte ich ungläubig.

Max starrte mich irritiert an.

»Genitiv, Max«, sagte Leila genervt.

»Ah«, machte Max. »Also dem sein Vater …«

»Max!«, schrie Leila ins Mikrofon.

»Belassen wir es ausnahmsweise dabei«, sagte ich gnädig, »danke, Leila.«

Max wusste immer noch nicht recht, worum es ging, und er versuchte verwirrt, neu anzusetzen.

»Jedenfalls«, fuhr Leila entschlossen fort, »hatte man den Eindruck, als suche er gezielt die Nähe der Mädchen.«

»Mit seiner Speedo«, rief Max, der sich offenbar wieder gefangen hatte.

»Voll cringe!«, rief Amir. »Die meisten fanden das schlimm, und es war immer total weird, aber eine …«

»Eine ehemalige Schülerin namens Jenny …«, sagte Leila. »Es ist nicht ganz bewiesen, aber es ging das Gerücht, dass sie etwas mit Dr. Stiehler hatte.«

Das war in der Tat eine frappierende Neuigkeit.

»Und zwar, während sie auf die Schule ging, also möglicherweise noch minderjährig war.«

»Wir dachten«, übernahm Lukas das Wort, »das könnte Sie interessieren. Wir finden, dadurch kämen doch eine

Menge neuer Mordmotive dazu. Und Verdächtige. Jennys Eltern, ihr Freund, so ein Typ mit aufgemotztem Sportwagen und aufgepumpten Armen und so.«

»Oder Stiehlers Frau«, fügte Leila hinzu.

Ich wusste nicht, was ich sagen sollte. Meine Gedanken drehten sich im Kreis. Ich war gerührt vom Engagement der Schüler, verwirrt von den neuen Informationen. Meine Zweifel von gerade eben hatten sich in Luft aufgelöst.

»Danke dafür«, sagte ich. »Ihr könnt das natürlich auch der Polizei sagen.«

»Das machen wir«, sagte Leila bestimmt. »Wir gehen gleich nachher dahin.«

»Und Herr Horvath«, meldete sich Amir noch einmal zu Wort. »Wenn Sie unsere Hilfe brauchen, wenn Sie noch eine Aussage benötigen, dass Sie ein guter Lehrer sind oder so … Wir sind für Sie da. Sagen Sie Bescheid, egal was.«

»Wenn Sie mal irgendwelche random Probleme haben«, klinkte sich Max ein. »Ich hab angefangen zu boxen, meganice, das.«

Amir verdrehte die Augen, nickte aber bestätigend. »Ja, hat er.«

»Ich will dir ja nicht zu nahe treten«, sagte ich, »aber meinst du wirklich, dass Boxen der richtige Sport für dich … ich meine, wegen deiner Körpergröße. Auch wenn du ja jetzt neuerdings an deinem Muskelaufbau …«

»Herr Horvath, was soll das heißen?«, unterbrach Max mich empört. »Ich bin schneller und wendiger als die ganzen Ochsen. Die wissen gar nicht, was sie getroffen hat. Diese Schränke sehen mich nicht kommen, verstehen Sie? Zack, Schlag ins Gesicht, und ich bin weg. Float like a butterfly, sting like a bee. Voll random.«

»Muhammad Ali«, sagte ich.

Max nickte beeindruckt. »Der Größte. Rumble in the Jungle, Ali Bumayé.«

Amir nickte wieder und rollte mit den Augen. »Max, Bumayé.«

»Genau, Habibi, so sieht's aus. Also, Herr Horvath, auf Ihr Zeichen. Wir sind bereit. Sie müssen's nur sagen.«

»Ich danke euch«, sagte ich gerührt. »Ich denke nicht, dass es nötig sein wird, aber ich behalte es im Hinterkopf.«

»Im Hinterkopf, genau«, sagte Max. »Also, Herr Horvath, Sie melden sich.«

»Herr Horvath«, meldete sich Leila noch einmal zu Wort, »wir schreiben Ihnen für alle Fälle noch unsere Handynummern in den Chat. Notieren Sie sich die, bitte.«

Wir beendeten die Konferenz, und ich tat wie von Leila geheißen, bevor ich mich ausloggte. Plötzlich fiel mir ein, wieso mir der Name Jenny so bekannt vorkam. Ich zog das schwarze Notizbuch und blätterte darin. Da stand es: Jenny war einer der weiblichen Vornamen, die darin, nebst dazugehöriger Handynummer, vermerkt waren.

Wenn ich das richtig sah, konnte es sich hierbei um eine Liste Stiehlers sämtlicher Liebschaften handeln. Jenny war nicht die Einzige. Auch das durchaus ein Motiv. Ich setzte ihren Namen ganz oben auf meine Liste, nicht random, sondern mit voller Absicht.

12.

Gegen dreizehn Uhr traf ich mich mit Betty zum Mittagessen bei einem Italiener in der Innenstadt. Wir hinterließen unsere Kontaktdaten auf einem Formular und bestellten. Mir war nach einem Glas Rotwein, doch ich entschied mich dagegen. Ich musste scharfen Sinnes sein für die Aufgaben, die noch vor mir lagen.

Als Betty erschien, war ich wie so oft über mehrere Dinge völlig verblüfft. Immer wieder traf mich ihre Schönheit wie ein Schlag. Und noch mehr, dass sie und ich wirklich ein Paar waren. Und das nun schon seit einigen Monaten. So lange, dass nach biochemischen Erkenntnissen die erste Verliebtheitsphase bereits im Abklingen war. Allerdings merkte ich nichts davon. Ich hoffte, Betty ging es ähnlich, auch wenn sie tags zuvor nicht bei mir geblieben war, was ich auf die Komplikation der momentanen Situation schob und nicht überbewerten wollte. Irritierend war jedoch, dass ich für eine Sekunde an Leni, eine Figur aus dem *Prozess* denken musste, das Dienstmädchen des Advokaten Huld, von deren großen, schwarzen Augen K. sich angezogen fühlt.

Betty setzte sich und sah mich irritiert an. »Was starrst du so, Horvath?«

Ich zuckte mit den Schultern. »Nun, mein Starren hat mit dir zu tun, aber ich möchte nicht ins Detail gehen. Angesichts der allgemeinen Lage.«

Bettys Lippen umspielte ein leises Lächeln, sie wurde aber gleich wieder ernst. Als sie sich hinsetzte, sah sie sich kurz misstrauisch um, als ob sie prüfen wolle, ob ihr jemand folgte.

Ich sah sie fragend an, doch sie winkte ab.

»Ich weiß auch nicht, ist wohl nichts. Alles in Ordnung.«

Der Kellner kam, und wir bestellten zwei Wasser.

Ich hatte es nicht geplant, aber mit einem Mal hatte ich das Bedürfnis, ihr alles zu erzählen. Wieso sollte ich hinter ihrem Rücken für den Beweis meiner Unschuld kämpfen? Und so berichtete ich von Tschakka, von Krolls seltsamem Verhalten, von meinem Besuch bei Frau Stiehler, dem Notizbuch und von Mike und dessen Wissen um die zweihunderttausend Euro und seinem ungewöhnlichen Wunsch.

Sie hörte sich das alles schweigend und gewohnt reglos an. Nachdem ich geendet hatte, blickte sie mich ernst an. Ich war ihren mimischen Minimalismus zwar gewohnt, aber in Situationen wie diesen hätte ich mir etwas mehr Expressivität gewünscht. Sie konnte mich immer noch nervös machen mit diesem Blick.

»Vielleicht ist es gar nicht so schlecht, wenn du selbst aktiv wirst«, sagte sie irgendwann. »Denn ich habe tatsächlich ein wenig den Verdacht, Masic verfolgt mögliche andere Spuren nur sehr halbherzig. Ich weiß nichts über irgendwelche Erkenntnisse Stiehlers Gattin betreffend, und ob er schon mit Mike oder Kroll gesprochen hat, weiß ich auch nicht. Vom Haftrichter gibt es wohl nichts Neues, die Beweislage ist momentan immer noch zu dünn für eine Verhaftung, und das Verhör mit dir gestern hat ihn offenbar nicht weitergebracht. Das hast du gut gemacht.«

Ich hob die Hände. »Ich habe nur die Wahrheit gesagt.«

Sie sah mich durchdringend an, und wie schon gestern Abend hatte ich für einen Augenblick den Hauch eines Zweifels daran, dass sie vollkommen von meiner Unschuld überzeugt war.

»Deine Haare hab ich weitergegeben«, sagte sie, »aber ich kann für nichts garantieren. Das ist alles höchst heikel, und ich muss höllisch aufpassen. Ich weiß momentan nicht, wem ich trauen kann, ich habe sogar den Verdacht, Masic lässt mich beschatten.«

»Aber mir läuft die Zeit davon«, sagte ich eindringlich. »Jeden Moment kann der Haftrichter meinen Haftbefehl ausstellen, und dann kann ich gar nichts mehr tun. Ich bin unschuldig, Betty. Das weißt du. Masic kann mich nicht verhaften. Das geht nicht. Selbst wenn es sich früher oder später als falsch erweist, das ist ein Problem. Irgendetwas bleibt da hängen. Im schlimmsten Fall kostet mich das meinen Beruf. Zerstört mein Leben.«

Wieder kam ich mir vor wie Josef K., der erst Fräulein Bürstner, dann Leni gegenüber seine Unschuld beteuert. »*Ich werbe Helferinnen*«, denkt K. dort an einer Stelle und wundert sich über sich selbst. Ich schob diesen Gedanken beiseite. Natürlich bat ich Betty um Hilfe, sie war meine Lebensgefährtin, und sie war bei der Kripo. Und ich war nicht Josef K.

Bettys Handy meldete eine eingehende Nachricht. Sie sah darauf, dann zu mir.

»Muss los, tut mir leid.« Sie stand auf, kam zu mir, beugte sich herunter, gab mir einen flüchtigen Kuss auf die Wange und verließ wortlos das Lokal, als der Kellner mit den beiden Gläsern kam.

Ich sah ihr nachdenklich hinterher. Betty war generell ein Mysterium, aber in dem Moment war mir noch unklarer als sonst, was sie dachte.

Ich hatte gerade meine Essensbestellung aufgegeben, als etwas höchst Ungewöhnliches geschah. Auch ich bekam eine Nachricht auf das alte Kartenmobiltelefon in meiner Sakkotasche.

Ich zog es heraus. Die Nachricht war von Tim. »Herr H., können Sie möglichst schnell bei Tschakka vorbeikommen?«

Eine Stunde später betrat ich die dunkle Höhle und hatte sofort das Bedürfnis, ein Fenster zu öffnen, aber Tim hielt mich davon ab.

»Man kann nicht vorsichtig genug sein«, sagte er leise, aber eindringlich.

Tschakka saß wieder mit dem Rücken zu uns vor seinen Bildschirmen und tippte beidhändig auf Tastaturen. Ich behielt meine Maske auf, gespannt, was Tim zu sagen hatte.

Damit ich es nicht vergaß, bat ich als Erstes Tschakka um die Adressen von Bartsch und Jenny, die ich heute besuchen wollte. Eine Minute später hatte Tim beide auf einen Zettel notiert.

»Also, Tschakka hat einiges herausgefunden«, sagte Tim dann. »Er hat sich auf Stiehlers Bankkonten umgeschaut.« Während Tim sprach, zeigte Tschakka jeweils auf die entsprechenden Bildschirme.

»Neben den üblichen Krediten«, fuhr Tim fort, »also Haus und geleaste Autos, hat er offenbar fette Schulden. Er hat in den letzten Jahren alle Ersparnisse aufgebraucht, das Girokonto ist so gut wie leer, er hat einen Fonds gekündigt und sich auszahlen lassen, Riesterrente ebenso und sogar eine Geldanlage, die wohl eigentlich für seine Söhne gedacht war. Aus irgendeinem Grund braucht der seit Jahren Unmengen Geld, also mehr, als er verdient. Er hat überhaupt kein Geld mehr auf der Bank. Vor Wochen hat er einen Kredit über zweihunderttausend beantragt, aber nicht bekommen, wahrscheinlich, weil die Banken seit Längerem deutlich mehr Ausgaben als Einnahmen verbuchen.«

»Wofür könnte er das ganze Geld ausgeben?«, fragte ich.

Tschakka zuckte mit den Schultern.

»Nachdem Tschakka«, übersetzte Tim, und ich ging davon aus, er und Tschakka hatten dies bereits im Vorfeld miteinander besprochen, »keine Hinweise auf erfolglosen Aktienhandel oder so gefunden hat, hat Stiehler entweder irgendwo eine teure Geliebte, oder er verzockt sein Geld. Glücksspiel, Sportwetten, irgend so was.«

Ich war elektrisiert. Das war doch eine Spur. Schulden, die er nicht zurückzahlen konnte – wenn das kein Motiv war.

Ich fragte mich nur, was mir dieses Wissen nutzte. Ich konnte damit ja nicht zur Polizei gehen. Andererseits konnte die Polizei diese Dinge ja wohl auch selbst herausfinden. Geld war doch immer ein potenzielles Motiv, die Polizei ermittelte ja wohl hoffentlich routinemäßig in dieser Richtung. Ich musste darüber unbedingt mit Martin sprechen.

Mir fiel etwas ein. Ich zog Frau Stiehlers Notizbuch heraus und blätterte darin. Bei den mit plus und minus versehen Zahlen konnte es sich doch um je gewonnene oder verlorene Geldbeträge handeln. Bei Sportwetten oder anderem Glücksspiel. Dass die Minusbeträge gegen Ende der Eintragungen deutlich überwogen, deckte sich mit der Information über Stiehlers Schulden.

Tschakka murmelte erneut etwas, und Tim übersetzte.

»Er hat noch was«, sagte Tim.

Ich horchte auf.

»Zum einen gibt es einen gelöschten Chatverlauf mit einer Jenny, mit der er offenbar etwas am Laufen hatte.«

Jenny! Die ehemalige Schülerin von den Poolpartys, von der die Schüler erzählt hatten und deren Namen ich auch in Stiehlers Notizbuch entdeckt hatte. Stiehler hatte tatsächlich eine Liebschaft mit ihr gehabt.

Tschakka murmelte, und Tim übersetzte leicht zeitversetzt.

»Er hat das rekonstruiert«, sagte Tim. »Eine Zeit lang ging es hoch her. Dann hat Stiehler aus heiterem Himmel vor ein paar Wochen per WhatsApp mit ihr Schluss gemacht und sie danach einfach geghostet. Sie hat sich noch ein paarmal gemeldet, dann war Funkstille.

»Geghostet?«, fragte ich.

»Nicht mehr auf ihre Nachrichten reagiert«, klärte Tim mich auf.

Eine weitere Spur, dachte ich. Eine beendete Affäre, Rache, Eifersucht. Da war einiges möglich.

»Und ...«, sagte Tim. Noch etwas, dachte ich verblüfft. Wieso war ich eigentlich noch verdächtig, wenn Tschakka innerhalb eines Tages drei Motive ermitteln konnte? Was genau tat Masic die ganze Zeit, außer dass er versuchte, mich egal wie zu überführen?

»Tschakka hat sich auch den Rechner und das Handy

von Stiehlers Frau angesehen. Die hat auf jeden Fall eine Affäre, die noch aktuell ist. Und zwar mit einem gewissen – und jetzt halten Sie sich fest – Dr. Kroll. Sie nennt ihn *Hase.*«

13.

Natürlich wollte ich dieser bizarren Information sofort nachgehen. Eigentlich hatte ich geplant, zunächst Jenny einen Besuch abzustatten, aber nun, da ich wusste, dass mein Schulleiter, den ich in der Nähe des Tatorts getroffen hatte, und die Frau des Ermordeten ein Techtelmechtel miteinander hatten, waren die Karten neu gemischt. Kroll, so unglaublich es mir vorkam, war momentan mein Hauptverdächtiger. Sofort galt es, mein gestriges Versäumnis nachzuholen und mir ein Haar von Kroll anzueignen. Daher fuhr ich direkt zur Schule, doch er war nicht da. Die Sekretärin informierte mich, dass er spätestens in zwei Stunden zurückkäme.

»Ich habe gestern etwas in seinem Büro vergessen«, versuchte ich unter einem Vorwand, in Krolls Büro zu gelangen.

»So, was denn?«, fragte die Sekretärin lauernd.

»Nun, also, einen teuren Füllfederhalter.« Es wollte mir einfach nichts Besseres einfallen. Sie sah mich durchdringend an, erhob sich und ging in Krolls Büro. Sie nahm ihre Tätigkeit offenbar außerordentlich ernst. Wie ein Zerberus bewachte sie das Tor zu Krolls Büro. Es war vermaledeit.

Natürlich kam sie mit leeren Händen zurück. »Tut mir leid, Herr Horvath. Ich kann ihn nicht finden.«

Ich nickte. Würde ich eben später noch einmal zurückkehren müssen.

»Nun ja, vielleicht hat der Herr Oberstudiendirektor meinen Federkiel veräußert, um das Schulbudget etwas zu entlasten, nicht wahr?«, versuchte ich einen Scherz, der allem Anschein nach nicht sonderlich gut ankam. Ich empfahl mich und eilte hinfort.

Draußen erwog ich kurz, Frau Stiehler einen erneuten Besuch abzustatten, hatte allerdings keine zündende Idee, wie ich dieses Gespräch gestalten sollte. War es ratsam, sie mit meiner Kenntnis über ihr Privatleben zu konfrontieren? Und selbst wenn es zum Äußersten kam und sie mir ihre Beteiligung an der Ermordung ihres Mannes gestehen würde, was nutzte das? Ich konnte sie ja schlecht zur Polizei schleppen und sie bitten, das alles zu wiederholen. Und ihr Haar hatte ich ja schon.

Eigentlich stand Jenny, Stiehlers junge Geliebte, als Nächstes auf meiner Liste, doch weil sie weiter weg wohnte als Bartsch, beschloss ich, meinen ehemaligen Kollegen vorzuziehen.

Ich fuhr mit der Straßenbahnlinie 1 zur Endhaltestelle Littenweiler und lief den Rest bis zur Adresse des pensionierten Lehrers, der laut Dr. Kroll vor Jahren eine ähnliche Erfahrung mit Stiehler gemacht hatte wie ich. Vielleicht traf ich ja einen von Gram und Bitterkeit zerfressenen Mann an, voller Groll auf Stiehler. Womöglich gehörte Bartsch zu denjenigen, die Rache als Gericht ansahen, das man am besten kalt genießen sollte. Vielleicht hatte er die Geduld gehabt, mehrere Jahre lang zu warten, bevor er es dem Mann heimzahlte, der für das jähe Ende seiner Schullaufbahn verantwortlich war. Zumal Bartsch, wie ich mich erinnerte, als Choleriker galt, über den sich Schüler immer wieder bei Klassen- oder Vertrauenslehrern beschwerten.

Das frei stehende Haus lag in einer Seitenstraße, der Rasen war akkurat gemäht und der Garten gut gepflegt. Bartsch war alt genug, das Haus zu einer Zeit gekauft zu haben, als ein Lehrergehalt noch für so etwas reichte.

Der Mann, der mir die Tür öffnete, war, seit ich ihn das letzte Mal gesehen hatte, deutlich gealtert. Und er hatte, wie ich besorgt feststellte, nur noch einen grauweißen Haarkranz am Hinterkopf.

»Herr Bartsch? Sie entsinnen sich vielleicht an mich …«, begann ich, doch er unterbrach mich gleich.

»Ah, Herr Horvath, der ermittelnde Kollege und Medienstar.«

»Äh, ja«, stammelte ich ratlos. Mein Ruf eilte mir voraus.

»Was verschafft mir die Ehre?«, fragte er.

»Hätten Sie vielleicht eine Minute, ich möchte Sie etwas fragen.«

»Sicher, ich habe gerade Zeit. Wir Rentner sind ja immer sehr beschäftigt, nicht wahr, aber gerade passt es. Gehen Sie doch ums Haus in den Garten, ich hole nur rasch etwas zu trinken.«

Ich tat wie geheißen und setzte mich hinter dem Haus an einen runden Tisch unter einen Baum, den ich nicht näher bezeichnen konnte, weil ich mich mit Bäumen nicht auskenne.

Kurze Zeit später kam Bartsch mit einer Karaffe Orangenwassers und zwei Gläsern und setzte sich ebenfalls.

»Nun, Herr Horvath, wie lange ist das nun her, seit wir uns das letzte Mal gesehen haben?«, fragte er.

»Das müssen so …«, begann ich.

»Acht Jahre«, unterbrach er mich. »Vor acht Jahren bin ich aus dem Schuldienst ausgeschieden.«

»Ich erinnere mich, dass Ihr Weggang recht diskret verlief«, sagte ich, »es gab ein paar Gerüchte, auf die ich Sie aus einem bestimmten Grund ansprechen wollte.«

»So, Gerüchte gab es«, sagte er nachdenklich.

Und dann erzählte ich ihm alles rund um den Fall Stiehler und die Lage, in der ich mich aktuell befand. Er hörte ausdruckslos, aber aufmerksam zu. Allerdings fiel mir auf, dass seine Hand mit zunehmender Dauer immer nervöser auf seinem Schenkel trommelte und er mit dem Fuß wippte. Der Mann schien nervös. Ich beendete meinen Bericht damit, dass Kroll mir den wahren Grund von Bartschs Frühpensionierung genannt habe.

»So, so, Sie nun also auch«, sagte er, als ich geendet hatte. »Und dann Stiehler. Erschlagen. In seiner Praxis. Das ist ja ein Ding.«

»Mit seiner eigenen Büste«, ergänzte ich. Ich war etwas

besorgt, dass Bartsch möglicherweise eins und eins zusammenzählen würde und erkennen, dass ich ihn ja im Grunde gerade als potenziellen Verdächtigen befragte.

Er klopfte mit der Hand auf den Tisch. »Sapperlot.«

»Hatten Sie noch einmal Kontakt mit Stiehler?«, fragte ich.

Er warf die Hände in die Luft. »Gott bewahre. Nein. Aber wissen Sie.« Er beugte sich zu mir und begann gleich wieder auf seinen Schenkel zu klopfen. »Das mit der Frühpensionierung war das Beste, was mir passieren konnte.«

Erleichtert nahm ich zur Kenntnis, dass er offenbar mehr daran interessiert war, über sich zu sprechen, als sich mit dem Grund meiner Anwesenheit auseinanderzusetzen. So eine gesunde Egozentrik hatte durchaus seine Vorteile.

»Tatsächlich?«

»Kennen Sie die Geschichte mit dem gläubigen Mann?«

Ich verneinte.

»Nun.« Er lehnte sich zurück. »Ein gläubiger Mann lebt in einem Dorf, das von einer Überschwemmung heimgesucht wird. Fast alle fliehen, als das Wasser kommt. Nur er bleibt zurück. Er sagt, Gott wird mich retten. Das Wasser steigt. Er muss aufs Dach seines Hauses klettern. Da kommt ein Mann mit einem Boot vorbei und will ihn mitnehmen. Er lehnt ab und sagt: Gott wird mich retten. Das Wasser steigt weiter. Als nur noch sein Kopf herausschaut, kommt ein Hubschrauber und will ihn mit einem Seil herausholen. Er sagt: Nein, nein, Gott wird mich retten. Dann ertrinkt er. Als er bei Gott ist, sagt er: Ich habe mein Leben lang an dich geglaubt. Wieso hast du mich nicht gerettet? Gott sagt: Was willst du denn? Ich habe dir eine Warnung, ein Boot und einen Hubschrauber geschickt. Mehr kann auch ich nicht tun.«

Er sah mich erwartungsvoll an. »Gut, oder?«

Ich versuchte zu ergründen, was er mir mit dieser Geschichte sagen wollte. »Nun, ja, durchaus …«, suchte ich nach den richtigen Worten.

»Natürlich habe ich am Anfang gehadert«, begann er. Als ehemaliger Lehrer hielt man sich nicht mit zu langem Zögern bei Antworten auf, man gab die Antwort einfach selbst. »Ich hatte gerne weiterarbeiten wollen. Wollte keine Pensionseinbußen. Meine Frau hat allerdings schon immer gesagt, hör doch auf, du machst dich kaputt. Es ging mir nicht mehr gut, die Jahre davor. *Somatoforme Störungen.* Schlaflosigkeit. Appetitlosigkeit. Die Nerven. Aber ich wollte nicht hören. Dann kam die Flut, also Stiehler. Und ich wollte immer weitermachen, bis zur offiziellen Pensionierung. Und irgendwann habe ich erkannt: Das ist ein Zeichen. Ich lasse mich jetzt retten. Und dann bin ich in das Ruderboot gestiegen. Und habe nicht bis zur offiziellen Pensionierung gewartet. Verstehen Sie? Und seither?« Er atmete tief ein, breitete die Arme aus und drehte sich einmal von links nach rechts wie ein

Großgrundbesitzer, der seinem Sohn zeigt, was einmal alles ihm gehören wird. »Ich bin ein freier Mann. Mir geht es gut wie seit zwanzig Jahren nicht mehr.« Er beugte sich wieder vor. »Ich bin Stiehler im Grunde dankbar.«

Ich nickte. Dabei fiel mir wieder sein hektisches Klopfen und Wippen auf, das in Widerspruch zu seinen Worten zu stehen schien. Er trank einen Schluck Wasser, wobei seine Hand so zitterte, dass er ein paar Tropfen verschüttete. »Und an der Schule sonst so? Alles in Ordnung?«, fragte er unvermittelt. »War ja eine Menge los in letzter Zeit. Die Sache mit Menzel, was? Und dann Ihre Karriere als Ermittler, Respekt, Horvath, Respekt, und die Sache mit der Klassenfahrt. Ich lese davon ja nur in den Medien, anders als Sie, Sie sind ja quasi mittendrin, nicht wahr?« Immer wieder verspürte ich das Bedürfnis zu antworten, aber ich fand keine Lücke, und irgendwann erkannte ich, dass Bartsch überhaupt nicht an Redebeiträgen meinerseits interessiert war. »Und jetzt auch noch Corona, ich bin gottfroh, dass ich mit alledem nichts mehr zu tun habe, meine Güte. Und sagen Sie mal, wer ist denn überhaupt noch da von der alten Garde? Der Nestroy sicher, oder? Und der Schmidt? Hach, was hatten wir es lustig damals. Wissen Sie, wir haben ja auch gerne gefeiert. Nicht so wie heute, wo alle immer schnell heim müssen. Die ganzen jungen Väter, immer heim zu Frau und Kind. Nein, wir haben auch mal fünfe gerade sein lassen. Ach, das war eine ganz andere Zeit, Sie machen sich ja kein Bild. Und auch ein anderer Beruf.«

Ich lehnte mich zurück und ließ ihn reden. Er war offenbar einer der Männer, für die Unterhaltungen im Grunde aus Monologen bestanden. Fragen waren nichts als Stichworte für den nächsten Gedanken, den man nun ausführlich darlegen konnte. Berufskrankheit.

»Erinnert man sich eigentlich noch an mich?«

Nun, das war eine schwierige Frage. Wie sollte ich ihm sagen, dass im Schulbetrieb wenig so egal war wie pensionierte Lehrer. Die Hektik des Alltags ließ dafür keinen Raum. Jedes Jahr kamen neue Kollegen und Kolleginnen, gingen in Elternzeit oder machten Sabbatjahre, Schüler kamen und gingen, es war ein ewiges Kommen und Gehen. Egal, für wie unverzichtbar man sich auch halten mochte, nach der Pensionierung übernahm jemand anders den eigenen Platz, nur wenigen war es vergönnt, hin und wieder noch beim Kollegenausflug Erwähnung zu finden. Nach nur wenigen Jahren war man vollkommen vergessen. So, als hätte man nie existiert.

»Aber sicher«, sagte ich.

»Das ist schön. Wissen Sie, ich war gerne Lehrer. Die Schüler haben mich gemocht.«

Da hatte ich anderes gehört, aber natürlich widersprach ich ihm nicht.

»Gut, ich war streng. Aber gerecht.«

Ich hatte den Eindruck, sein Klopfen und Wippen wurde stärker.

»Und natürlich die Pensionseinbußen.« Nun änderte sich etwas in seinem Tonfall. »Tausend Euro pro Monat. Ich habe ja trotzdem fast dreißig Jahre für den Staat malocht, und jetzt bekomme ich so viel weniger, weil ich krank geworden bin, ausgezehrt von einer immer schwierigeren Jugend, dem Stress, der Belastung. Und den Stiehlers dieser Welt. Mein Sohn möchte sich ein Eigenheim kaufen, und ich bin nicht einmal in der Lage, ihm genug zuzuschießen, dass er sich das leisten kann.«

Er fuhr sich mit der freien Hand übers Gesicht, die andere war stark mit Klopfen beschäftigt. »Wissen Sie, meine Frau ist ein Pflegefall. Schon seit vielen Jahren. Ich war froh, hier jeden Tag ein paar Stunden rauszukommen, trotz der Belastung. Und dann plötzlich war ich immer hier. Tagein, tagaus. Und was mach ich den ganzen Tag?« Er zeigte einmal quer durch den Garten. »Ich mähe zweimal in der Woche den Rasen. Schauen Sie, wie kurz der ist. Da finden Sie kein Unkraut. Nichts. Aber was mach ich, wenn das Wetter schlecht ist? Ich kann ja nicht den ganzen Tag Leserbriefe schreiben. Obwohl, mach ich natürlich trotzdem, aber erfüllend ist das nicht.«

Er stand auf, lief ein paar Schritte, blieb vor mir stehen, beugte sich zu mir herunter, so nah, dass ich kurz davor war, mir die Maske hochzuziehen.

»Und wer hat Schuld, Horvath, wer?«

Ich lehnte mich, soweit es ging, in meinem Stuhl zurück. »Stiehler?«

Er starrte mich an und atmete schwer. Schweiß stand ihm auf der Stirn.

»Stiehler«, flüsterte er nun beinahe. »Aber jetzt hat er seine Quittung, nicht wahr, dieser unangenehme Mensch?« Er lehnte sich schwer atmend zurück und starrte ins Leere.

Ich wartete, ob er noch etwas zu sagen hatte, aber offenbar hatte er sich in seine Gedankenwelt zurückgezogen. Der Mann war in höchstem Maße verdächtig. Eine tickende Zeitbombe. War sie vorgestern explodiert?

Bartsch musste unbedingt eines seiner verbliebenen Haare lassen.

Ich bedankte mich für das Gespräch und erhob mich.

Bartsch erwachte aus seiner Erstarrung. »Ja, äh, natürlich. Entschuldigen Sie. Die Erinnerung, Sie verstehen …«

Ich nickte, und wir gingen durch den Garten vors Haus.

Einer Eingebung folgend, fuhr ich ihm mit der Hand über den Kopf und riss ihm ein Büschel seiner verbliebenen Haare am Hinterkopf aus.

»Au!«, rief er und fuhr herum. »Was zum …«

»Eine Wespe!«, sagte ich. »Direkt auf Ihrem Kopf. Verzeihung.«

Er fuhr sich mit der Hand über die Fastglatze. »Scheißviecher.«

14.

Mein Handy klingelte. Nun war ich also auch ein Sklave der modernen Technik. Egal, wie sehr man sich wehrte, irgendwann hatten sie einen am Schlafittchen.

Am Apparat war mein jugendlicher Adlatus Tim.

»Herr Horvath, können wir uns treffen? Ich bin quasi eine Art Bote und bringe Kunde von unserem gemeinsamen Bekannten.«

»Kannst du in die Innenstadt kommen, ich bin gerade auf dem Weg dorthin. Bertoldsbrunnen in zehn Minuten?«

»Ich eile.« Tim machte sich gerne einen Spaß daraus, meine Sprechweise zu imitieren.

Ein paar Minuten später saßen wir auf einer der Bänke in der Kaiser-Joseph-Straße.

»Unser Freund hat noch etwas herausgefunden«, begann Tim. »Sagt Ihnen der Begriff Tilidin etwas?«

Ich bejahte und entsann mich der gestrigen E-Mail der Schulleitung über das Thema.

»Stiehler hat wohl eine Zeit lang auffällig viel davon verschrieben. Viel bestellt und viel verschrieben. Und zwar an viele Patienten, über die es kaum Eintragungen in den Patientenakten gibt. Meist hatten sie einfach ›Kniebeschwerden‹ oder ›Rückenbeschwerden‹. Es wurden auch nie weitere Maßnahmen eingetragen oder verschrieben, OPs, Physio oder so etwas, immer einfach nur Tilidin.«

»Und daraus schließt ihr, dass …«, begann ich.

»… dass die nur zum Arzt sind, um sich das verschreiben zu lassen. Die Patienten sind auch alle eher jung. Kaum jemand über dreißig.«

»Stiehler hat für Geld Rezepte ausgestellt«, stellte ich verblüfft fest. »Geht das denn? Fliegt das nicht auf?«

»Tschakka hat sich da etwas kundig gemacht. Offenbar ist es nur wichtig, dass die Patienten mit ihren Rezepten in verschiedene Apotheken gehen. Der Arzt muss also den Überblick behalten, wen er wohin schickt, möglichst weiträumig, nicht nur in die L.A., sondern in alle Stadtteile oder sogar außerhalb.«

»L.A.?«, fragte ich.

Tim sah mich entrüstet an. »Löwenapotheke. Dort drüben.« Er zeigte auf besagtes Gebäude. »Herr Horvath, Sie sind doch ein alter Freiburger, das muss man doch wissen. Ich bin empört.« Er lächelte verschmitzt.

»Verzeihung«, murmelte ich gespielt zerknirscht. Man lernte nie aus.

Mir fielen die Eintragungen im Notizbuch ein. Ich zog es hervor. Stand TR für *Tilidinrezept?* Wieso allerdings wechselten dann die jeweiligen Ziffern, also die Summen, die er dafür verlangte? Passte er den Preis individuell an, je nach den finanziellen Möglichkeiten seiner Patienten? Oder sollte man sie Kunden nennen? Dann hätte Stiehler, über den es bislang aber auch gar nichts Positives zu sagen gab, immerhin eine Art soziales Gewissen.

Diese Buchführung ließ den Schluss zu, dass Stiehler nicht nur in seiner Rolle als Vater, der seine Söhne vor unfähigen und ungerechten Lehrern beschützte, sondern auch in allen anderen Belangen ein Pedant gewesen war, der seine inoffiziellen Ausgaben und Einkünfte sowie seine Liebschaften in diesem Buch notierte. Ein Buch über sein geheimes Leben. Erstaunlich, aber vielleicht auch passend.

»Spannende Lektüre?«, fragte Tim.

»Ein bisschen wie Kafka. Je öfter man darin liest, desto mehr versteht man.«

»Hören Sie mir bloß auf mit dem«, sagte Tim und verabschiedete sich.

Ich blieb sitzen, suchte die Nummer von Max heraus und rief ihn an.

»Max, ich habe tatsächlich etwas, was ihr tun könnt.«

»Klar, was denn, Herr Horvath? Wir sitzen schon in den Startlöchern«, sagte er.

»Tilidin. Sagt dir das was?«, fragte ich.

»Äh, also …, aber ich hab damit nichts zu tun! Ich achte auf meinen Körper. Mein Körper ist meine Kathedrale, verstehen Sie, Herr Horvath!«

»Max, das ehrt dich, aber das meinte ich gar nicht. Weißt du, wo man das herbekommt?«

»Nö, keine Ahnung.«

»Also, pass auf. Versucht doch bitte herauszufinden, wo man das überall kaufen kann. Welche Ärzte dafür bekannt sind, dass sie das verschreiben, ob damit auch auf der Straße gedealt wird und wer dahintersteckt. Vielleicht kennst du ja jemanden, der das schon mal genommen hat, offenbar ist das auch an unserer Schule ein Problem. Wo kauft man das? Kriegt man das nur auf Rezept, oder wird das wie andere Drogen auf der Straße gehandelt?«

Ich konnte mir vorstellen, dass Stiehler ein nicht ungefährliches Leben führte, indem er unerlaubt Rezepte verkaufte. Da gab es vermutlich Konkurrenten, richtige Dealer, vielleicht geprellte Kunden oder welche, die mehr wollten, als sie bezahlen konnten. Vielleicht hatte der verschuldete Stiehler ja jemanden übers Ohr gehauen. Befand man sich einmal in diesem Milieu, waren die Gründe für einen Mord quasi uferlos, genauso wie die Verdächtigen.

»Ja, klar, kein Ding«, erwiderte Max, »das haben wir bald. Neno und Lukas sind ja quasi vom Fach.« Er bezog sich auf die einschlägige Vergangenheit der beiden, die uns auf der Schwarzwald-Klassenfahrt durchaus in Atem gehalten hat.

»Aber, Max.«

»Ja?«

»Seid bitte vorsichtig. Nur unauffällig herumfragen. Und unternehmt nichts, was euch in Gefahr bringt, versprichst du mir das?«

»Klar, Herr Horvath, läuft bei uns.«

Das klang besorgniserregend. Wieder einmal übertrat ich bei dieser Entscheidung den schmalen Grat zwischen Fürsorge für meine Schüler und der Möglichkeit, dass sie mir für meine Ermittlungen von Nutzen sein konnten.

Innerhalb eines halben Tages hatte ich einiges über Stiehlers zunächst so mysteriöse Notizen herausbekommen. Hatte Frau Stiehler darauf spekuliert, dass mir das gelingen würde? Und was bezweckte sie damit? Mir kam der Verdacht, dass es sich um ein Ablenkungsmanöver, eine Nebelkerze handeln konnte, die mich von ihrer und Krolls Spur abbringen sollte, indem ich mehr über Stiehlers unmoralische und illegale Machenschaften erfuhr.

»Du suchst zu viel fremde Hilfe«, sagte der Kaplan im *Prozess* zu K. Traf das auch auf mich zu? Wäre es jetzt nicht an der Zeit, die richtigen Ermittler in Kenntnis zu setzen? Zu Masic konnte ich dafür aber wohl kaum gehen. Was sollte ich ihm sagen? Hören Sie, Herr Wachtmeister, was ich alles herausgefunden habe, obwohl das eigentlich Ihre Aufgabe gewesen wäre? Blieben nur Martin und Betty. Ich würde sie am Abend in Kenntnis setzen. Vielleicht hatte ich bis dahin noch mehr Fakten, die ich ihnen präsentieren konnte. Denn ich merkte eines wieder ganz deutlich: Das Ermitteln versetzte mich in einen Zustand äußerster Lebendigkeit und innerer Zufriedenheit. Es war, als bekäme mein Leben erst dadurch einen Sinn.

15.

Der Kreis der des Mordes an Stiehler Verdächtigen erweiterte sich mit jeder Erkenntnis. Tilidin-Kunden oder ehemalige Geliebte waren ein Fass ohne Boden und für mich wohl eine Nummer zu groß. Das war nicht zu leisten. Also beschloss ich, mit dem engsten Kreis weiterzumachen. Und da war die Nächste auf meiner Liste Stiehlers Geliebte Jenny, zumal die Beziehung noch nicht lange her war und, so wie Tschakka ermittelt hatte, Stiehler die Affäre auf die denkbar feigste Art beendet hatte.

Irgendwann stand ich vor dem Hochhaus in der Zähringer Straße. Jenny wohnte natürlich ihrem Alter entsprechend ganz oben.

Ich wartete ein paar Minuten, bis jemand das Haus verließ, schlüpfte durch die geöffnete Tür und stieg langsam die Stufen nach oben. Fahrstühle versuchte ich wegen Ansteckungsgefahr zu vermeiden. Einige Minuten später klingelte ich an ihrer Wohnungstür. Wie immer hatte ich mir nicht vollumfänglich überlegt, wie genau ich dieses Gespräch führen wollte. Wie immer improvisierte ich. Letztlich ging es mir ohnehin hauptsächlich darum, Jenny ein Haar zu entwenden.

Ich hörte Schritte hinter der Tür. Es dauerte kurz, dann öffnete sie sich.

»Herr Horvath?«

Natürlich kannte sie mich als ehemalige Schülerin des Clara-Schumann, auch wenn ich sie selbst nie im Unterricht hatte.

»Jenny, guten Tag, entschuldigen Sie bitte diesen überfallartigen Besuch.«

Sie trug ein Trägeroberteil, auf ihrer Schulter sah ich als Allerserstes ein lose herunterhängendes Haar, und ich beschloss spornstreichs, die Gunst der Sekunde zu nutzen, und nahm es mit zwei Fingern herunter.

»Ein Haar, Verzeihung.«

Sie sah mich irritiert an.

»Eine Macke von mir. Unordnung macht mich nervös.«

»Ah ja«, sagte sie auf eine Art, wie man mit einem Verrückten redet, aber das musste ich in Kauf nehmen. Ich hielt das Haar fest zwischen meinen Fingern, während ich weitersprach. »Hören Sie, ich will auch nur ganz kurz ein paar Fragen stellen. Sie haben doch sicher erfahren, was Dr. Stiehler widerfahren ist?«

Ihre Augen weiteten sich. »Ja, schon, aber …«

»Nun, ein paar Schüler haben mir von den Poolpartys erzählt, und dabei fiel auch Ihr Name.«

Ihrer Körpersprache und ihrem Gesichtsausdruck entnahm ich, dass sie in die Defensive ging. Sie trat einen Schritt zurück in das Dunkel ihrer Wohnung, sah sich dann aber offenbar besorgt um, trat hinaus auf den Flur und zog die Tür ein wenig hinter sich zu.

»Ja, und …?«

»Haben Sie eine Ahnung, wer ihn getötet haben könnte?«, fragte ich geradeheraus.

Sie sah mich überrascht an. »Haben Sie einen Nebenjob bei der Polizei, oder wie?«, fragte sie leise und zugleich aufgeregt. Dann zeigte ihr Gesichtsausdruck, dass ihr eine Erkenntnis gekommen war. »Ach ja, Sie sind ja so eine Art Detektiv, richtig? Sie ermitteln gerade, oder? Aber warum? Was ist mit der Polizei?«

»Waren die denn schon bei Ihnen?«

»Äh, nee«, sagte sie.

»Sehen Sie«, erwiderte ich.

»Ach, Sie meinen …« Sie hielt inne und sah mich verblüfft an. »Weil ich verdächtig bin?«

Ich nickte. »Im Grunde schon, oder?«

Sie atmete hörbar genervt aus. »Also das ist ja wohl … also, hören Sie, ja, Bernhard, also, Stiehler war ein Wichser.« Bei diesen Worten war ihre Stimme etwas lauter geworden. Erschrocken drehte sie sich wieder nach hinten um. »Mein Freund schläft, ich will nicht, dass er aufwacht«, erklärte sie nun wieder mit gedämpfter Stimme und fuhr fort: »Ich kann nicht sagen, dass mich Bernhards, also Stiehlers Tod mordsmäßig geschockt hat. Ich habe … ja wir haben eine Affäre gehabt, wie Sie ja offenbar wissen. Die ich sehr bereue, übrigens. Und ganz ehrlich: Es wundert mich nicht, dass ihn jemand umgebracht hat. Aber ich war es nicht.«

Ich hob die Hände. »Gut, gut, das war schon alles.«

Sie starrte mich noch kurz wütend an, dann entspannten sich ihre Gesichtszüge wieder. Sie kam einen Schritt auf mich zu. »Ich hoffe, Sie finden den Täter nicht.«

Damit schloss sie die Tür.

Ich wandte mich ab und ging Richtung Treppenhaus.

Das war interessant gewesen. Sie war emotional, sie war verletzt, das alles machte sie höchst verdächtig, wie ich fand. Und ich hatte ihr Haar. Das ich im Gehen in eine dafür vorgesehene kleine Plastiktüte beförderte. Ich hörte eilige Schritte im Treppenhaus über mir.

Als ich im Erdgeschoss ankam, rief eine Stimme mit deutlich aggressivem Unterton: »Hey, bleib mal kurz stehen!«

Ein Mann in Tanktop nahm die letzten Stufen der Treppe in einem Satz und kam nun drohend auf mich zu. Ich vermutete, es handelte sich um Jennys Freund, der nun doch aus seinem Mittagsschlummer erwacht war. Er hatte eine Glatze und großflächige Tätowierungen an beiden muskulösen Armen und Beinen. *Aufgepumpt,* hatten die Schüler ihn genannt. Ich drehte mich von ihm weg zur Eingangstür.

Tai-Chi hat eine Menge Vorteile. Es ist gut für Körper und Geist. Aber mehr noch: Wenn man es lange genug betreibt und sich auch mit den traditionellen Kampfkunstaspekten beschäftigt, dann spürt man, dass Sinne wie Reflexe wacher werden. Es ist sogar dadurch möglich,

Bewegungen wahrzunehmen, die sich abseits des eigenen Blickfelds abspielen. Sonst hätte ich den Angriff viel zu spät wahrgenommen. Der tätowierte Mann aus dem Fahrstuhl war kein Kampfsportler, dafür war er zu langsam. Aber er war kräftig.

Er machte einen Ausfallschritt in meine Richtung und wollte mich offenbar von hinten packen, vielleicht in den Schwitzkasten nehmen.

Ich drehte mich blitzschnell zur Seite und nahm ihm mit einem mittelstarken Hieb auf den Solarplexus den Atem. Er beugte sich keuchend vornüber. Eine ideale Haltung, um ihn längerfristig außer Gefecht zu setzen, aber daran war mir nicht gelegen. Stattdessen betrachtete ich ihn. Jennys Freund war offenbar ein eher eifersüchtiger Zeitgenosse. Andererseits hatte er wohl seine Gründe. Und meinem Alter nach war ich womöglich genau Jennys Zielgruppe, auch wenn ich, wie ich selbst fand, besser aussah als Stiehler.

Allerdings hatte der junge Mann kein einziges Haar am Körper. Eine modische Unart der Gegenwart. Sie rasierten sich alles ab. In meiner Not wischte ich mit meiner Hand über seine schwitzende Glatze, zog mit der anderen Hand eine weitere Tüte hervor und versuchte, ein paar Tropfen Schweiß hineinzuträufeln. Noch ein Verdächtiger. Ein eifersüchtiger Muskelmann.

Ich hörte, wie er langsam wieder zu Atem kam. »Mach, dass du wegkommst, du alter Arsch«, presste er mühsam hervor. »Ich hab genug von euch Wichsern, komm nie mehr an unsere Tür. Jenny ist *meine* Freundin.«

Ich ging davon aus, dass er von Jennys Liaison mit Stiehler erfahren hatte und nun ein gebranntes Kind war, was ältere Männer anging, die seiner Freundin zu nahekamen.

»Ich will nichts von ihr, keine Angst«, entgegnete ich. Denn alles, was ich wollte, habe ich schon, ergänzte ich in Gedanken, während ich von dannen eilte.

16.

Die zwei Stunden, von der unsere Schulsekretärin gesprochen hatte, waren längst um, als ich mich erneut auf den Weg zum Clara-Schumann machte. Das Gebäude lag wieder verlassen in der Spätnachmittagssonne, bewacht von den hohen Bäumen des kleinen Parks, das es umgab. Der Hausmeister drehte seine Runden auf einem Rasenmähertraktor und sah mich nicht, als ich die Schule betrat. Er hatte momentan wohl hauptsächlich mit dem Garten zu tun, ein beträchtlicher Teil seiner Aufgaben fiel derzeit weg, nämlich das Entfernen der unzähligen blauen Bäckereitüten, Durstlöscher- und Capri-Sun-Verpackungen, die das Gelände nach einem Schultag säumten – Hinterlassenschaften der Generation, die eigentlich die Welt retten sollte und dafür auch gerne freitags demonstrierte. Normalerweise war um diese Zeit die osteuropäische Putzkolonne im Gebäude unterwegs, doch die hatten derzeit nichts zu putzen.

Ich hörte ein Stöhnen. Die Tür zum Computerraum war geöffnet. Ich spähte hinein. Am Lehrerrechner saß Dietz, der Computerbeauftragte der Schule. Er fuhr sich mit der Hand durch sein dünnes Resthaar und starrte kopfschüttelnd auf den Bildschirm vor ihm. Als ich mich gerade an der Tür vorbeischleichen wollte, lachte er schrill auf.

»Alles in Ordnung mit dir?«, fragte ich besorgt.

Er fuhr herum und sah mich an, als wäre ich ein Geist. Nach einer Weile hatte er sich offenbar wieder mit der Wirklichkeit versöhnt und sagte: »Horvath, hast du mich erschreckt. Was schleichst du denn hier so rum wie ein Dieb in der Nacht?«

»Ich möchte zu Kroll«, erklärte ich.

»Ah ja.« Er nickte.

»Und du? Wirkst etwas angespannt.«

Er starrte mich kurz an, als würde er überlegen, ob es nicht besser und gesünder wäre, einfach zu schweigen, doch das gelang ihm nicht. »Nun ja, angespannt trifft es ganz gut, denke ich. Gestresst könnte man auch sagen. Vollkommen am Ende wäre auch eine Möglichkeit.« Seine Stimme wurde lauter. »Fix und fertig, im Arsch, verstehst du? Ich kann nicht mehr!« Er brüllte jetzt. »Es war ja vorher schon schlimm, aber jetzt, jetzt ist es die Hölle. Die wirkliche Hölle kann nicht schlimmer sein als das, was ich hier erlebe.«

»Was denn?«, fragte ich arglos.

»Was? Du fragst *was*? Ich kann dir sagen, was! Die wollen mich fertigmachen. Ich weiß es. So blöd kann man nicht sein. Das geht nicht. Wenn man wirklich so blöd wäre, dann wäre man eine Amöbe. Ein Einzeller. Ein Grottenolm, ein Lurch oder ein Lauch oder was weiß ich. Aber kein Akademiker mit einem abgeschlossenen Hochschulstudium.«

»Wovon redest du denn?«, fragte ich irritiert, fasziniert und neugierig zugleich.

»Die Kollegen. Nicht nur, dass sie nie zuhören, wenn ich in einer Konferenz etwas erkläre, und wegdösen, sobald ich anfange zu sprechen, wie Sechstklässler in der sechsten Stunde, wenn man denen was erklärt, und auch nicht genug, dass sie hier versuchen, Dinge selbst zu lösen, wie Drucker oder Kopierer zu reparieren oder so. Hah!«

Er fuchtelte durch die Luft. »Was ich hier schon gesehen habe, Horvath, da machst du dir kein Bild. Herausgerissene Schubfächer, Drähte, eingedrückte Auflageflächen. Rohe Gewalt, ich sage es dir. Die drucken ganze Klassensätze auf dem Laserdrucker, und wenn die Patrone leer ist und der Drucker das meldet, glaubst du, da kommt jemand zu mir und sagt mir das? Nein, da wird immer munter weiter auf Drucken gedrückt, aber der Drucker druckt nicht, und dann geht das immer weiter und weiter, und dann sind irgendwann hundertfünfundzwanzig Druckaufträge in der Schleife, und wenn ich die Patronen wechsle, dann kommen die alle raus, dann druckt der die Vergangenheit aus, Blatt um Blatt, Dinge, die überhaupt niemanden mehr interessieren, und dann muss ich das stoppen. Aber meldet sich jemals jemand? Nein, es war ja immer niemand. Dann diese Umstöpselei an den Medientischen. Da werden munter Kabel herausgezogen und neu eingesteckt. Da kann man sich den

Mund fusselig reden, *bitte, keine Kabel neu verbinden, nichts ausstecken, nichts einstecken*, glaubst du, das interessiert irgendjemanden? Nein, da wird munter gezogen und gesteckt, ob das alles einen Sinn ergibt oder nicht, scheißegal, Hauptsache, man zieht und steckt. Weißt du noch, als der Kopierer kaputt war? Zwei Tage lang und der Service kam nicht bei? Irgendwie dachten sie, ich bin schuld oder soll das lösen. Kollegen haben mich auf dem Gang körperlich bedrängt. Einer hat vor mir ausgespuckt. Ich wurde sogar abends noch angerufen, ja, zweimal sogar mitten in der Nacht. Meine Frau hat geglaubt, ich hätte eine Affäre.«

Er gluckste kurz belustigt, sah für einen Moment versonnen zum Fenster hinaus, ehe es ihn wieder zurück in die harsche Wirklichkeit riss. »Sie drucken und kopieren, als würde ihr Leben davon abhängen, aber wehe, es funktioniert etwas nicht. Das sind Tiere, Horvath, Tiere. Die kennen nichts mehr.«

Er sah sich verschwörerisch um. »Manchmal«, seine Stimme war jetzt nur mehr ein Raunen, »habe ich Angst vor denen.« Er nickte bestimmt.

»Ja, aber jetzt ist doch Lockdown, jetzt ist doch keiner da.« Diesen Beschwichtigungsversuch bereute ich sofort.

Er jaulte auf und schlug sich mit der Faust gegen die Stirn. »Nein, jetzt ist es noch viel schlimmer. Ich schreibe Mails. Ich erkläre. *Moodle. Big Blue Button.* Ich schreibe so ausführlich, wie ich nur kann, ich schreibe und denke, das kann man jetzt nicht *nicht* verstehen. Ich füge Bilder ein, Screenshots, Pfeile, ich erkläre und beschreibe. Es ist unmöglich, dass man das nicht versteht, das würden koreanische Kleinkinder verstehen. Ich bin Lehrer, ich weiß, wie man etwas erklärt. Aber weißt du was?«

Ich ahnte es.

»Sie verstehen es nicht. Ich habe kaum eine Mail draußen, kommen zwanzig zurück. Es ist ein Albtraum. Sie fragen und fragen. Ich erkläre, wie man Schüler in seine Kurse einschreibt, und ich bekomme ein Dutzend Mails mit der Frage, wie man Schüler in seine Kurse einschreibt. Ich schreib mir die Finger wund, siehst du?«

Er hielt die Hände in die Luft. »Ich schreibe Hunderte Mails am Tag, ich kann doch auch nichts dafür, dass der Server nicht mit dieser Auslastung klarkommt. Wenn etwas nicht funktioniert, machen sie mich verantwortlich. Ich werde beschimpft. Hier hat einer geschrieben, ich zitiere: Du bist nicht mehr mein Computerbeauftragter!«

Er lachte wieder hoch und grell. »Was soll denn das heißen? Wer soll es denn machen, wer denn? Du etwa, Horvath?« Ein weiterer hysterischer Lacher. »Ich lebe nur noch online. Ich bin nicht mehr offline, verstehst du? Ich bin ein Cyborg.«

Er stand auf und lief wie ein Roboter durch den Raum. »Hasta la vista, baby. I'll be back und so.«

Wieder lachte er.

Ich hatte nicht das Gefühl, hier noch etwas ausrichten zu können, und zog mich langsam zurück.

»Ja, ja, geh du nur, Horvath. Geh heim an deinen Computer und schreib mir eine Mail. Oder zwei.« Seine Stimme wurde wieder lauter. »Oder hundert. Frag mich doch mal, wie man in Moodle einen neuen Kurs anlegt. Los, Horvath, nur keine Scheu. Ich bin immer erreichbar.« Seine Stimme war nun nur mehr ein Kreischen.

Ich eilte den Gang hinunter. Natürlich verstand ich ihn, aber ich sah mich nicht in der Position, ihm zu helfen.

Ich betrat das mittlerweile verwaiste Sekretariat durch die angelehnte Tür und vernahm erleichtert Geräusche aus Krolls Büro, das daran anschloss.

Ich klopfte leise an die offen stehende Tür und trat ein. Frau Stiehlers Galan sah von seinem Schreibtisch auf.

»Horvath, was machen Sie denn schon wieder hier?«

Aus irgendeinem Grund wirkte er ein wenig irritiert durch mein Erscheinen.

Ich sah mich blitzschnell um auf der Suche nach einem Kleidungsstück, dem ich im Laufe des Gesprächs ein Haar entnehmen konnte, doch es war nichts zu sehen. Das würde nicht ganz leicht werden, ich konnte mich Kroll hinter seinem Schreibtisch nicht unauffällig so weit nähern, wie das wohl nötig wäre.

»Ich habe mit Bartsch gesprochen«, sagte ich, weil ich mir wieder einmal keine Strategie für das Gespräch überlegt hatte.

»Ach, ja?«, sagte er verwundert. »Warum?«

»Nun, die Polizei verdächtigt mich, Stiehler ermordet zu haben.«

Er sah mich verblüfft an. »Ach was, das ist ja ein Ding. Warum?«

»Motiv, falsche Zeit, falscher Ort, deshalb hauptsächlich.«

Er nickte, während er diese Information verarbeitete.

»Und jetzt?«, fragte er.

Ich zuckte mit den Schultern. »Reicht wohl noch nicht ganz für eine Verhaftung.«

Er nickte wieder und schien konzentriert nachzudenken.

»Ich habe der Polizei gesagt, dass wir beide uns getroffen haben. Am Tag der Tat. In der Nähe des Tatorts.«

Er starrte mich entgeistert an.

»Sie haben was?« Langsam erhob er sich und kam hinter seinem Schreibtisch hervor.

Ich hatte Kroll schon als Choleriker erlebt, hatte ihn hinter verschlossenen Klassenzimmertüren herumbrüllen gehört, und einmal hat er auch während einer nicht enden wollenden Diskussion in einer Gesamtlehrerkonferenz zum Thema Doppelstunden die Contenance verloren und Kollegen beschimpft. Ich hatte erlebt, wie er Jungkolleginnen im Lehrerzimmer den sogenannten Marsch blies, weil sie seiner Meinung nach ihre Klassen nicht in den Griff bekamen und dauernd

Eltern bei ihm anriefen und sich beschwerten, aber in dem Moment hatte ich nicht mit einer solchen Reaktion gerechnet.

Was war sein Problem? Ich hatte ihm ja noch nicht einmal gestanden, was ich noch alles über ihn wusste.

»Na ja, die haben mich gefragt, ob ich jemanden gesehen habe, ob mir auf dem Weg in die Praxis jemand begegnet sei und so weiter.«

»Und da haben Sie meinen Namen … ja sind Sie denn …?« Seine Stimme wurde mit jedem Wort lauter.

»Nicht nur Ihren, auch noch andere …«, unterbrach ich ihn.

»Auch noch andere«, flüsterte er nun plötzlich, was noch bedrohlicher wirkte als seine lauter werdende Stimme. Ich hatte größte Mühe, sein Verhalten zu deuten. Jedenfalls wirkte es höchst verdächtig und war ein Grund mehr, nun schnell zu handeln. Ich brauchte ein Haar von dem Mann. Unbedingt und mit allen Mitteln.

Ein erschreckender Gedanke ergriff von mir Besitz.

Ich hatte noch nie einen Menschen tätlich angegriffen. Asiatische Kampfkünste – und das Tai-Chi im Speziellen – sind nicht dazu gedacht, allerhöchstens zur Selbstverteidigung. Aber wenn man es genau betrachtete, dann war ich in dem Moment durchaus in einer Notlage, die meine eigene Verteidigung erforderte.

Ich trat einen Schritt auf Kroll zu. Ich wusste, ich würde ihm aus dieser Situation heraus kein Haar entfernen können, ohne dass er es merkte. Also griff ich zum äußersten Mittel.

Ich habe die Absicht, zur Wahrheit vorzudringen, sagt Poirot. *Ganz gleich, wie hässlich die Wahrheit auch sein mag, für den, der sie sucht, ist sie allemal sonderbar und schön.*

Ich schlug ihm mittelhart mit der Handkante auf die Carotis, die Halsschlagader, und fing ihn auf, als er unmittelbar darauf ohnmächtig zu Boden ging. Ich entschuldigte mich bei ihm und hoffte, das Universum würde es wahrnehmen, und entnahm ihm zwei Haare, die ich in eine Tüte steckte. Er würde in wenigen Minuten wieder zu sich kommen. Ich konnte die Heftigkeit meines Schlages gut einschätzen, Kroll würde keine Schäden davontragen, ja, vielleicht würde er nicht einmal verstehen, was genau passiert war.

Schon der zweite Mann, den ich heute niederschlug. Was geschah mit mir?

Rasch verließ ich das Schulgelände.

17.

Auf dem Weg in die Innenstadt wurde mir immer mehr die Tragweite meiner Handlung bewusst, und ich musste mir eine Flasche Wasser kaufen, die ich in großen Schlucken leerte. Ich hatte meinen Schulleiter bewusstlos geschlagen.

War ich bisher unschuldig gewesen, so war ich es spätestens jetzt nicht mehr. Es war ein interessantes moralisches Dilemma. Wie weit konnte man als vermeintlich Guter gehen, um seine Ziele zu erreichen, bis man der Böse wurde? Innerlich berief ich mich zu meiner Rechtfertigung auf Schiller, der mit dem Marquis Posa eine Figur geschaffen hatte, der nicht vor Intrigen zurückschreckt, um seine hehren Ziele zu erreichen.

Hoffnung machte mir in dem Moment, dass das, was ich getan hatte, so absurd war. Niemand würde Kroll das glauben. Ja, er sich vielleicht nicht einmal selbst. Mich ärgerte allerdings, dass ich Kroll nicht mit meiner Kenntnis über seine Affäre mit Frau Stiehler konfrontiert hatte. Aber immerhin verfügte ich nun über ein Haar von ihm.

In der Bertoldstraße wurde ich einer Schlange mit jungen Menschen gewahr. Sie waren alle unter dreißig und warteten geduldig vor einem Gebäude auf Einlass. Kam es hier zu einer Zusammenkunft hinsichtlich des durch die

Pandemie brachliegenden Klimaaktivismus, der bis vor Kurzem auch in der Schule durch freitags abwesende Schüler ein großes Thema war? Rotteten sich hier junge Menschen zusammen, um gegen soziale Ungerechtigkeit, beispielsweise die schlechte Bezahlung systemrelevanter Berufe, zu demonstrieren? Ich war gerade im Begriff, jemanden aus der Schlange darauf anzusprechen, da traf ich *den Chemiker.*

Er war Teil meiner sonntäglichen Absinthrunde, fünf Männer, die sich jeden Sonntag um die gleiche Zeit am gleichen Ort trafen, um je drei Absinth zu sich zu nehmen. Wir hatten keine Kontaktdaten, sprachen kaum über Privates und taten mitunter, wenn wir uns zufällig trafen, so, als würden wir uns kaum kennen, was im Grunde auch der Fall war. Diesmal jedoch war die Sache anders. Wegen des Lockdowns hatten wir uns seit Wochen nicht getroffen, und mir zumindest fehlte das wöchentliche Ritual beträchtlich.

»Horvath«, sagte der Chemiker offenbar ehrlich erfreut, mich zu sehen. »Sag mal, das ist ja ein Zufall, eben hab ich noch zwei von uns getroffen, die stehen da vorne. Und wir sind alle auf Entzug. Wärst du für ein spontanes Treffen zu haben?«

Nun, wollte ich antworten, ich muss gerade mal eben mein Leben vor dem Ruin retten, aber einem Impuls folgend sagte ich: »Ja.«

Ein solches Treffen würde mir vielleicht helfen, mich zu

beruhigen und abzulenken von dem Vorfall mit Kroll eben.

»Komm, die Kollegen sind auch dabei. Die stehen vielleicht noch dort.«

»Sag mal«, fragte ich, »weißt du, wieso die jungen Menschen da in dieser Schlange stehen?«

Er sah sich um. »Ach die. Ja, da hat so ein Donut-Laden aufgemacht. Die warten, bis sie reinkönnen.«

Ich glaubte, mich verhört zu haben. »Ein was?«

Er lachte. »Ein Donut-Laden.«

»Die stehen da und warten, dass sie einen *Donut* kaufen können, ist es das, was du mir hier erzählst?«, fragte ich weiter ungläubig.

Er lachte. »Horvath, du bist ein alter Kauz, du bekommst nicht mehr mit, was angesagt ist. Aber wenn ich keine Tochter im Teenageralter hätte, wüsste ich das auch nicht. Also, pass auf. Die machen Donuts, die besonders toll auf Fotos aussehen. Die Leute kaufen die Donuts, fotografieren sich damit und stellen das dann auf Instagram. Manche essen die Dinger gar nicht, es geht nur um das Foto.«

Mit einem Mal fühlte ich mich prähistorisch alt. Ich hatte immer den Anspruch gehabt, aus pädagogischen Gründen die jeweilige Jugend von heute zu verstehen, zu ergründen, wie sie tickten, was sie umtrieb. Doch in diesem Moment spürte ich, wie dieses Interesse jäh erlahmte.

So eilten wir raschen Schrittes zum Bibliothekar und

dem Unidozenten, die sich erfreut ob unseres Plans zeigten. Fehlte nur noch der Buchhändler.

Der Chemiker zückte sein Smartphone, suchte die Nummer des Buchladens in der Hildastraße, rief an und unterrichtete den fehlenden Mann über die aktuellen Entwicklungen.

»Er sperrt zu und kommt«, sagte er lachend, und wir machten uns auf den Weg in unser Stammlokal.

In dem angenehm kühlen und dunklen Keller angekommen, bestellten wir eine erste Runde und tauschten uns knapp darüber aus, wie es uns in den letzten Wochen ergangen war. Alltägliches war selten unser Gesprächsstoff, in der Regel brachte einer von uns ein philosophisches oder wissenschaftliches Problem vor, das ihn umtrieb und zu dem dann jeder seine Meinung oder sein Wissen beitrug.

Die Bedienung brachte bald unsere Getränke, die wir wie immer auf französische Weise zu uns nahmen, mit in Eiswasser aufgelöstem Zucker, den wir langsam in die grüne Flüssigkeit träufelten, die sich dadurch heller färbte. Dann prosteten wir uns zu und tranken langsam und bedächtig.

Wie immer sprach während des Rituals niemand.

Ich genoss die kühle Stille des Kellers und diese unerwartete Auszeit aus dem Albtraum, in den ich geraten war.

Als alle ihre Gläser erstmals abgestellt hatten, legte ich

los: »Man verdächtigt mich zu Unrecht. Ich trage keine Schuld an dem, wessen man mich verdächtigt. Ich habe mich vielleicht in mancherlei Hinsicht schuldig gemacht, aber nicht in der, weshalb ich verfolgt werde. Was soll ich tun?«

Die Runde hatte ein Ritual. Wir erörterten philosophische Probleme, kenntnisreich, aber abstrakt, ohne allzu persönlich zu werden.

Die Herren dachten nach. Einige holten ihre Rauchwaren hervor, zündeten an, rauchten und sinnierten.

»Jeder ist an allem schuld. Aber wenn jeder das wüsste, hätten wir das Paradies auf Erden. Dostojewski«, sagte der Unidozent.

Die Runde spürte konzentriert diesen Worten nach.

»Alle wahrhaft schlimmen Dinge beginnen mit der Unschuld. Hemingway«, sagte der Bibliothekar nach einer Weile.

»Wer sich den Gesetzen nicht fügen will, muss die Gegend verlassen, wo sie gelten. Goethe«, sagte der Chemiker.

»Wie kann denn überhaupt jemand schuldig sein? Wir sind Gottes Geschöpfe. Wenn wir schuldig sind, was ist er dann? Franz Kafka«, sagte der Buchhändler.

Bei der Erwähnung dieses Namens zuckte ich zusammen. Das Rätsel aus Prag verfolgte mich. Genau wie Masic. Und der Verdacht, der an mir haftete. Die Erwähnung Kafkas holte mich zurück in meine bizarre Realität. Was tat ich hier? Ich musste meine Unschuld beweisen. Außerdem war nicht mehr viel Zeit bis zu meiner abendlichen Verabredung mit Mike, mit dem ich für neunzehn Uhr unsere erste Deutschstunde vereinbart hatte. Vielleicht hätte ich absagen müssen angesichts meiner Lage, aber Mike war immerhin immer noch ein Verdächtiger, über den ich auf diese Weise mehr herauszubekommen gedachte, und außerdem hatte Mike mit seiner Ahnung über die zweihunderttausend Euro immer noch eine Art Druckmittel.

Hastig empfahl ich mich der Runde und verließ das Lokal unter dem empörten Protest der anderen. Ich lief von der Innenstadt an Bettys Wohnung in der Talstraße vorbei und warf ihr die Haare von Bartsch, Kroll und Jenny sowie den Schweiß von deren Freund in den Briefkasten und ging von dort in den REWE.

Im Supermarkt fielen mir wieder die hauptsächlich älteren Menschen auf, die ihre Nase über der Maske trugen. Jemand nieste, und alle drehten sich erschrocken um, aus welcher Richtung es gekommen war.

»Heuschnupfen, sorry«, rief eine junge Frau, und wir anderen setzten erleichtert unsere Einkäufe fort.

Ein Mann versuchte, ganz ohne Maske das Geschäft zu betreten, und wurde von einem Angestellten freundlich darauf hingewiesen, worauf er ausfällig wurde.

Nachdem man zu Beginn der Pandemie für einen Moment den Eindruck gehabt hatte, die Menschen seien tatsächlich demütig dieser unbekannten Gefahr gegenüber und zeigten eine lange nicht gesehene Solidarität, regte sich nun seit einigen Wochen deutlicher Widerstand. *Querdenker* nannte sich eine neue Bewegung, die Tausende Menschen auf die Straße trieb. Was hier geschah, war aus verschiedenen Gründen so ärgerlich wie interessant. Die Querdenker oder Corona-Leugner waren ja eher keine Bildungsfernen, sondern entstammten nicht selten dem akademischen Milieu. Offenbar glaubten nicht wenige, mit ihrer Haltung die Gedanken der Aufklärung zu vertreten. *Sapere aude.* Habe den Mut, dich deines eigenen Verstandes zu bedienen. Im Grunde versuchten sie, den Gedanken Platons mit Leben zu füllen, sie glaubten, in seinem Sinne einen philosophischen Bildungsweg zu gehen, einen Befreiungsprozess anzustrengen. Sie glaubten, die wahren Dinge zu sehen, und nicht wie alle weiterhin gefesselten Höhleninsassen nur deren Schatten. Sie glaubten, wie in dem Film *Matrix* durch Einnahme der roten Pille die echte, wahre Welt zu erkennen, während alle anderen Schlafschafe weiter einer Illusion aufsaßen. Der Illusion, dass wir alle von geheimen Mächten manipuliert waren, ohne es zu merken.

Genau genommen führten diese Leute aber nicht die Gedanken der Aufklärung fort, sondern eher der deutschen Romantik, deren prominenter Lyriker Novalis einst mit den Zeilen W*enn nicht mehr Zahlen und Figuren sind Schlüssel aller Kreaturen, wenn die so singen oder küssen,* *mehr als die Tiefgelehrten wissen*, vielleicht ja jeder Art wissenschaftsfeindlichem und irrationalem Geschwurbel bis heute Tür und Tor geöffnet hatte.

Es war im Grunde erstaunlich. Jahrelang hatte ich eher gesellschaftliche Gleichmut und Bequemlichkeit beobachtet, und nun gab es Engagement und Systemkritik, nur glaubten deren Vertreter an Reptilien, Kinder in unterirdischen Verliesen und eine von wahlweise Bill Gates oder den Juden gesteuerte Weltverschwörung.

Mein Achtundsechziger-Vater mit seinem umwelt- und gesellschaftspolitischen Engagement hätte sich im Grabe umgedreht, wenn er das gesehen hätte. Man konnte derzeit als klar denkender Mensch gar nicht anders, als das System zu unterstützen, denn soweit ich es beurteilen konnte, machten die Politiker, die von der Situation ebenso überrascht worden waren wie alle anderen, nichts grundlegend falsch. Und ich glaubte nicht, dass die Maxime meines Vaters – »Fange in der Jugend politisch möglichst weit links an, damit du im Alter nicht allzu weit rechts landest« – etwas damit zu tun hatte. Auch wenn ich ästhetisch, philosophisch oder aus anderen Gründen die Vergangenheit der Gegenwart vorzog, politisch waren mir vor- oder undemokratische Formen vollkommen fremd. Und natürlich hielt ich Karl Valentins Bonmot *Heute ist die gute alte Zeit von morgen* für ebenso klug wie wahr. Ich war kein Nostalgiker. Dennoch musste man feststellen, dass sich etwas zum Unguten verändert hatte. Nun waren die vermeintlichen Rebellen die Narren.

Als Kind fand man Robin Hood, Piraten, Pippi Langstrumpf oder Wilhelm Tell interessant und aufregend, weil man ahnte, dass sie auf der richtigen Seite standen. Nun waren das diejenigen, *die sich die Welt machten, wie sie ihnen gefiel*, indem sie Expertenwissen ignorierten, sich selbst zu Experten erklärten und sich dann vor dem Reichstag versammelten und die Existenz des Virus leugneten, während gleichzeitig auf den Intensivstationen Menschen starben.

Aber, um wieder einmal eines meine Lieblingszitate aller Zeiten zu erwähnen: *Die Klugen sind so voller Zweifel, nur die Dummen wissen alles.*

18.

Als ich gegen 18:30 Uhr das eiserne Tor öffnete und die drei Treppenstufen zum Eingang des Hauses, in dem sich meine Wohnung befand, erklomm, glaubte ich für einen Moment, hinter einem Baum auf dem Nachbargrundstück jemanden zu sehen. Ich hatte das Gefühl, dass mich jemand anschaute, aber als ich mich umdrehte, war niemand da. Ich dachte daran, wie Betty letzte Nacht auf die Straße geblickt und sich heute Mittag immer wieder umgedreht hatte. Wurde ich beschattet? Von Masic und seinen Leuten? Oder wurde ich langsam paranoid? Und falls Letzteres, war es wirklich zwangsläufig so, dass man nicht verfolgt werden konnte, obwohl man paranoid war?

Pünktlich um neunzehn Uhr betrat Mike meine Wohnung.

»Pauker«, begrüßte er mich.

»Bereit für die erste Stunde?«, fragte ich.

Er grinste, und wir gingen auf den Balkon. Dort hatte ich bereits ein Heft mit Linien und einen nagelneuen Bleistift sowie ein Kinderbuch und eine Tageszeitung bereitgelegt.

»Aha«, machte er und setzte sich.

»Der erste Buchstabe des Alphabets ist das A«, begann ich ohne Umschweife.

Ich konnte mir tatsächlich vorstellen, dass es möglich war, in gewissen Milieus als Analphabet Karriere zu machen, es kam in seinen Kreisen sicher auf andere Kompetenzen als Lesen und Schreiben an. Vermutlich benötigte er einen Vertrauten, dem er alles Schriftliche überlassen konnte, ich tippte auf Wolli, den ich im Schwarzwald als seine rechte Hand kennengelernt hatte. Doch natürlich war es auf Dauer schwer, das vor seinen Männern geheim zu halten, und ich war wohl tatsächlich eine ideale Person, hier Abhilfe zu schaffen. Ich war kein öffentliches Institut und überhaupt nicht mit den *Caballeros* verbunden und dabei diskret und integer.

»Nenn mir doch einige Wörter, die mit *A* anfangen«, forderte ich ihn auf.

»Arsch?«, sagte er und lachte.

»Gut.«

»Wie geht's denn eigentlich so?«, unterbrach er jetzt schon den Unterricht.

In seinen Augen blitzte etwas Lauerndes, Bedrohliches auf. Mit einem Mal hatte ich das Gefühl, dieser schnörkellose Einstieg ins Thema Lesen wäre nur eine Ablenkung vom Eigentlichen. Was immer das war. Worum es ihm tatsächlich ging, war mir unklar, ich hoffte nur, er würde nicht schon wieder mit den zweihunderttausend Euro anfangen. Ich musste mich vorsehen.

Andererseits hatte auch ich eine Agenda, die über den Leseunterricht hinausging. Hatte die Polizei mit ihm gesprochen, nahmen sie meine Angaben ernst, wer mir alles in der Nähe des Tatorts aufgefallen war? Es schien, als würden wir uns, während ich ihm Lesen und Schreiben beibrachte, gegenseitig belauern, jeder darauf bedacht, nicht zu viel von seinen wahren Beweggründen preiszugeben.

»Es gibt nicht viel Neues«, sagte ich, »man hat mich zumindest noch nicht verhaftet.«

Er grinste.

»War die Polizei bei dir?«, fragte ich möglichst arglos.

Er grinste noch breiter. »Waren sie.«

»Und?« Ich versuchte, meine Anspannung zu verbergen.

Er zuckte mit den Schultern. »Eigentlich wie immer. Seit Jahren werde ich von der Polizei wegen diesem oder jenem befragt. Aber da wir ja einfach nur ein paar Kerle sind, die gerne Motorrad fahren, sind das immer ganz zwanglose, höfliche Gespräche. Wir plaudern ein wenig, und dann gehen die wieder.«

Mir fiel Bettys Erklärung ein, dass die Caballeros weit mehr seien als ein harmloser Motorradclub, aber ihre halbseidenen Machenschaften so geschickt verbargen, dass jeder Verdacht an ihnen abperlte.

»Wenn du«, sagte Mike, »ihn nicht umgebracht hast und die Polizei dich immer noch für den Mörder hält, ermittle doch selbst. Ich habe dich als einen Mann erlebt, der sich seinem Schicksal nicht einfach ergibt. Außerdem meine ich gehört zu haben, dass du das nicht zum ersten Mal machst.« In seinen Augen blitzte für einen Moment wieder etwas auf, etwas Maliziöses, und sein Gesichtsausdruck veränderte sich. Aus dem gutmütigen Bären, für den man ihn manchmal halten mochte, war für einen Moment ein Raubtier geworden.

Ich nickte unverbindlich. »Ja, vielleicht sollte ich das.« Ich war nicht gewillt, zu diesem Thema ins Detail zu gehen, aber es war interessant, von wie vielen Seiten dieser Vorschlag an mich herangetragen wurde. Wie sehr hätte ich mir gewünscht, Laborergebnisse zu Mikes Haar zu bekommen. Obwohl ich mir nicht vorstellen konnte, warum er Stiehler hätte ermorden sollen, und selbst wenn, dass er seine Spuren am Tatort hinterlassen würde wie ein Amateur.

Als ich ihn wieder ansah, war alles Bedrohliche aus seinem Gesicht verschwunden, und er grinste mich leicht spöttisch an. Vielleicht hatte ich mich getäuscht.

»*Abend* beginnt auch mit einem A«, versuchte ich, wieder auf das eigentliche Thema zurückzukommen.

Dann ließ ich ihn mehrere Zeilen lang den Buchstaben A in sein Schönschreibheft eintragen.

Nachdem Mike gegangen war, rief Betty an und kündigte an, heute nicht zu kommen. Sie sei zu erschöpft. Das kam mir seltsam vor. Ich hätte sie gerne gesehen, sehnte mich nach ihrer Nähe und auch nach einem Austausch über den Stand der Dinge. Sie konnte sich doch denken, dass es mir so ging, dass ich gerade zumindest moralische Unterstützung benötigte. Erschöpfung war kein Grund, mich hier im Stich zu lassen. Betty schien sich wieder von mir zu entfernen. Nachdem ich nun eine ganze Weile das Gefühl gehabt hatte, wir hätten in unserer Beziehung einen Zustand erreicht, in dem Altlasten keine Rolle mehr spielten, wir einander immer mehr vertrauen konnten und das schöne Wort *Lebensgefährtin* wirklich das einzig wahre war, um unsere Beziehung zueinander zu beschreiben, spürte ich nun wieder Leere und Distanz zwischen uns. Und ich glaubte nicht, dass sie von mir ausging.

Das Glück gleicht durch Höhe aus, was ihm an Länge fehlt. Robert Frost. Wieder einmal.

Erneut war ich alleine, dachte ich verbittert und enttäuscht, wie im Grunde schon mein ganzes Leben lang.

Ich fragte sie, ob es schon etwas Neues zu den gestrigen Haaren gebe.

Sie atmete tief ein. »Horvath, ich hoffe, du kannst dir einigermaßen vorstellen, wie schwer das gerade ist. Ich mache das alles heimlich, Masic hat seine Augen überall und lauert nur darauf, mich dabei zu ertappen, dass ich dir helfe. Ich habe die Haare heute Morgen abgegeben, kann aber nicht dauernd ins Labor rennen, und mein Kontakt dort muss auch zusehen, nicht aufzufliegen.«

Frustriert verzichtete ich auf eine Antwort.

»Hast du die neuen Haare gefunden?«, fragte ich matt.

»Ja. Ich habe die Tüten hier.« Sie klang angestrengt, aber vielleicht bildete ich mir das auch nur ein.

»Gut, dann gute Nacht.«

»Nacht, Horvath, pass auf dich auf.« Sie legte auf. Ich fühlte mich leer und taub, während ich noch eine Weile auf die Straße hinausschaute. Es war nichts Ungewöhnliches zu erkennen.

Ich versuchte, meinen Bruder Martin zu erreichen, vielleicht wusste er mehr darüber, ob Masic noch in andere Richtungen ermittelte, aber er nahm nicht ab. Wieso meldete er sich nicht bei mir, um sich nach meinem Befinden zu erkundigen? Aber so war er immer schon. Sprunghaft und oft nicht da, wenn man ihn brauchte.

Ich gab mir einen Ruck und machte im Wohnzimmer noch dreißig Minuten Tai-Chi. Verlässlich beruhigten mich die fließenden Bewegungen, brachten mich mit mir selbst und der Welt in Einklang.

Was hatte der Tag an Erkenntnissen gebracht?

Das Gefühl, beobachtet zu werden. Mikes diffus-lauerndes Verhalten. Krolls Reaktion bei der Erwähnung der Polizei. Die eifersüchtige Aggression von Jennys Freund, Stiehlers Drogenhandel und seine Affären und Bartschs Verbitterung. Und ich hatte zwei Menschen bewusstlos geschlagen. Mein Gott, dachte ich, wozu man imstande ist, wenn die Verzweiflung einen dazu treibt und man in die Ecke gedrängt wird.

Welche Schlüsse zog ich nun aus diesen Erkenntnissen?

Die Fantasie ist eine gute Dienerin und eine schlechte Herrin. Die einfachste Erklärung ist allemal die wahrscheinlichste, sagt Poirot. Aber was war die einfachste Erklärung? Statistisch gesehen wäre Stiehlers Frau die Mörderin. Etwa hundertvierzigtausend Fälle partnerschaftlicher Gewalt werden laut Bundeskriminalamt jährlich in Deutschland gemeldet. Auch wenn die meistens von den Männern ausging, Frauen konnten doch auch die Täter sein, oder? Zumindest in diesem Fall. Und wenn man sich das Opfer, diese Kanaille, betrachtete, konnte man sie sogar verstehen. Moralisch gesehen hatte sie der Gesellschaft eher einen Gefallen getan. Auch hier ein schönes Beispiel für den Unterschied zwischen moralischer und juristischer Schuld, was am nächsten Morgen Thema der Kafka-Stunde sein sollte.

Ich schlief schnell ein, träumte aber davon, dass ich Masic aufsuchte, um ihm meine Unschuld zu beweisen. Ich betrat einen absurd großen Raum mit einer zu niedrigen Decke, sodass ich gebückt an dessen hinteres Ende laufen musste, wo Masic an einem Holztisch auf mich zu warten schien. Der Raum war voller Leute, die eine Gasse bildeten, um mich durchzulassen. Die Luft wirkte wie ein nebliger Dunst. Ich erkannte Schüler, Betty und Martin waren auch da. Ebenso Mike, Jenny, ihr Freund, Kroll, Bartsch und Frau Stiehler. Neben Masic saß Tschakka und tippte parallel auf zwei Schreibmaschinen. Hinter ihm stand Tim, der meinem Blick auswich.

»Sie sind zu spät!«, blaffte mich Masic an. Die Leute hörten auf zu reden. Augen huschten flink zwischen Masic und mir hin und her.

»Was machen Sie denn?«, schrie ich Masic an. »Ist Ihr einziger Sinn, unschuldige Personen zu verhaften und gegen sie sinnlose und ergebnislose Verfahren einzuleiten?«

Ein Kreischen brachte mich aus dem Konzept. Es kam aus dem Mund von Frau Stiehler, die einen Korb mit Wäsche haltend auf mich zukam, den Korb vor mir auf den Boden warf und daraufhin im Getümmel verschwand. Als mein Blick ihr folgte, erkannte ich, dass alle Anwesenden einen Anstecker mit meinem Gesicht darauf an ihre Jacken geheftet hatten.

Masic erhob sich, so gut es die niedrige Decke zuließ, und sagte mit lauter Stimme: »Und damit ist Ihre Schuld bewiesen! Wache, abführen!«

Starke Arme ergriffen mich.

Ich erwachte schreiend.

Den Rest der Nacht starrte ich in die Dunkelheit meines Zimmers.

19.

Tag 3. Donnerstag.

Der Morgen begann mit einer Stunde Fernunterricht in meiner neunten Klasse. Die Arbeit mit dieser Klasse war schon in Präsenz äußerst mühsam, im Fernunterricht war sie bei einigen gar nicht möglich. Wenn die Pandemie eines aufgedeckt hatte – viel mehr als zu wenig fortgeschrittene Digitalisierung –, dann die bei vielen Schülern fehlende Fähigkeit, selbstständig zu arbeiten. Schon nach wenigen Wochen Fernunterricht hatte man erkennen müssen, wie sich hierbei die Spreu vom Weizen trennte. Ein Teil der Schüler arbeitete gewissenhaft und zuverlässig wie immer. Einige wurden sogar besser, schrieben profundere Texte, beschäftigten sich konzentrierter mit den Inhalten. Fast schien es so, als könnten sie nun endlich ungestört von Unterricht lernen. Einige jedoch, auch in der gymnasialen Oberstufe, waren vollkommen überfordert.

Es wurde offensichtlich, dass, wenn Elternhäusern und Schule es bisher nicht gelungen war, den Kindern und Jugendlichen eine gewisse Selbstständigkeit beizubringen, diese auch nicht einfach herzustellen war, nur weil sie plötzlich notwendig wurde. Die Bildungspolitik war allerdings ohnehin davon ausgegangen, dass von den Schülern kein selbstständiges Lernen zu erwarten war, und hatte Lehrkräften quasi verboten, im Fernunterricht neue Inhalte zu behandeln. Man sollte wiederholen oder *konsolidieren,* wie es genannt wurde. Über diese Maßgabe setzte ich mich großzügig hinweg. Wenn es eine schulische Erkenntnis gab, die die Pandemie zutage gefördert hatte, dann diese: Der Versuch, Technologie aus dem einundzwanzigsten Jahrhundert mit Pädagogik aus dem zwanzigsten und Architektur aus dem neunzehnten zu kombinieren, war zum Scheitern verurteilt.

Wie immer erkundigte ich mich bei den Schülern erst einmal in kleinen Gruppen, wie es ihnen ging, was sie beschäftigte, ob es etwas gab, was ich für sie tun konnte.

»Joshua«, fragte ich, »was machst du den ganzen Tag?«

»Kennen Sie *Belle Delphine?*«, fragte er zurück.

Bei dem Namen befürchtete ich das Schlimmste und verneinte.

»Das ist ein Internetstar.«

Meine Befürchtung hatte sich bewahrheitet. »Aha«, sagte ich.

»Wollen Sie mehr über sie erfahren?«

Eine schwierige Frage. Auch bei einem Autounfall will man eigentlich nicht hinsehen und tut es dann doch. Außerdem war ich schon aus pädagogischen Gründen grundsätzlich interessiert an der Lebenswelt der Schüler, man wollte ja nicht, dass der Abstand zwischen der Jugend und einem selbst irgendwann unüberbrückbar groß wurde.

»Erzähle«, forderte ich ihn daher auf.

»Also, Belle Delphine ist dadurch bekannt geworden, dass sie ihr Badewasser übers Internet an traurige Leute verkauft hat. Dreißig Pfund pro Dose. Können Sie mich mal zum Präsentator machen?«

Widerwillig räumte ich ihm per Mausklick das Recht ein, Inhalte auf seinem Bildschirm mit uns zu teilen.

Einige Sekunden später sah ich das Bild einer jungen Frau, die aussah wie eine Barbiepuppe und dabei leicht beschürzt in einer Badewanne saß.

»Das Problem ist, dass es auf ihren Bildern zu viel Nudity gibt, deshalb kann sie ihre Videos nicht auf YouTube zeigen, nur auf OnlyFans.«

Ich erwog, ihn kurz darauf hinzuweisen, dass er genau genommen ja dann zu jung für diese Inhalte sei, war aber gleichzeitig zu fasziniert von dem, was da noch kommen mochte.

»Sie tritt im Internet als E-Girl auf.«

»Als was?«, fragte ich.

»Als E-Girl«, wiederholte er ungerührt.

»Ja, das habe ich akustisch durchaus verstanden«, sagte ich ungehalten. »Das wäre jetzt der Moment, wo du mir erklären könntest, worum es sich dabei handelt.«

»Ah, ja. Das sind Menschen, die sich anziehen und schminken wie Anime-Charaktere.«

»Comicfiguren?«, fragte ich nach.

»Ja, japanische«, klärte er mich auf. »Hentai, um genau zu sein«, ergänzte er.

»Wie meinen?«, fragte ich.

»Animated porn«, sagte er plötzlich erstaunlich mehrlingual.

Meine Englischkenntnisse reichten, mir eine vage Vorstellung davon zu machen, wovon er sprach.

Die Bilder, die er nun zeigte, verdeutlichten das ganze Ausmaß des Abgrunds vor mir.

»Auf vielen Bildern macht sie ein Ahegao-Face«, sagte er.

»Ja?«, fragte ich zögerlich. Mittlerweile hatte er sich offenbar mit meiner Begriffsstutzigkeit abgefunden und erklärte unaufgefordert: »Gesichter wie beim Orgasmus.«

Ich atmete tief ein und wieder aus.

Es war erstaunlich mit der menschlichen Kultur, wie überhaupt mit dem Menschen an sich. Er ist zu höchsten Höhen wie zu tiefsten Tiefen fähig. Bill Gates, Shakespeare, Leonardo da Vinci einerseits. Micky Krause und Belle Delphine andererseits. Und immer wenn man glaubte, der Tiefpunkt wäre erreicht – Trump oder Dieter Bohlen –, wurde man eines Besseren belehrt.

Als Nächstes sahen wir ein Bild eines dicken Mannes mit Brille, der vor einem Bildschirm saß.

»Das ist ein«, fuhr Joshua gnadenlos fort, »Discord

Mod. Also ein random Loser, der sich vor dem Computer einen auf Belle Delphine jiggelt.«

Ich sah davon ab, diesen Exkurs vertiefen zu lassen, denn schon erblickten wir eine Reihe mit Bildern ähnlich aussehender junger Frauen.

»Das hier sind random Fake-Belle-Delphines. Die wollen gerne etwas von ihrem Fame abkratzen.«

»Joshua«, unterbrach ich ihn, um diesem unsäglichen Zinnober ein Ende zu bereiten. »Danke. Das reicht für heute.«

»Aber …«

»Kein Wort mehr, ich muss das erst verarbeiten.«

»Äh, okay.«

»Danke für diesen Ausflug in diese Parallelwelt«, sagte ich, wieder einmal desillusioniert, was die Lösung der drängendsten globalen Probleme durch die nachfolgende Generation anging. Es frappierte mich im Grunde nicht, denn ich kannte das wohlfeile Gefasel der Jugend von heute, hörte es auf den Korridoren der Schule und dem Pausenhof, wie die zukünftige Elite ihre Zeit mit geistlosen Petitessen füllte, dennoch gab es immer wieder Situationen, in denen ich erkannte, dass der Tiefpunkt noch nicht erreicht war. Es war ein Graus. Andererseits, war es nicht das Vorrecht der Jugend, albern zu sein und sich blödsinnig aufzuführen? Wirklich bedenklich wurde das doch erst, wenn Erwachsene das taten. Und andererseits gab es dann auch immer wieder Gegenbeispiele wie meine Schüler, die mich bei meinen Ermittlungen unterstützten, oder Menschen wie Tschakka, dessen Computerfähigkeiten ich mir gerne zunutze machte.

Wir begannen mit dem Unterricht zur Analyse und Interpretation von Kurzgeschichten. Wir hatten in der letzten Stunde eine Hemingway-Geschichte gelesen, die sich hervorragend eignete, die Schüler in die Grundprinzipien der Literaturinterpretation einzuweisen. Ich stellte gerade die erste Frage zur Rekapitulation der Ergebnisse, als ich eine Nachricht in meinem persönlichen Chatbereich las:

»Herr Horvath, hier Hohweiler, der Vater von Finn. Ich habe mich gerade zugeschaltet und frage mich, wieso Sie im Deutschunterricht einen amerikanischen Autor behandeln.«

Ich starrte auf meinen Bildschirm. Ungläubig. Verwirrt. Von einer Sekunde auf die andere todmüde.

Nun saßen also nicht ausgelastete Eltern mit in meinem Unterricht und mischten sich ein.

»Ich hätte außerdem noch ein paar Anmerkungen zu Ihrer Fragetechnik und zu den fehlenden Differenzierungsmöglichkeiten.«

Aha, dachte ich. Der Mann war offenbar vom Fach. Die schlimmsten Eltern, das war mir schon aus zahlreichen Begegnungen an Elterngesprächstagen vertraut, sind solche, die selbst auch Lehrer sind. Ich beschloss, seine Chatnachrichten zu ignorieren. Gar nicht so sehr aus Prinzip, sondern weil ich nun einmal mit Unterrichten beschäftigt war. Im Laufe der Stunde wurden die Intervalle zwischen seine Anmerkungen kürzer und der Ton aggressiver, ehe der Mann kurz vor Stundenende mit einem »Sie hören von mir« schloss.

Nach diesen kulturellen und erziehungspartnerschaftlichen Tiefpunkten freute ich mich schon beinahe auf eine weitere Stunde Kafka mit meinem Deutschkurs, die nun folgte.

Heute wollten wir uns passenderweise mit dem Thema Schuld auseinandersetzen. Letztlich ging es um die große Frage, wessen sich K. im Prozess nun eigentlich schuldig machte. Hierzu musste zunächst geklärt werden, welche Arten von Schuld es überhaupt gab und ob es möglicherweise unterschiedliche Definitionen gab, je nachdem, ob man die Frage juristisch, religiös, ethisch, psychologisch, philosophisch oder biografisch betrachtete. Dieser Roman war zeitlos und immer aktuell, da er auf verschiedene Weise lesbar war, nur um sich am Ende doch jeder Erklärung zu entziehen. Genau wie das Leben.

Einem sogenannten schülerzentrierten Einstieg über persönliche Erfahrungen mit dem Thema Schuld folgte eine genaue Analyse des sogenannten *Prügler-Kapitels*. Hier werden zwei Wächter bestraft, weil K. sich über sie beschwert habe. Aufschlussreich ist hier K.s Verhalten, während dies geschieht.

Ich ließ die Gruppen mit ihrem Arbeitsauftrag alleine und machte mir noch einen Kaffee.

Wer wieder einmal nicht anwesend war, wie mir auffiel, als ich an den Schreibtisch zurückkehrte, war Max' bester Kumpan David.

Nach dem Ende der Gruppenarbeit erkundigte ich mich nach ihm.

»David igelt sich immer noch ein«, antwortete Max. »Der hat eine Corona-Depression, meldet sich nicht, geht nicht ans Handy, keine Ahnung, was da los ist.«

Das, dachte ich, würde uns noch eine Weile beschäftigen, und noch viel mehr, falls tatsächlich, wie jetzt schon einige Experten munkelten, angesichts zu erwartender weiterer Wellen kommenden Herbst und Winter die Schulen einfach wieder geschlossen wurden. Wie viele Kinder hier vergessen wurden, sich selbst überlassen in ihren Zimmern saßen ohne Sozialkontakte, ohne Struktur. Und anders als viele Wirtschaftszweige, die Druck auf die Politik ausüben und Sonderregelungen erwirken konnten, hatten Jugendliche keine Lobby. Ihr wirtschaftlicher Wert war eher indirekt, zukünftig und daher schwer zu greifen. Man würde im weiteren Verlauf der Pandemie sehen, welchen politischen Stellenwert Bildung in Deutschland wirklich hatte.

Nach einer halben Stunde begannen die Gruppen, ihre Ergebnisse zu präsentieren.

Emmas Gruppe verwies auf K.s fehlende Zivilcourage. Im Roman versucht K. zu keinem Zeitpunkt, den Prügler ernsthaft an seinem Tun zu hindern, im Gegenteil, er sucht permanent Gründe dafür, warum die beiden die Prügel verdient hätten und er machtlos sei, etwas dagegen zu tun. Das laute Schreien des einen Wächters wird zur Hauptentschuldigung dafür, warum K. nichts dagegen unternehmen könne.

Max meldete sich zu Wort.

»Der Prügler ist voll der Sadomaso-Typ«, sagte er.

»Erkläre!«, forderte ich ihn auf.

»Na ja, mit seinen Lederklamotten und der Peitsche und allem.«

»Ja, das kann man so sehen«, sagte ich, »aber wohin führt uns diese Erkenntnis?«

»Keine Ahnung, ich dachte, es könnte vielleicht wichtig sein.«

»Wir merken uns das einmal. Vielleicht können wir es noch gebrauchen.«

Wortmeldungen, die nichts unmittelbar zur Sache taten, konnte man so einerseits zur Kenntnis nehmen, andererseits aus dem unmittelbaren Geschehen herausnehmen.

»Na ja, jedenfalls«, fuhr Emma, die Klassenklügste, fort, »sehen wir hier das typische Verhalten in einer Diktatur zum Beispiel. Wir haben denjenigen, der Befehle ausführt, also den Prügler. *Ich bin zum Prügeln angestellt*, sagt der Prügler, *also prügle ich.*«

Masic, dachte ich in dem Moment. Masic war der Prügler! Es war ihm egal, wen er verdächtigte, Hauptsache, jemand war verdächtig und konnte verhaftet werden. Wenn es sich dabei noch um den Bruder des Erzfeindes handelte, umso besser.

»Und«, fuhr Emma fort, »K., der dem Unrecht zusieht, ohne etwas dagegen zu unternehmen. So wie in diesem Zitat von Erich Kästner: *An allem Unfug, der passiert, sind nicht etwa nur die schuld, die ihn tun, sondern auch die, die ihn nicht verhindern.*«

»Sehr schön«, lobte ich die Gruppe.

In der gängigen Sekundärliteratur wurde gerne darauf hingewiesen, dass Kafka hier den Befehlsgehorsam und das Mitläufertum des Dritten Reiches vorausgeahnt habe, ich versuchte aber mit den Schülern auch, Bezüge zu unserer Wirklichkeit herzustellen, Situationen zu ermitteln, in denen sich Menschen schuldig machten, indem sie Dinge taten, von denen sie wussten, dass sie falsch waren, oder Dingen untätig gegenüberstanden, die eigentlich ein Eingreifen erfordert hätten. Natürlich kam die Generation Fridays for Future hier auf den Klimawandel zu sprechen. Auch Rassismus, Sexismus und alles Unrecht, das immer noch auf der Welt geschah, ließ sich hiermit verbinden. Dazu passten die unablässigen Beteuerungen K.s, dass er doch unschuldig sei, die wir ja auch alle kannten, angesichts unserer ständigen Suche nach Ausflüchten und Rechtfertigungen für dieses und jenes, für die nicht ausgesprochene Entschuldigung, den zu großen ökologischen Fußabdruck, das immer wieder hinausgeschobene klärende Gespräch, das Wegschauen, wenn wir hinschauen sollten, bei all den Dingen, die wir schon lange hätten tun wollen, aber nicht dazu kamen, weil uns der Alltag zu sehr in Beschlag nahm. Mit einem Mal erfasste mich ein seltsames Gefühl der Wehmut und – ja – auch der Schuld. Eine Schuld an mir selbst. Denn immer öfter hatte ich eine schauervolle Ahnung, ein viel zu reduziertes und enges Leben zu führen mit meinen gleichförmigen Routinen, in meiner selbstbezogenen Akademikerblase in der Freiburger Wiehre. Hätte ich nicht mehr Möglichkeiten gehabt? Möglichkeiten, mehr von der Welt zu sehen, mehr zu erleben, mehr Erfahrungen zu machen? Immer öfter wurde mir bewusst, dass ich eben nicht, wie Thoreau das nannte, das *Mark des Lebens* in mich aufsaugte und alles ausrottete, was nicht Leben war. Und das Schlimmste war: Dass ich so weit entfernt von der Realität der meisten Menschen war, hielt mich nicht davon ab, jungen Menschen die Welt zu erklären! Ich war ein BOF, ein *boring old fart,* wie man meinesgleichen heute nannte. *Gibt es ein Leben vor dem Tod?,* fragte einst der Wiener Satiriker Karl Kraus. Nicht zwangsläufig, offenbar.

Interessant bei K. war, dass er bis zum Ende nicht erkannte, worin seine Verfehlung wirklich lag.

20.

Das Unheil kam schnell und ohne Vorwarnung.

Um die Mittagszeit klingelte wieder einmal mein Handy. Betty.

»Horvath, hör zu. Es ist etwas passiert. Deine Fingerabdrücke sind auf der ganzen Büste verteilt, mit der Stiehler ermordet wurde.«

Ich hörte diese Worte und konnte sie nicht glauben. Meine Fingerspitzen begannen zu kribbeln, und meine Kopfhaut juckte. Mir war, als würde mir mit einem Mal Schweiß aus allen Poren rinnen.

Weißt du, dass dein Prozess schlecht steht? Ja, es wurde immer deutlicher.

»Das ist unmöglich«, sagte ich und wusste in dem Moment nicht einmal mehr, ob das stimmte.

Hatte ich die Büste am Ende doch angefasst? Aber aus welchem Grund?

Und dann kam mir ein ganz und gar monströser Gedanke.

Was, wenn ich Stiehler ermordet hatte? In einem Moment geistiger Umnachtung, wie man so schön sagte. Ein Aussetzer im Affekt? Und mein Gedächtnis hatte die Tatsache sofort verdrängt? War so etwas möglich? Die menschliche Seele war zu vielem imstande, um sich zu schützen, vielleicht versuchte die meine einfach so zu tun, als wäre das nicht passiert, was nun laut Labor passiert sein musste.

Die stillsten und bescheidensten Leute sind oft zu jähen, vollkommen unerwarteten Gewalttaten imstande …, wenn die Kontrolle einmal aussetzt, dann aber richtig, heißt es in *Hercule Poirots Weihnachten.* War ich so jemand? Konnte das wirklich möglich sein?

In dem Poirot-Roman »Alibi« erweist sich am Ende auch der Ich-Erzähler als der Mörder. Eine beispiellose Wendung in jener Geschichte. Auch in dieser? Mein Gehirn verhedderte sich vor lauter Anspannung wieder in zahllosen Assoziationsketten.

»Haben die sonst nichts gefunden? Keine anderen Spuren?«, fragte ich verzweifelt.

»Nein, sorry, Horvath. Die Haare von gestern Abend konnte ich erst vorhin abgeben, aber die von vorgestern wurden untersucht. Nichts.«

Das bedeutete, Mike und Frau Stiehler schieden aus. Aber Kroll, Jenny und ihr Freund waren noch im Rennen.

»Was heißt das nun?«, fragte ich.

»Geh weg aus deiner Wohnung. Schnell. Versteck dich. Ruf mich nicht an. Ich besorge mir ein neues Handy und melde mich bei dir, aber unter einer anderen Nummer.«

In Bettys Hintergrund war Stimmengewirr zu hören.

»Geh schnell.« Und damit legte sie auf.

Die Wahrheit ist nicht bloß eigentümlicher als die Fiktion, sie ist auch dramatischer, sagt Poirot.

Ich stand noch einige Sekunden und versuchte zu verstehen, was gerade geschehen war, dann wurde ich aktiv. Ich packte das Nötigste zusammen – Laptop für alle Fälle, Geld, Handy, frische Unterwäsche und ein paar Badutensilien – und verließ meine Wohnung.

Vor der Haustür sah ich mich um, doch mir fiel niemand auf, der aussah, als würde er mich beobachten. Dann erst wurde mir bewusst, dass ich nicht wusste, wohin ich gehen sollte.

Ich erinnerte mich an das gestrige Goethe-Zitat aus der Absinth-Runde. *Wer sich den Gesetzen nicht fügen will, muss die Gegend verlassen, wo sie gelten.* Aber wohin, sagte der große Meister nicht.

Ich lief die Glümerstraße entlang Richtung Stadtmitte, als mir ein Streifenwagen mit hoher Geschwindigkeit entgegenkam, gefolgt von einem zivilen Fahrzeug, auf dessen Beifahrersitz ich Masic auszumachen glaubte. *Ich bin zum Prügeln angestellt, also prügle ich,* dachte ich, während ich mich hinter die parkenden Autos am Straßenrand duckte und mich dann in einen Hof zurückzog, wo ich mich hinter einen Fahrradanhänger kauerte. Wieso meldete Martin sich nicht bei mir? Ich wählte seine Nummer und wartete. Nichts.

Ich überlegte fieberhaft, wen ich nun um Hilfe bitten konnte. Mir fiel nur noch einer ein.

Er nahm gleich ab.

»Pauker?«

Ich schilderte ihm mein Dilemma.

Er hörte schweigend zu, dann sagte er ohne Umschweife. »Okay, ich helfe dir.«

Er gab mir eine Adresse im Stadtteil Weingarten, zu der ich in einer Stunde kommen sollte.

Ein kleines Mädchen stand plötzlich vor mir. »Hallo«, sagte sie und schaute mich neugierig an.

»Äh, ja, hallo, ist das dein Anhänger?«

»Nein.« Sie musterte mich von oben bis unten, interessiert und sehr ernst.

Ich erwartete, sie würde mich als Nächstes fragen, wieso ich da telefonierend auf dem Boden saß, doch das war ihr wohl zu trivial.

»Bist du ein Guter oder ein Böser?«

Ich starrte sie an. »Vielleicht ist das manchmal gar nicht so einfach zu entscheiden. Weißt du, ich glaube, die menschliche Natur ist zu komplex, um da eine definitive …«

»Hallo, Sie da?«, hörte ich eine Frauenstimme, vermutlich die ihrer Mutter, aus einem Fenster in unsere Richtung rufen. »Lassen Sie meine Tochter in Ruhe oder ich rufe die Polizei.«

»Nicht nötig«, antwortete ich und erhob mich. »Die ist schon unterwegs.« Ich zwinkerte der Kleinen zu und eilte raschen Schrittes weiter Richtung Innenstadt.

Mein Handy klingelte. Martin. Gott sei Dank.

»Bruder, fuck, Kacke am Dampfen. Was machst du?«, sagte er leise.

Im Hintergrund hörte ich wieder Stimmengewirr, wie schon eben bei Betty.

»Ich melde mich, ruf mich nicht mehr an!« Dann war die Verbindung weg. Ich war alleine. Meine engsten Vertrauten brachen den Kontakt zu mir ab. Mussten sie natürlich. Aber dennoch. Ich war mutterseelenallein. *Gottes einsamster Mann,* wie Travis Bickle in *Taxi Driver* von sich selbst sagt.

Ich erwog, zu Fuß nach Weingarten zu laufen, öffentliche Verkehrsmittel und Taxis waren wohl eher zu meiden. Natürlich war ich ob meines stilistisch auffälligen Äußeren leicht zu identifizieren. Ich ging jedoch davon aus, dass mein Gesicht noch nicht überall bekannt war, und eilte Richtung Innenstadt. Ich brauchte eine Verkleidung.

Mein Gemütszustand hatte sich so weit beruhigt, dass ich wieder davon ausging, nicht Stiehlers Mörder zu sein. Mir blieb nicht mehr viel Zeit den wahren Mörder zu finden.

Aber wie in drei Teufels Namen kamen meine Fingerabdrücke auf die Büste?

Das Unmögliche kann nicht geschehen sein, darum muss das Unmögliche möglich sein, auch wenn es nicht den Anschein hat. Hercule Poirot.

Beim Martinstor angekommen, betrat ich das erstbeste Kleidungsgeschäft und erstand ein paar Kleider, wie ich sie zuletzt als Kind besessen hatte. Zwei T-Shirts, Jeansshorts, dazu ein paar Flipflops, eine Sonnenbrille und eine Baseballmütze. Ich bezahlte mit Bankkarte. Sollten sie ruhig wissen, dass ich hier war, gleich würde ich es nicht mehr sein, und in Weingarten würden sie mich nicht vermuten. In einer Umkleidekabine zog ich mich um und betrat als normal angezogener Mensch verkleidet die Straße. Da ich meine Bankkarte von nun an nicht mehr benutzen wollte, brauchte ich noch etwas Bargeld. In der Hoffnung, dass mich niemand, der mich kannte, in diesem Aufzug sah – schließlich hatte ich einen Ruf zu verlieren –, ging ich zur Volksbank am Bertoldsbrunnen, hob Geld ab und machte mich zunächst an der Dreisam entlang, dann auf Seitenstraßen auf den Weg. Nach Weingarten.

Unterwegs fielen mir immer wieder Autofahrer auf, die, obwohl sie alleine in ihren Fahrzeugen saßen, eine Maske trugen. Vielleicht hatte ich etwas verpasst. Konnte man sich nun am Ende selbst anstecken? War es möglich, dass man gesund in ein Auto stieg und es krank wieder verließ? Eine Frage, die, zugegeben, nicht zu den dringlicheren in meinem Leben gehörte.

Schwitzend und durstig erreichte ich das Hochhaus, das Mike mir genannt hatte, und in dem Moment hörte ich schon, wie sich das wohlbekannte Geräusch eines schweren Motorrads näherte. Der Mann auf der Harley trug einen alten Militärstahlhelm und war mir wohlbekannt. Es war Wolli, Mikes rechte Hand, dessen Bekanntschaft ich ebenfalls im Schwarzwald gemacht hatte.

»Pauker!«, rief er die *Caballeros*-übliche Begrüßung in meine Richtung. »Neues Outfit? Hätte dich fast nicht erkannt.«

»Darum geht es.«

Er lachte. »Probleme, wie man hört?«

»In der Tat«, erwiderte ich schlicht.

»Hättest du mal was Gescheites gelernt«, kicherte er, offenbar Bezug nehmend auf sein PH-Studium, von dem Mike einmal erzählt hatte.

Mir fiel keine schlagfertige Replik ein, daher nickte ich müde und folgte ihm ins Haus.

Ohne zu zögern, steuerte er auf den Fahrstuhl zu. Ich zögerte kurz, allerdings war eine Corona-Infektion gerade die geringste meiner Sorgen, und ich folgte ihm.

»Die Wohnung gehört dem Club«, klärte er mich auf, während wir nach oben fuhren. »Brauchen wir immer mal für dieses oder jenes. Gerade steht sie leer. Zum Glück für dich.«

Ich fragte mich, wie viel Mike ihm erzählt hatte, doch auch wenn er komplett im Bilde war, ließ er es sich nicht anmerken.

Wir betraten die Wohnung, in der lediglich ein braunes

Ledersofa an der Wand des einzigen Zimmers stand. Es war ein recht geräumiges Wohnzimmer mit Kochnische, dazu gab es ein fensterloses Bad und einen kleinen Balkon.

»Schnuckelig, nicht wahr?«, sagte Wolli.

Direkt neben der Eingangstür fiel mir ein angeschlossener Router am Boden auf.

»Funktioniert?«, fragte ich.

»Müsste«, sagte Wolli. »Also, ich muss wieder. Du kommst klar, oder? Mike meldet sich nachher mal, hat er gemeint. Cheerio.«

Und damit ließ er mich alleine in meinem Versteck zurück. Ich stand unschlüssig im Zimmer und sah zum Fenster hinaus. Vielleicht blieb ich jetzt einfach hier. Bis sie mich fanden. Im Schutz meiner vier Wände. Auch wenn es nicht meine waren.

Mein Zimmer war mir immer schon der liebste Ort gewesen. Ein Rückzugsort, wo ich mit meinen Gedanken und Büchern und meiner Musik sein konnte, ohne getriezt zu werden, weil ich anders war, ohne zu schwitzen oder zu frieren, mit gedämpftem Licht, dunkelselig und behaglich zurückgeworfen auf mich selbst.

Der Schriftsteller Nathaniel Hawthorne hatte sich, als er vom College in seine Heimatstadt Salem zurückkehrte, zwölf Jahre lang in seinem Zimmer eingeschlossen. So etwas kam mir höchst plausibel vor. Auch der Universalgelehrte Pascal führte alle Probleme des Menschen darauf zurück, dass er einfach nicht dort blieb, wo er hingehörte: in seinem Zimmer.

Auch ich habe mein Leben in meiner *Festung der Einsamkeit,* wie Superman seinen Rückzugsort im *Ewigen Eis* nennt, immer genossen.

Aber so alleine wie in diesem Moment hatte ich mich selten gefühlt. Vielleicht *starb* nicht nur jeder für sich alleine, wie Fallada seinen Roman nannte, vielleicht lebte auch jeder für sich alleine. Zumindest ich.

Ich gab mir einen Ruck. Nein, Rückzug war keine Lösung. Ich würde weitermachen bis zum Letzten. Irgendjemand kam hier ungeschoren mit einem Mord davon, und ich musste dafür büßen. Und ich würde ihn finden. Oder sie.

Um wenigstens einen virtuellen Kontakt mit der Außenwelt herzustellen, schloss ich mein Laptop an und schrieb an meine Klassen, dass Unterricht bis auf Weiteres ausfallen würde.

Zwei neu eingetroffene Elternmails las ich noch kurz. Vielleicht ein Ausdruck meines Wunsches nach Normalität.

Eine Mutter schrieb, dass sie sich weigerte, ihr Kind im für die Zeit nach den Pfingstferien geplanten Wechselunterricht eine Maske tragen zu lassen. Sie berief sich auf ihr vorliegende Meldungen über Kinder, die mit Maske im Unterricht erstickt seien.

In der zweiten Mail drohte mir ein Vater mit dem Anwalt, sollte ich sein Kind ungefragt in der Schule impfen. Davon abgesehen, dass es noch gar keinen Impfstoff gab, fragte ich mich, wie man auf solche Ideen kam. Man musste allen Ernstes annehmen, das Internet als solches sei eine seriöse Nachrichtenquelle, anders war das nicht zu erklären. Was wiederum meine Theorie bestätigte, dass das menschliche Gehirn vom Internet an sich überfordert war.

Mein Handy klingelte. Keine mir bekannte Nummer. Auch wenn es sich um ein Kartentelefon handelte, wuchs die Gefahr der Ortung durch die Polizei, je mehr Menschen meine Nummer bekannt war. Es waren mittlerweile einige. Doch ich musste das Risiko eingehen, sonst war ich noch mehr auf mich alleine gestellt. Vielleicht versuchten Betty oder Martin, mich von anderen Nummern aus zu erreichen, um ihrerseits einer möglichen Überwachung durch Masic zu entgehen.

»Herr Horvath, Stiehler hier. Es ist etwas passiert.«

Gespannt lauschte ich ihren Worten.

»Ich habe eben einen Anruf erhalten. Ein Mann hat mich bedroht. Sie wollen Geld. Zweihunderttausend Euro. Mein Mann schuldet die ihnen.«

»Ihnen?«, fragte ich. »Es sind mehrere?«

»Er hat immer von wir gesprochen. Jedenfalls wollen die meinen Söhnen etwas antun, wenn ich das Geld nicht bezahle.«

»Und wieso rufen Sie *mich* an?«

»Die haben gesagt, keine Polizei, und ich wusste nicht, wen ich sonst … also, weil Sie doch schon einmal … Sie sind doch so eine Art Detektiv oder so.«

Beinahe fühlte ich mich geschmeichelt von diesen Worten.

»Wann soll die Geldübergabe stattfinden?«, fragte ich.

»Heute Abend!«, sagte sie verzweifelt.

»Das ist nicht viel Zeit. Haben Sie das Geld denn prinzipiell?«

»Eben nicht!«, schrie sie nun beinahe in den Hörer. »Ich weiß nicht, was ich tun soll.«

Ich fragte mich, ob sie ihrem Galan Kroll von der Sache erzählt hatte, entschied mich aber dagegen, sie einzuweihen, dass ich von der Verbindung wusste. Vielleicht war dieses Wissen noch von Vorteil, schließlich waren Frau Stiehler und auch Kroll für mich immer noch höchst verdächtig, die wahren Täter zu sein.

»Haben Sie denn eine Ahnung, wer dahinterstecken könnte?«

»Ich weiß es nicht«, keuchte sie, »aber vor einiger Zeit habe ich meinen Mann vor unserem Haus beobachtet, der hat mit einem anderen gestritten. Der saß auf einem Motorrad, so einer schweren Maschine. Und er trug einen Stahlhelm.«

21.

Ich beendete das Gespräch mit Frau Stiehler mit der vagen Zusage, mich in Bälde wieder zu melden. Erst musste ich nachdenken. Wieso, fragte ich mich, erzählte Frau Stiehler mir von diesem Streit ihres Mannes mit den Caballeros erst jetzt? Das hätte sie doch auch gestern schon tun können. Und was bedeutete diese neue Information für die Gesamtsituation? Nun, es rückte die Caballeros ganz nach oben auf der Liste der Verdächtigen. Und ich saß in deren Wohnung, also quasi in der Falle. Besser, ich verließ diesen Ort so schnell wie möglich.

Mein Handy klingelte erneut. Mad Max. Es gab Neuigkeiten, die die Schüler nicht am Telefon besprechen wollten.

Wir verabredeten uns eine halbe Stunde später am Seepark. Nach dem Telefonat packte ich meine Utensilien zusammen und machte mich zu Fuß auf den Weg zum Treffpunkt.

Dort angekommen, freute ich mich, meine tapferen Kämpen wieder einmal in persona zu sehen. Nicht so schön war allerdings, dass sie sich erst einmal mehrere Minuten über mein Aussehen amüsierten. Sie kriegten sich gar nicht mehr ein, Max umrundete mich immer wieder ungläubig, befingerte den Stoff meines T-Shirts und meiner Shorts und kommentierte jedes Kleidungsstück ausführlich. Nachdem sie sich endlich beruhigt hatten, hatte ich Gelegenheit, meinerseits sie zu betrachten, denn es war eine Weile her, seit wir uns das letzte Mal von Angesicht zu Angesicht gegenübergestanden waren. Max hatte seine sonst so sorgfältig getrimmten Haare nun kurz geschoren, nachdem sie sich durch die Friseurschließungen zu lange selbstständig gemacht hatten.

»Na, wie finden Sie?«, fragte er stolz. »Hat Amir gemacht.«

»Er hat mich gezwungen«, sagte der beschwichtigend.

»Nun, das ist sicher praktisch«, erwiderte ich lächelnd.

Amir hingegen hatte offenbar Gefallen gefunden an seinen nun längeren Locken, und es sah auch wahrlich gut aus. Auch noch dabei waren Leila und Vida. Leila, von vielen – auch Kolleginnen und Kollegen – *die schöne Leila* genannt, sah wirklich atemberaubend gut aus. Nun, da sie, aus welchem Grund auch immer, nicht mehr Tims Freundin war, machten sich gewiss nicht wenige Hoffnungen darauf, sein Nachfolger zu werden. Ich überlegte, ob ich sie auf Tim ansprechen sollte, doch in dieser großen Runde war das vielleicht keine gute Idee.

Vida stand ein wenig abseits hinter den anderen, ich hatte sie zunächst gar nicht bemerkt, was zum einen daran lag, dass Leila mit ihren schwarzen Locken grundsätzlich die Blicke auf sich zog. Es gab aber noch einen anderen Grund. Vida wirkte manchmal wie unsichtbar. Dabei war sie gar nicht so unauffällig mit ihren schwarzen kurzen Haaren und ihrem ebenso schwarzen Kleidungsstil, den man wohl als *Goth* bezeichnete. Nein, bisweilen kam es vor, dass man ihre Anwesenheit schlicht nicht bemerkte. Ich hatte sie in der Vergangenheit sogar schon mehrfach als fehlend ins Klassenbuch eingetragen, obwohl sie auf ihrem Platz saß, was mir dann im Laufe der Stunde irgendwann auffiel. Manchmal kam es mir so vor, als könne sie steuern, ob sie bemerkt wurde oder nicht. Vida hielt zumeist den Blick gesenkt, sprach wenig, beteiligte sich kaum am Unterricht und wirkte insgesamt so, als sei sie nicht nur aus der Zeit – wie ich –, sondern gleich aus der Wirklichkeit gefallen. Manchmal hatte ich den Eindruck, als wandelte sie schon sehr lange auf dieser Welt, vielleicht als eine Art Vampir, und hatte im Grunde alles bereits gesehen. Im Ansatz kannte ich das Gefühl, denn wenn man einige Jahre als Lehrer gearbeitet hat, ging es einem ähnlich. Es passierte dann nur noch selten, dass einen das Verhalten von Schülern oder Eltern noch überraschen konnte. Man hatte alle Ausreden, Betrugsversuche, Aussetzer, Skurrilitäten aller Art etliche Male erlebt und konnte sich höchstens hin und wieder darüber amüsieren, dass jede Schülergeneration, sogar jeder Jahrgang, immer wieder von Neuem glaubte, sie seien die ersten Schüler in der Geschichte der Menschheit und die Evolution habe sich nur zu dem Zweck zugetragen, dass sie nun hier und jetzt existieren konnten, denn außer ihnen gab es nichts von Belang.

Eine weitere Gemeinsamkeit von Vida und mir war – neben unserer Vorliebe für dunkle Kleidung und einer gewissen Zeitgeistskepsis –, dass sie auch Kampfsport betrieb, was ich allerdings nicht von ihr selbst, sondern von einer Mitschülerin erfahren hatte.

Ich erklärte den Schülern in knappen Worten den Grund für die Veränderung meines Kleidungsstils. Nachdem sie ihrer Empörung über die unfähigen Ermittler Luft gemacht hatten, fragte ich: »Nun, was habt ihr herausgefunden?«

»Also«, begann Max, »bis vor einiger Zeit gab es Tilidin in Freiburg nur auf Rezept von bestimmten Ärzten.«

»Zwei Namen wurden dabei immer wieder genannt«, ergänzte Leila. »Einer davon war Dr. Stiehler.«

So weit deckte sich das mit Tschakkas Erkenntnissen und den Eintragungen im Notizbuch. TR *50, 100, 200* und so weiter.

»Gut, das klingt plausibel«, sagte ich.

»Ja, aber vor einigen Monaten hat sich etwas geändert«, warf Amir ein. »Tilidin wird nun wie jede andere Droge auch auf der Straße gehandelt.«

Auch das erzählte Stiehlers Notizbuch, als die TR-Eintragungen plötzlich endeten.

Ich zog gespannt die Augenbrauen hoch.

»Und raten Sie mal, wer hinter dem Handel steckt?«, fragte Leila strahlend.

Da war ich nun aber wirklich gespannt.

»Unsere Freunde, die *Caballeros.*«

Es war ein sehr verzweifeltes Lachen, das mir aus der Kehle drang. Die Caballeros begleiteten diesen Fall auf so viele Arten. Und ich Narr hatte meine Freiheit eben in Mikes Hände gegeben und mich völlig von ihnen abhängig gemacht.

Von Betty und Martin wusste ich genügend darüber, wie wenig Priorität die Jagd nach Drogenhändlern bei der täglichen Polizeiarbeit einnahm, um mich darüber zu wundern, wieso meine Schüler dies innerhalb eines Tages hatten herausfinden können, die Polizei aber nichts dagegen unternahm. Viel wichtiger für meine Belange war, dass es eine konkrete Verbindung zwischen Stiehler und dem Motorradclub gab, die nun auch Frau Stiehlers Ausführungen über Streitigkeiten zwischen ihrem Mann und den Rockern erklärte. Es war eine Verbindung, bei der man sich durchaus ein Szenario vorstellen konnte, das einen Mord rechtfertigte. Auch wenn Mikes Haar seine Unschuld zu belegen schien. Aber die Caballeros bestanden ja nicht nur aus Mike.

»Also, Herr Horvath, wir müssen los«, sagte Max mit einem Mal. »Es gibt noch einiges zu tun.«

Ich schüttelte verwirrt den Kopf. »Wieso, das ist doch

schon genug Information, was wollt ihr denn noch? Ich will nicht, dass ihr euch …«

»Wir wissen, wo die Rocker ihr Lager haben«, sagte Max eifrig. »Industriegebiet Nord. Da gehen wir jetzt hin und beschatten das. Neno und Lukas sind bereits beim Headquarter der Caballeros, das ist da ganz in der Nähe.«

»Sie sind was? Halt!«, rief ich erschrocken. »Das könnt ihr nicht machen. Das ist gefährlich.«

Max und Amir schüttelten den Kopf. »Manchmal müssen Männer tun, was Männer tun müssen. Und Frauen natürlich auch. Herr Horvath, es gibt nichts, was Sie dagegen tun könnten. Halten Sie sich versteckt. Wir melden uns.«

Leila lächelte mich an, und zuletzt streifte mich noch Vidas Blick, den ich nicht zu deuten wusste, doch ich war sicher, er enthielt alle Antworten, wie das Ganze enden würde, allerdings fehlten mir die Mittel, diesen Blick zu entschlüsseln.

Dieses Vexierspiel wurde mit jeder neuen Information immer undurchsichtiger. Es gab eine Verbindung Stiehlers zu den Caballeros. Stiehler hatte vermutlich mit Wolli vor seinem Haus gestritten, er schuldete dem Club Geld, und so, wie es aussah, hatte der Club ihm den Tilidin-Handel aus der Hand genommen. Hat Stiehler dem Club gedroht? Aber wie? Musste der Club ein Exempel statuieren, dass man nicht ungestraft seine Schulden nicht beglich, so wie man das aus Filmen kannte? Und dann noch die Sache mit den zweihunderttausend Euro. Ausgerechnet der Betrag, den Betty und ich in einem Bahnhofsschließfach deponiert hatten und von dessen Existenz Mike wusste. Hatte dieses ganze Rätsel am Ende doch mehr mit mir zu tun, als ich selbst wahrhaben wollte?

Mein Handy klingelte. Ein wenig zu häufig für meinen Geschmack, ich kam mir schon vor wie ein Teenager, aber immerhin hatte ich einen guten Grund. Jeder Anruf war existenziell wichtig. Die Nummer war mir unbekannt.

»Horvath, ich bin's«

Betty!

»Es gibt Neuigkeiten. Meine Vertrauensperson in der Technik hat etwas herausgefunden. Krolls DNA ist in Stiehlers Praxis. Überall verteilt. Es sieht nach einem Kampf aus.«

22.

Ich wusste von Martin, dass der Zustand von Haaren oder sogar Hautpartikel Rückschlüsse darauf zuließen, wie die an einen Tatort gelangt waren, ob es einfach Spuren waren, die jeder hinterließ, ob jemand stand oder saß oder am Boden lag oder ob es zu Kampfhandlungen gekommen war.

Verblüfft nahm ich Bettys Neuigkeit zur Kenntnis. Dieser Fall hatte in kurzer Zeit beträchtlich an Fahrt aufgenommen und war voller Wendungen und Überraschungen.

»Was heißt das nun?«, fragte ich atemlos. »Weiß Masic das schon?«

»Ja«, sagte Betty zögerlich, »das heißt, wir sind gerade dabei, es ihm zu sagen, das Problem ist ja, dass diese Erkenntnis quasi hinter seinem Rücken gewonnen wurde, eigentlich dürften wir das gar nicht wissen. Diese DNA-Spuren sind ja anonym, weil wir offiziell gar keinen Abgleich machen können ohne Krolls Haar. Masic tobt übrigens, weil du nicht zu Hause warst. Er ist sich sicher, dass wir dich gewarnt haben.«

»Aber das ist doch absurd«, protestierte ich. »Das kann doch jetzt nicht das Thema sein …«

Wieder hörte ich Stimmen im Hintergrund.

»Horvath, muss Schluss machen, halt auf jeden Fall den Kopf unten, hier brennt der …« Und damit war die Leitung unterbrochen. Was war da los? War Masic hier auf einem Rachefeldzug gegen unsere Familie, war ich hier das Bauernopfer für seine Abneigung gegen meinen Bruder, sodass er sogar Fakten ignorierte, um an sein Ziel zu kommen? Der Mann war völlig außer Kontrolle, irgendjemand musste dem doch Einhalt gebieten. Natürlich, das war mir auch klar, waren die mich entlastenden Beweise nicht auf vorschriftsmäßigem Weg zutage gefördert worden, aber was spielte das denn am Ende für eine Rolle, wenn es um den Beweis meiner Unschuld ging? Ich hätte Betty gerne alles über die Verbindung Stiehlers zu den Caballeros erzählt, aber das war nicht möglich gewesen. Außerdem schien es so, als hätte all das nichts mit dem Mord zu tun. Kroll war nun der Hauptverdächtige.

Ich versuchte, mich zu beruhigen und mich auf das zu besinnen, was nun zählte. Es war wie immer. Es gab nur einen Menschen, auf den ich mich verlassen konnte. Und der war ich selbst.

Ich riskierte es, ein Taxi zu rufen, und ließ mich zur Schule fahren. Zeit war jetzt ein Faktor, und selbst wenn der Taxifahrer mich nach der Fahrt der Polizei meldete, hatte ich den Fall bis zu deren Eintreffen vielleicht ja schon gelöst. Es gab zwar immer noch die Möglichkeit, dass es Betty und Martin gelingen würde, Masic über die neuen Entwicklungen in Kenntnis zu setzen, aber vertrauen konnte ich darauf nicht.

Während der Fahrt versuchte ich meine Anspannung zu unterdrücken und alles noch einmal zu sortieren. Kroll musste der Täter sein. Er hatte sich wunderlich verhalten, als ich ihn in der Nähe von Stiehlers Praxis getroffen hatte. Er wirkte fahrig und außer Atem. Allem Anschein nach hatte er wenige Minuten zuvor Stiehler, seinen Nebenbuhler, erschlagen. Vielleicht vorsätzlich, den Spuren nach zu urteilen aber eher im Affekt, und er hatte ein Motiv. Daher auch seine aggressive Reaktion, als ich ihm davon berichtete, seinen Namen der Polizei genannt zu haben. Blieb aber dennoch die Sache mit den Caballeros und Frau Stiehler. Wieso hatte sie mir das Notizbuch gegeben? Wollte sie, davon ausgehend, dass ich selbst ermitteln würde, einen möglichen Verdacht weg von ihrem Galan auf die Rocker lenken? Aber dann hätte sie die Sache mit der Erpressung ja komplett erfunden. Was natürlich schlau eingefädelt wäre, in der Tat.

Was aber, wenn nicht? Wenn die Caballeros sie wirklich bedrohten? Dass Stiehler Schulden hatte, wusste ich ja von Tschakka. Das hieß, entweder hatte er sich das Geld nach und nach von den Caballeros geliehen, oder er hatte es irgendwo anders verloren, und die Caballeros hatten ihm zweihunderttausend geliehen, damit er seine Schulden anderweitig zurückzahlen konnte, und nun schuldete er das Geld den Rockern. Und wieso ausgerechnet zweihunderttausend? Ausgerechnet dieser Betrag?

Es war natürlich denkbar, dass Kroll zwar der Täter war, aber nicht bereit war, dies so ohne Weiteres zuzugeben. Und er würde sich wohl auch kein zweites Mal von mir überwältigen lassen.

Ich beschloss, für alle Fälle Betty eine Textnachricht zu schreiben und ihr im Telegrammstil den aktuellen Stand mitzuteilen. Tschakkas Erkenntnisse, Krolls Affäre mit Frau Stiehler, die Verbindung Stiehlers mit den Caballeros und deren Erpressungsversuch, Stiehlers Schulden und Frau Stiehlers Bitte an mich, ihr zu helfen. Sollte mir etwas zustoßen, wusste Betty Bescheid. Sie würde die richtigen Schlüsse aus alledem ziehen.

An der Schule angekommen, stieg ich aus dem Taxi. Diesmal war der Hausmeister mit dem Laubbläser zugange, einem der absurdesten Gerätschaften der Neuzeit. Wann genau waren wir als Menschheit eigentlich dahin abgebogen, dass wir beschlossen, zu unserem Glück Laubbläser zu brauchen? Ein Rätsel. Wie so vieles.

Ich konnte nur hoffen, dass der Hausmeister all diese lärmenden Arbeiten deshalb jetzt verrichtete, um sich dann, wenn in zwei Wochen wieder Unterricht bei dauerhaft geöffnetem Fenster stattfinden würde, leiseren Tätigkeiten widmen zu können.

Ich blickte zum Turm hoch, doch von Nestroy war nichts zu sehen, alle Fenster waren geschlossen.

Im Schulhaus brannte kein Licht, es wirkte, als wäre niemand mehr da. Ich hatte Kroll verpasst und würde ihn zu Hause aufsuchen müssen, dachte ich enttäuscht. Die Korridore waren ohne das grelle Neonlicht düster, da von außen wegen der hohen Bäume rund um das Schulhaus wenig Licht hineinfiel. Es war totenstill.

Langsam bewegte ich mich vorwärts Richtung Krolls Büro. Gestern hatte ich den Mann niedergeschlagen, heute würde ich ihn des Mordes bezichtigen. Ich wusste nicht, wie ich das tun wollte, aber in meiner Vorstellung endete das Gespräch damit, dass er alles zugab und sich dann der Polizei stellte.

Willst du Gott zum Lachen bringen, erzähl ihm von deinen Plänen.

Wie gestern war die Tür zum Sekretariat geöffnet, das hieß, Kroll war offenbar doch noch im Haus.

»Hallo?«, rief ich.

Keine Antwort.

Langsam näherte ich mich Krolls Tür, die halb offen stand. Ich spähte ins Zimmer und erwartete schon, ihn am Boden liegend vorzufinden. Mein Leben hatte die seltsame Wendung genommen, dass mir ein solches Szenario durchaus vorstellbar schien.

Das Zimmer war leer.

Ich überlegte, was ich tun sollte, und stand unschlüssig im Türrahmen. So konnte ich nicht stehen bleiben, das Beste würde sein, ich wartete auf dem Flur draußen auf

Kroll, vielleicht war er kurz auf der Toilette oder kopieren, ich wollte nicht den Eindruck vermitteln, als würde ich dem Mann hier auflauern.

Ich drehte mich um und erschrak. Ganz dicht vor mir stand mein Vorgesetzter.

Er musste sich an mich herangeschlichen haben. Sein Gesicht wirkte angespannt, sein Blick war gehetzt, er schwitzte stark.

»Dr. Kroll«, sagte ich.

»Horvath. Stalken Sie mich jetzt, oder wie?«

Er schob mich zur Seite und sich an mir vorbei. Bedächtig ging er in sein Büro.

»Sie haben mich gestern niedergeschlagen«, sagte er betont ruhig und sachlich, während er um seinen Schreibtisch ging.

Das war nicht zu leugnen, ich wusste aber nicht, was ich darauf erwidern sollte. Eine Entschuldigung kam mir auch unsinnig vor.

»Und außerdem, wie sehen Sie denn überhaupt aus?«

»Sie waren in Stiehlers Praxis!«, kam ich ohne Umschweife zur Sache.

Er hielt inne, drehte sich langsam um und fixierte mich. In dem Moment traute ich ihm alles zu. Er war der Mörder, ich wusste es.

»Ich kann es beweisen«, fügte ich hinzu, aber der Satz wirkte hilflos und ein wenig armselig.

Kroll kam auf mich zu.

»Horvath, der große Ermittler, wie?«, ätzte er. »Wieder im Einsatz. Wieder auf seiner Mission.«

»Nun, es geht um mein Leben. Ich bin zur Fahndung ausgeschrieben.«

»Ich hätte Sie gestern der Polizei melden sollen«, sagte er. »Dann hätten wir uns diese Scharade sparen können.«

»Was heißt hier Scharade? Sie haben Stiehler ermordet, und mich will man dafür verhaften.«

»Ermordet?«, rief er. »Ich hab ihn nicht ermordet!«

»Ihre DNA ist überall. Ihre Fingerabdrücke auch.«

»Ja natürlich sind sie das«, rief er. »Ich war ja auch da, das stimmt. Stiehler war aber quicklebendig, als ich die Praxis verlassen habe. Aber wissen Sie was? Ich wünschte, ich hätte ihn erschlagen. Wie oft habe ich mir vorgestellt, diesen Kerl umzubringen. Unzählige Methoden habe ich mir ausgemalt, und die, die mir am besten gefallen haben, waren die, bei denen es schön langsam ging.«

Krolls Blick war irr, ich sah Speicheltropfen durch die Luft segeln, während er sprach. Ja, ich sah in seinen Mundwinkeln sogar das, was Schüler mitunter als Sprechkäse bezeichneten.

»Was wollten Sie denn von ihm?«, fragte ich.

»Ja, was wollte ich wohl, Sie Philip Marlowe für Arme, Sie? Können Sie sich das denn nicht denken? Ich wollte ihn ein letztes Mal zum Einlenken überreden. Dass er sie freigab. Sandrine. Verstehen Sie?«

»Sandrine?«

»Seine Frau. Stellen Sie sich doch nicht so blöd! Sie wissen doch wohl, dass wir ein Verhältnis haben. Alles andere würde mich dann schon enttäuschen, Horvath. Sie haben doch gewiss Nachforschungen angestellt.«

Er sah mich herausfordernd an, doch ich reagierte nicht.

»Wissen Sie«, fuhr er fort, »ich kenne Sandrine schon lange. Viel länger als er. Aber damals kamen wir nicht zusammen. Sie hat dieses Arschloch geheiratet, und ich, nun ich, ach lassen wir das. Jedenfalls haben wir uns jahrelang nicht gesehen, und dann vor zwei Jahren … mein Gott.«

Er sah mit einer Mischung aus Versonnenheit und Leidenschaft zum Fenster hinaus. »Sie haben ja keine Ahnung, Horvath. Sie wissen nichts.«

»Was weiß ich nicht?«

Er sprang auf mich zu. »Liebe! Wahre Liebe, Horvath! Leidenschaft.« Er packte mich am Kragen. »Was wissen Sie denn darüber, Sie Kauz? Das ist nichts, worüber man in Büchern lesen kann, um dann darüber zu dozieren.« Während er das sagte, ahmten seine Hände das Blättern und zeilenweise Lesen in einem Buch nach, und er zog dabei eine Fratze. »Das muss man erleben, Horvath. Das ist das wahre Leben, verstehen Sie? Pura Vida!«

»Aber ist Leidenschaft nicht ein klassisches Mordmotiv?«, fragte ich nach. Was ich nicht aussprach, aber im Sinn hatte, war Krolls Hang zum Kontrollverlust.

Es gibt eine Art Verbrechen, sagt Poirot, *aus einem au-*

genblicklichen Impuls heraus begangen, aus einer Eingebung, einem Geistesblitz – ohne Zeit, innezuhalten oder nachzudenken.

Er starrte mich einen Moment an.

»Nun, natürlich, selbstverständlich ist es das«, räumte er immer noch erregt ein. »Theoretisch, natürlich, mein Lieber. Ja, ich habe ihn konfrontiert. Er hat mich ausgelacht und wollte mich fortschicken, aber ich habe insistiert, ich habe nicht lockergelassen, und dann ist er auf mich los. Hat mich gepackt, und wir sind wie die Derwische durch das Zimmer getanzt. Das war ein Kampf, Horvath, ein Kampf von antiker Größe, möchte ich fast sagen, das war wie früher, Mann gegen Mann, hier ging es um Ehre und Liebe, die großen Gründe für Händel aller Art, davon lesen wir schon bei Homer und den alten großen Dichtern, aber wem erzähle ich das, Horvath, nicht wahr? Ich war Achilles, er Agamemnon, nun, Horvath, lachen Sie nicht, es gibt Fotografien von mir als jungem Mann, da hatte ich durchaus Ähnlichkeit mit Brad Pitt …«

Fasziniert lauschte ich seinen Ausführungen und hatte das Gefühl, jemandem dabei zuzuschauen, wie er im Moment seinen Verstand verlor.

Ich kombinierte, dass dieser epische Kampf nicht lange gedauert haben konnte, denn sicher war Kroll nach dem Ende der Sprechstunde bei Stiehler eingetroffen – und auch, nachdem die Sprechstundehilfe, wie Masic beim Verhör entlarvt hatte, einen falschen Notruf erhalten hatte. Wenn Kroll nicht der Mörder war, dann hatten die beiden, Kroll und der wahre Mörder, einander nur um Sekunden verpasst.

»... aber irgendwann habe ich mich besonnen und mich gefragt, Traugott, was tust du da eigentlich ...«, fuhr Kroll unbeirrt fort. Manchmal vergaß man, dass Kroll mit Vornamen Traugott hieß.

»... das ist doch unter deiner Würde, das muss doch anders zu lösen sein, habe ich mir gesagt. Wissen Sie, Sandrine hat ihn schon mehrfach um die Scheidung gebeten, aber er hat stets abgelehnt, Stiehler ist kein Mann, der etwas aufgibt, wissen Sie, so ein Mann ist er nicht, er will besitzen, er will kontrollieren ...«

Seine Hände ahmten das Gesagte mimisch nach, und auch seine Stimme wandelte sich immer wieder, es war wie ein Ein-Mann-Theaterstück, ein großer shakespearescher Monolog, in dem es um alles ging, Hamlet, Henry V., hier kam alles zusammen.

»Er hat ihr gedroht. Sie hätte alles verloren. Ihre Kinder! Nun, jetzt sagen Sie vielleicht, seien Sie doch froh, Kroll, dass Sie diese beiden Missgeburten nicht in Ihr Leben lassen müssen, aber so denkt man nicht, wenn man wirklich liebt, Horvath, verstehen Sie? Ich hätte die beiden aufgenommen, vielleicht wäre ja noch etwas zu machen gewesen, zumindest bei dem Kleinen. Außerdem, sie wäre völlig mittellos gewesen ...«

Bei diesen Worten hielt er kurz inne, als ob er über deren Bedeutung sinnieren würde. Ich glaubte zu sehen, wie er bei dem Gedanken, Sandrine könnte völlig verarmt gänzlich in sein Leben treten, kurz erschauderte.

»Es gibt einen Ehevertrag, sehr zu ihren Ungunsten«, fuhr er fort, »den hat sie damals unterschrieben, sie war jung und naiv, und er ahnte wohl schon, worauf das alles hinauslaufen würde, dass er alles vögeln würde, was nicht bei drei auf den Bäumen war …«

Interessant, dachte ich, wie Kroll während seines Monologs die sprachlichen Register wechselte. Diese Rede würde sich wirklich fast schon für eine Monologanalyse in der Oberstufe eignen. »… sie hat ja nie gearbeitet, seit die Kinder auf der Welt sind«, redete Kroll immer weiter, »er hätte ihr den Geldhahn zugedreht, deshalb ist sie bei ihm geblieben, außerdem hat sie, nun ja, dieses kleine Problem mit dem Alkohol, manchmal trinkt sie etwas zu viel, zugegeben, und er hat deutlich zu verstehen gegeben, er hat da auch diesen Anwalt, dass sie, falls sie ihn verlassen würde, unter diesen Umständen die Kinder keinesfalls behalten könnte, dieser … dieser … ach, ich weiß gar nicht, es gibt gar kein Wort für einen Menschen …«

»Lumpenhund, Hundsfott?«, schlug ich vor.

Er sprang auf mich zu.

»Lumpenhund, hah! Hundsfott. Ja! Abscheulicher, verkommener, verfaulter, verschissener, von allen Göttern verfluchter … Wichser!«, schrie er mir ins Gesicht, und erst in dem Moment fiel mir auf, dass keiner von uns eine

Maske trug. Den Aerosolen eines anderen Menschen zu nahe zu kommen war eine Sache, sich aber das ganze Gesicht mit einem Sprühregen aus Speichel benetzen zu lassen, eine ganz andere.

Dass Stiehler selbst bankrott war, konnte Kroll nicht wissen, es war aber eine amüsante Ironie des Schicksals, dachte ich.

»Aber, Horvath, um aufs eigentliche Thema zurückzukommen. Ich war das nicht. Als ich die Praxis verließ, stand er mit rotem Kopf und schwitzend und schwer atmend in seinem Zimmer. Atmend, verstehen Sie?«

Er wedelte mit dem Finger vor mir herum und trat dann einen Schritt zurück.

»Ich habe ihn nicht ermordet. Ich war das nicht«, flüsterte er nun, und ich hatte das Gefühl, er hatte alles gesagt, was er zu sagen hatte. Er war außer Atem, das Haar klebte ihm auf der Stirn, und ich sah Schweißtropfen an seinen Schläfen und zwischen seinen Barthaaren.

»Ich auch nicht«, sagte ich ruhig.

Er starrte wieder, dann begann er zu nicken.

»Wer aber dann, Horvath, wer dann?«

»Ist Ihnen niemand begegnet?«, fragte ich.

Er starrte mich an. »Von oben kam gerade jemand die Treppe herunter, aber ich habe nicht darauf geachtet. Ich war etwas mitgenommen, wie Sie sich vielleicht vorstellen können. Muss auch nichts zu bedeuten haben in einem Gebäude mit so vielen Firmen und Arztpraxen.«

»Verzeihen Sie die folgende Frage, aber halten Sie Sandrine für fähig dazu?« Ich zielte damit eher darauf, diese Idee ausschließen zu können, denn eigentlich wäre das zeitlich gar nicht möglich gewesen, ich hätte ihr ja dann zumindest im Treppenhaus selbst begegnen müssen. Andererseits gab es ja noch den Fahrstuhl, und ich glaubte mich an eilige Schritte im Treppenhaus von Stiehlers Praxis zu erinnern, die ich einer Frau zugeordnet hatte.

Kroll sah mich ernst und schwer atmend an, als würde auch er die Möglichkeit, Sandrine habe ihren Mann getötet, durchaus in Betracht ziehen.

23.

Mein Handy klingelte erneut, als ich vor der Schule stand und überlegte, was ich als Nächstes tun sollte, und diesmal kam mir die angezeigte Nummer bekannt vor.

»Frau Stiehler?«

»Herr Horvath, die haben eben wieder angerufen. Die haben Marlon, meinen Sohn.«

»Was?«, rief ich.

»Also, nein, die haben ihn nicht, aber die wissen, wo er ist. Sie beobachten ihn. Er ist in der Stadt unterwegs. Die haben mir genau gesagt, was er anhat und was er macht. Die meinen das ernst, Herr Horvath. Ich weiß nicht, wen ich sonst anrufen soll, ich habe niemanden, der mir in einer solchen Situation helfen könnte. Und weil Sie doch Erfahrung mit den Caballeros haben, wie ich weiß …«

Wenn Frau Stiehler, Sandrine, wirklich die Mörderin ihres Mannes war, welches Spiel spielte sie hier mit mir?

Kroll hatte durchaus überzeugend dargelegt, dass er nicht der Mörder war, und ich glaubte ihm.

Wenn das mit dem Notizbuch tatsächlich ein Ablenkungsmanöver war, dann ging es dabei also nicht um Kroll, sondern um sie selbst. Stellte sie mir eine Falle, weil sie ahnte, dass ich ihr auf der Spur war? War ich das denn überhaupt? Aber wieso war ihre DNA dann nicht am Tatort? Oder sprach sie ganz einfach die Wahrheit?

Der große Ermittler taperte einmal mehr wie ein seniler Greis durch das Labyrinth dieses Falles. Ich dachte wieder an Josef K. und seine vergeblichen Versuche, zur Wahrheit vorzudringen. Aber anders als bei Kafka, dem es wohl eher darum ging, dass die einzige Wahrheit diejenige war, dass es gar keine gab, war Stiehler ja wohl definitiv gewaltsam zu Tode gekommen. Irgendjemand hatte ihn mit seiner Büste erschlagen.

»Wieso fragen Sie nicht Ihren Galan Kroll, ob er Ihnen das Geld gibt?«, fragte ich Frau Stiehler nun. Es gab keinen Grund mehr, mit dem Wissen um ihre Liebschaft hinterm Berg zu halten.

Ich hörte sie überrascht nach Luft schnappen. »Das wissen Sie?«

»Ja. Wieso kann er Ihnen nicht helfen?«

»Ach Gottchen, der Traugott«, sagte sie. Sowohl Wortwahl als auch Tonfall bildeten die vollkommene Antithese zu Krolls emotionalen Ausführungen über die Größe und Innigkeit dieser Verbindung. Es war also alles noch ein wenig komplizierter.

»Verstehen Sie mich nicht falsch«, sagte sie, »aber ich habe Angst, dass etwas schiefgeht, wenn er im Spiel ist. Er hat einen Hang zum …« Sie suchte nach Worten.

»Kontrollverlust?«, schlug ich vor.

»Na ja, dazu, unorthodoxe Entscheidungen zu treffen«, verbesserte sie mich. »Außerdem hat er das Geld nicht.«

Das konnte ich nicht beurteilen. Ein Schulleitergehalt war so niedrig nicht, aber ich wusste zu wenig über sein Privatleben, um seine pekuniäre Situation einzuschätzen.

Ich überlegte weiter. Was, wenn alles stimmte, was sie sagte, und kein Trick war? Stiehler schuldete den Caballeros Geld. *M200T* lautete der Eintrag in Stiehlers Notizbuch, wie ich mich erinnerte. Er hatte vergeblich versucht, einen Kredit über diese Summe aufzunehmen. Und nun wollten die Caballeros das Geld zurück. Das klang plausibel. Und der Witz war, ich hatte das Geld. Zweihunderttausend. Ausgerechnet. Vielleicht würde das Universum mich belohnen, wenn ich ihr half, das Problem zu lösen.

Auch wenn ich mich selbst als Agnostiker im streng religiösen Sinne sah, also als jemand, der davon ausging, dass die Existenz eines übernatürlichen Wesens wie Gott grundsätzlich angenommen werden konnte, dass diese Existenz aber nicht rational erklär- oder erkennbar war, so wurde ich das Gefühl nicht los, dass das, was mir gerade widerfuhr, nicht vollkommen willkürlich war. Vielleicht hatte ich zu viel Kafka gelesen, vielleicht war es dieser seltsame Satz gegen Ende des Romans, wenn K. erkennt, dass es womöglich seine Art zu leben gewesen war, wessen er sich schuldig gemacht hatte. Dass es bei seiner Schuld um etwas Grundsätzliches ging. Hatte auch ich mein Leben verfehlt? Zu wenig zurückgegeben, zu egoistisch gelebt, zu unsozial, ohne Familie, ohne Kinder in die Welt zu setzen oder Bäume zu pflanzen, als Hagestolz zu sehr konzentriert auf die kleinen Annehmlichkeiten einer Erste-Welt-Existenz, ein guter Rotwein, eine zu große und zu teure Wohnung, ein guter Cappuccino. Hatte ich mein Potenzial nicht ausgeschöpft, führte ich ein falsches Leben, zu selbstbezogen, zu sehr im Klein-Klein alltäglicher Vergnügungen verfangen mit der moralischen Arroganz des gut situierten Akademikers, der glaubt, aus seiner Altbauwohnung heraus, mit Rotwein in der Hand, die Probleme der Welt erklären zu können, aber in Wirklichkeit nichts dagegen unternahm, außer die Bedeutungslosigkeit der eigenen Existenz zu verbrämen? Hatte ich Zeichen nicht erkannt, die mich auf einen anderen Pfad hätten führen sollen? Das alles war vielleicht nur esoterische Narretei, aber ich war in dem Moment bereit, das zu glauben.

Die Verzweiflung treibt wundersame Blüten.

So würde dieses Geld, das wir, Betty und ich, unerlaubterweise besaßen, schlussendlich doch noch einen guten Zweck erfüllen.

»Also, hören Sie zu. Ich kann und werde Ihnen helfen. Machen Sie sich keine Sorgen. Ich werde das Geld übergeben.«

Ich hörte sie erleichtert aufatmen. »Was? Sie haben so viel Geld?«

»Wie es der Zufall will … Wohin soll ich es bringen und wann?«

Sie nannte mir eine Adresse im Industriegebiet Nord. In der Gegend befand sich auch das Headquarter der Caballeros. In einer Stunde sollte ich das Geld dort abliefern.

»Aber ich weiß nicht, wie ich Ihnen das jemals zurückzahlen soll. Oder mich sonst bei Ihnen revanchieren.«

»Machen Sie sich deshalb keine Sorgen«, sagte ich bestimmt.

»Danke! Das vergesse ich Ihnen nie.«

»Nun ja, wir werden sehen.« Ich legte auf.

Ich sah auf die Uhr. Eine Stunde würde gerade so reichen. Ich nahm die Straßenbahn zum Hauptbahnhof. Überwachungskameras spielten keine Rolle mehr. Die Zeit wurde knapp. Während der Fahrt kam mir ein Gedanke. Frau Stiehler hatte Wolli beschrieben, der mit Stiehler vor dessen Haus gestritten hatte. War die Erpressung möglicherweise ein Alleingang Wollis, der hier eine Chance sah, sich von Mike zu emanzipieren? Wolli, der es vielleicht satthatte, der ewige Handlanger zu sein, und unter dem Deckmantel des Clubs und hinter dem Rücken seines Chefs die zweihunderttausend für sich haben wollte, um damit zu verschwinden?

Am Hauptbahnhof ging ich zu den Schließfächern und gab den Code ein. Da lag die schwarze Tasche. Ohne sie zu öffnen, nahm ich sie, verschloss die Tür und ging hinaus zu den Taxis. Ich nannte dem Fahrer die Adresse im Industriegebiet Nord.

Während der Fahrt überlegte ich, wie es nun weitergehen sollte. Ich würde das Geld an die vereinbarte Stelle legen und wieder ins Taxi steigen. Und dann? Von der Kriminaltechnik waren vorerst vermutlich keine Ergebnisse über die Haare von Bartsch oder Jenny und ihrem Freund zu erwarten. Sandrine Stiehlers DNA war offenbar nicht am Tatort gefunden worden. Wie sollte ich weiterkommen, zumal ich von der Polizei gesucht wurde? Aber wurde ich das überhaupt noch? Vielleicht hatte Masic, auch wenn Krolls Spuren hinter seinem Rücken ans Licht gekommen waren, doch davon erfahren und nutzte nun die Erkenntnisse, um Kroll zu verhaften. Aber was dann? Wenn er es nicht war, wovon ich ausging, würde die Polizei wohl auch zu dem Schluss kommen. Und dann landeten die Ermittlungen in Ermangelung weiterer Spuren oder Verdächtiger doch wieder bei mir.

Ich hatte das Gefühl, dieser ganze Mummenschanz würde hier enden. So oder so. Und wenn sie mich verhafteten, hatte ich zuvor wenigstens noch ein gutes Werk getan.

Wir erreichten die Adresse im Industriegebiet. Lagerhallen, Speditionen, Baugeräteverleihe, Schrotthändler reihten sich hier aneinander. Ich sah auf die Uhr. Kurz vor acht. Ich bat den Taxifahrer zu warten, ich wäre gleich zurück.

Ich stieg aus und betrachtete die Lagerhalle, die etwa hundert Meter nach hinten versetzt auf dem umzäunten Grundstück stand, das ich nun betrat.

Natürlich würde ich Betty erklären müssen, was mit dem Geld geschehen war. Doch ich hatte das Gefühl, es war richtig, was ich hier tat. Auch wenn ich mit Familie Stiehler so meine Probleme gehabt hatte, konnte ich ihnen vielleicht auf diese Art helfen. Der Grund kam mir nach wie vor logisch vor. Stiehler hatte Schulden gehabt. Nun, da er tot war, wandten sich die Gläubiger an seine Frau.

Ich stand nun vor der Halle, die nach vorne hin über ein hohes Rolltor verfügte, seitlich sah ich eine metallene Eingangstür. Die Halle hatte keine Fenster, aber sowohl über dem Tor als auch über der Tür fielen mir Überwachungskameras auf. Ich ging zur seitlichen Tür und stellte die Tasche auf den Boden.

Die Tür der Lagerhalle öffnete sich.

24.

Mike trat heraus.
Er grinste. »Pauker. Wie siehst du denn aus?«

»Nette Lagerhalle«, sagte ich.

Er sah sich um, atmete tief ein und wieder aus. »Praktisch halt.«

Ich überlegte, ob ich ihm erzählen sollte, dass ich von dem Tilidin-Handel wusste – das Zeug wurde vermutlich genau hier gelagert –, überlegte es mir aber zunächst anders.

»Und das war jetzt wirklich nötig, Stiehlers Frau zu bedrohen, nur wegen zweihunderttausend Euro?«

Mike sah mich belustigt an, dann legte er den Kopf in den Nacken und begann schallend zu lachen. Ein Lachen, das einen in den Schlaf verfolgen konnte.

»Pauker, man merkt doch, dass du in einer anderen Welt lebst als ich.«

Von einer Sekunde auf die andere veränderte sich sein eben noch belustigt wirkender Gesichtsausdruck völlig. »Du hast doch sicher schon bei unserer ersten Begegnung begriffen, dass man mir nichts wegnimmt.«

Er bezog sich damit auf Dirk, der mit Mikes Freundin Tatjana in die USA hatte fliehen wollen. Der Fluchtversuch hatte damit geendet, dass Dirk seither verschwunden war und Tatjana zusammen mit Mike auf dessen Motorrad zurück nach Freiburg fuhr.

»Stiehler hat mir Geld geschuldet. Zweihunderttauend Euro. Ich hab sie ihm geliehen. So haben wir uns kennengelernt. Beim Pokern.«

»Und so seid ihr dann auch Geschäftspartner geworden?«, fragte ich.

Er sah mich kurz ausdruckslos an. »Du hast deine Hausaufgaben gemacht, wie ich sehe. Bravo. Ich bin beeindruckt.«

Ich war gespannt, ob er weiter ins Detail gehen würde. Es sah ihm nicht ähnlich, zu viel zu verraten, nachdem es ihm jahrelang gelungen war, sämtliche illegalen Machenschaften der Caballeros verdeckt zu halten.

»Stiehler hat mir das Geld nie zurückgezahlt. Und so musste ich es auf diese Weise wiederholen, das verstehst du doch. Und außerdem …«

Er zeigte auf die Tasche und grinste.

In dem Moment wusste ich, was er sagen würde.

Ich war ihm auf den Leim gegangen. Er hatte mich benutzt. Immer wieder hatte er das Geld erwähnt und wie er davon ausging, dass es in meinem Besitz sei.

»Dirk war zum Zeitpunkt des Diebstahls Mitglied der Caballeros. Also gehört das Geld wohl eher uns als dir, das musst du ja wohl einsehen, Pauker.«

Wenn man sich zu sehr für Geld interessiert, sagt Poirot, *sieht man allein das Geld, und alles andere bleibt im Schatten.*

»Das heißt, du hast Frau Stiehler dazu gebracht, mich anzurufen?«

Ich formulierte diesen Satz als Frage, obwohl ich die Antwort zu kennen glaubte.

»Natürlich«, sagte er, »und ich wusste sogar, dass du ihr helfen würdest.«

Mike war schlauer und manipulativer, als ich das für möglich gehalten hatte. Es war wohl die Arroganz des Akademikers, die dafür gesorgt hatte, dass ich ihn unterschätzen konnte. In der netten, höflichen und politisch korrekten Welt, in der ich mich bewegte, vergaß man manchmal, dass es eine ganz andere Wirklichkeit gab. Eine, in der das Recht des Stärkeren und Schlaueren galt, und dies richtete sich nicht nach Dienstgraden oder erreichten Abschlüssen, sondern rein nach dem, was man erreichte, mit welchen Mitteln auch immer. Theoretisch wusste ich das. Praktisch wurde es mir jetzt klar.

Vertrauen Sie niemandem, sagt Poirot einmal. Ich hatte diesen Rat törichterweise ignoriert.

Mike hatte mich überrumpelt.

Er zog langsam sein Telefon heraus.

In dem Moment klingelte meins.

»Herr Horvath«, hörte ich Max' Stimme. Er versuchte zu flüstern, war aber so aufgeregt, dass es ihm nicht ganz gelang.

»Drehen Sie sich nicht um. Wir sind hinter Ihnen auf dem Dach gegenüber. Mike hat Stiehler ermordet. Neno und Lukas haben es belauscht. Die sind beim Headquarter der Caballeros.«

Bisher hatte ich auf Drucksituationen, Momente, die andere Menschen als *stressig* bezeichneten, stets gleich reagiert. Kühl, unemotional, rational.

Doch was in diesem Moment mit mir geschah, widersprach der bisherigen Erfahrung. Es war wirklich, als zöge jemand den Boden unter mir weg. Mein Körper wurde von den Fußsohlen bis unter die Kopfhaut wie taub. Als würde mich eine unheimliche Lähmung befallen. Mein Mund war trocken, und die Welt um mich herum begann sich zu drehen.

Ich sah Mike, der eine Nummer wählte und sich sein Handy ans Ohr hielt.

»In Ordnung«, hörte ich mich aus weiter Ferne in mein Handy sagen, bevor ich auflegte und mein Arm nach unten sackte, wodurch mir das Telefon aus der Hand fiel.

»Der von Ihnen gesuchte Gregor Horvath befindet sich hier«, hörte ich Mike sagen, und es klang seltsam verzerrt, wie in Zeitlupe gesprochen.

Er nannte die Adresse. »Ja. Schnell. Ich kann ihn solange festhalten.«

Dann legte er auf.

Ich versuchte, die Kontrolle über meinen Körper und meinen Geist wiederzugewinnen. Gleichzeitig versuchte ich zu verarbeiten, was sich hier eben ereignet hatte.

Mike hatte mich nicht nur wegen des Geldes manipuliert. Er hatte mich hierhergelockt, um mich der Polizei zu übergeben.

Vertrauen Sie niemandem.

»Gib mir mal dein Handy«, sagte er bestimmt, und ich wusste, dass Widerstand jetzt zwecklos war. Ich gab ihm mein altes Telefon, das mir gerade in den letzten Tagen so treue Dienste erwiesen hatte.

Er öffnete die hintere Abdeckung, zog die SIM-Karte heraus, öffnete die Tür, rief einen Rocker herbei und befahl ihm, die Karte zu zerstören. Dann reichte er mir das Handy wieder. Ich ignorierte ihn, er grinste, und er warf das nunmehr wenig ersprießliche Gerät achtlos zu Boden. Dann trat er einen Schritt auf mich zu und durchsuchte mich, vermutlich, um zu verhindern, dass ich etwas von dem, was nun kam, aufzeichnete.

»Und nicht nur hab ich jetzt die zweihunderttausend«, sagte er, nachdem er seine Durchsuchung beendet hatte, »ich bekomme auch noch die auf deinen Kopf ausgeschriebene Belohnung. Großartig, was?« Er lachte. »Im Grunde bist du ja schon in unserer schönen Wohnung in Weingarten in der Falle gesessen, aber bis ich dir dann den Ort entlockt gehabt hätte, an dem du das Geld versteckt hast … Das wäre vielleicht hässlich geworden, ich glaube, du bist ein zäher Hund. Na ja, so schien es mir einfacher. Indem du mir das Geld einfach hierherbringst.« Er zeigte, immer noch süffisant grinsend, auf die schwarze Tasche am Boden.

Ich war, und das war in diesem Moment mein einziger Trost, Opfer eines Genies geworden. Der Mann war brillant. *Der Bessere ist der Feind des Guten.* Er hatte alles eingefädelt. Alles geplant. Nicht alles war mir in dem Moment klar, aber doch so einiges.

Ich hatte wohl verloren. *I fought the law and the law won,* wie es in dem alten Lied hieß. Allerdings benötigte das Gesetz die Hilfe eines kriminellen Großmeisters.

Ich war grundsätzlich bereit, eine Niederlage gegen einen besseren Mann anzuerkennen. Vorher jedoch hoffte ich, schon alleine aus kriminalistischer Neugier, dass er meine Fragen beantworten würde, sei es aus dieser Eitelkeit des Genies, die man aus vielen Filmen kannte, wenn der Bösewicht, sich kurz vor seinem Ziel wähnend, seinem Widersacher, der in der Regel kurz davor ist, getötet zu werden, noch einmal Einblick in seine Gedankenwelt gewährt und alles ausplaudert, was zu diesem Moment geführt hat, in dem man sich nun befindet.

Was meine vermeintliche Niederlage anging, so wurde mir in dem Moment deutlich, dass ich doch noch nicht so weit war. So schnell ging das nicht. Wie Oscar Wilde sagt, *am Ende wird alles gut und wenn es nicht gut ist, dann ist es auch nicht das Ende.* Oder, wie mein etwas derberer Bruder Martin es ausdrücken würde: Hinten kackt die Ente.

»Hast du Stiehler ermordet?«, fragte ich Mike geradeheraus, gespannt, wie er reagieren würde. Im Grunde konnte er mir ja jetzt alles gestehen, ich war ja keine Gefahr mehr für ihn.

Er sah mich ernst an.

»Erst muss ich dir etwas zeigen«, sagte er, öffnete die Tür zur Halle ein Stück und gab den Blick frei. Was ich da sah, verschlug mir den Atem.

Auf zwei Stühlen, bewacht von einem weiteren Rocker, saßen Neno und Lukas gefesselt und geknebelt auf einer Metallkiste.

»Die beiden haben meine Männer vorhin gefunden«, sagte er. »Weißt du, wo?«

Ich verneinte, obwohl ich es ahnte.

»In unserem verdammten Headquarter. Innen drin, verstehst du. Die Scheißer haben sich reingeschlichen und unter einem Tisch versteckt.«

Innerlich schüttelte ich den Kopf. Ich hatte geglaubt, die beiden beobachteten die Rocker aus sicherer Entfernung. Aus irgendeinem Grund glaubten sie wohl, sie waren es mir schuldig, mehr als das zu tun. Vielleicht hatten sie es auch als Kick gesehen, der sie aus der Lockdown-Lethargie gerissen hatte. Aber nun hatten sie sich in Gefahr gebracht. In Lebensgefahr, wenn ich die Lage richtig überblickte. Und das, um mir zu helfen. Noch mehr Schuld, die ich auf mich lud.

Und noch etwas kam mir in den Sinn. Alleine hätte ich es auf einen Kampf ankommen lassen, aber dass Neno und Lukas in die Hände der Rocker gefallen waren, schränkte meinen Spielraum, von dem ich noch nicht einmal wusste, woraus er genau bestehen würde, enorm ein.

»Ronaldo«, rief er einem der beiden Rocker zu, »die Polizei kommt gleich. Wenn ich zweimal gegen die Tür klopfe, bringst du die beiden rüber.« Ronaldo hatte seinen Spitznamen wohl, weil er überhaupt nicht wie der Fußballer aussah. Er war klein, untersetzt, o-beinig und hatte schütteres, graues Haar.

Mike schloss die Tür wieder. Ich fragte mich, was Mike mit *rüber* meinte.

»Die beiden da drin wissen wahrscheinlich etwas, worüber ich vorhin mit Wolli gesprochen habe«, sagte er. »Das ist ein Problem, um das ich mich nachher kümmern werde. Ich sage dir das alles, weil dich gleich unser Freund Masic abholt und niemand dir die Geschichte glauben wird, die ich dir jetzt erzähle. Aber bevor ich das tue, Pauker, solltest du eines wissen. Ich respektiere dich. Wirklich. Du warst ein ebenbürtiger Gegner. Na ja, fast. Auch wenn du keine Chance hattest. Aber ich habe dich da oben im Schwarzwald erlebt, und ich weiß, dass du nicht aufgibst. Du bist hartnäckig und schlau und auch verrückt genug, mit ungewöhnlichen Ideen um die Ecke zu kommen. Aber ich glaube wirklich, dass du jetzt schachmatt bist.«

Es hatte in der Tat den Anschein.

»Also«, begann er, und seine Miene hellte sich auf, offenbar freute es ihn, die Geschichte endlich erzählen zu können. Man merkte ihm an, dass er durchaus stolz auf seinen Plan war.

»Dass du mir in dem Treppenhaus über den Weg gelaufen bist, war blöd. Ich habe mich geärgert. Aber nur kurz. Weißt du, Stiehler musste weg, der Mann wurde zunehmend zum Problem. Ich hab ihn tatsächlich beim Pokern kennengelernt. Er war wie von Sinnen. Hat sich in einen Rausch gespielt. Er hatte an dem Abend zuerst viel gewonnen, aber dann hat sich das Blatt gewendet. Es ist immer besser, man beginnt mit Verlusten, dann ist man demütiger. Wenn man Gewonnenes verspielt, ist es schwerer, sich zurückzuhalten, man möchte nichts mehr, als das zurückzugewinnen, was man vorher schon hatte, bevor man es verloren hat. Das redet man sich zumindest ein. Der Mann war süchtig, das sah ich gleich. Ich hab ihn beobachtet. Er war wie besessen. Setzte immer mehr. Mehr Geld, als er hatte, dann sein Auto. Er hatte Unterlagen dabei. Bankunterlagen, Grundbuchauszüge, er wollte sein Haus verspielen. Ich dachte mir, ich helfe dem, es ist immer gut, wenn man Menschen hat, die einem etwas schulden, und wer wusste, wofür man mal einen Orthopäden gebrauchen konnte. Mir war ja nicht klar gewesen, dass der mit der Tilidin-Sache eine Goldgrube aufgetan hatte.«

Von der Straße her hupte es. Der Taxifahrer, der auf meine Rückkehr wartete. Den hatte ich ganz vergessen. Mike schien es nicht wahrzunehmen.

»Na ja, erst hat er nur Rezepte verkauft, dann irgendwann begonnen, das Zeug aus seiner Praxis heraus zu verhökern, weil das mehr Geld brachte. Dafür brauchte er eine Quelle, die ihm das Tilidin in großen Mengen liefern konnte, ohne dass irgendjemand das zurückverfolgen konnte. Und dabei haben wir ihm geholfen. Osteuropa. Natürlich war es nicht ganz dasselbe wie das, was man bei uns in der Apotheke bekommt, aber es hatte dieselbe Wirkung.«

In Stiehlers Notizbuch war das der Moment gewesen, 2018, als die Beträge sprunghaft in die Höhe schossen und das R plötzlich fehlte. *R* stand für Rezept, das nun nicht mehr nötig war. Jetzt hieß es nur noch *T100, T200* oder mehr, also Tilidin und die jeweiligen Verkaufssummen.

»Wir haben unseren Anteil an seinen Einnahmen kassiert und uns das dann eine Weile angeschaut. Er hat keine Anstalten gemacht, seine Schulden zurückzuzahlen, hat weiter alles verspielt. Ich hab ihm ein paarmal das Messer auf die Brust gesetzt, aber es hat nichts genutzt. Ich dachte mir, lass mal, der ist uns ja nützlich. Bis zu dem Moment, wo wir den Handel mit dem Tilidin selbst übernommen haben.«

»Straßenverkauf«, sagte ich.

Er nickte. »Cut the middle-man, sagen die Amis dazu. Wir haben den gar nicht gebraucht. Wir hatten das Zeug, wir haben die Leute. Das hat unseren Gewinn mächtig erhöht. Wir wussten, die Polizei hat eh kaum Kapazitäten übrig für so etwas, das interessiert die gar nicht, eine sichere Sache.«

Ich dachte an die Schüler, die uns weiterhin beobachteten. Ich hoffte, sie machten keinen Unfug, und es gab irgendeine Möglichkeit, ihre Anwesenheit als Überraschungseffekt zu nutzen. Während ich ihm zuhörte, versuchte ich, einen Plan zu entwickeln, aber mein Gehirn kam immer wieder ins Stocken. Außerdem wunderte ich mich, dass Mike so gelassen blieb, obwohl jeden Moment die Polizei auftauchen und die Jungs in der Gewalt der Rocker entdecken konnte.

»Also haben wir ihn ausgebootet«, redete Mike weiter. »Und nun wollte ich endlich mein Geld zurück. Ich habe ihm ein Ultimatum gesetzt. Und weißt du, was der Arsch macht?«

Ich vermutete es. »Er hat gedroht, euch auffliegen zu lassen.«

Er stampfte mit dem Fuß auf. »Ganz genau. Dieser blöde Wichser. Also musste er gehen. Eigentlich ist dafür bei uns ein anderer zuständig, aber weißt du was? Der hatte Corona! Das ist doch abartig, oder? Wir hatten alles eingefädelt, und dann steckt der Idiot sich an. Intensivstation, Beatmungsmaschine, das volle Programm. Also muss der Chef ran. Ich schnappe mir den Termin bei der Physio, lass mich schön massieren, dann gehe ich aufs Klo, rufe Stiehlers Sprechstundenhilfe an, erfinde einen Notfall, damit die sich vom Acker macht, ziehe meinen Plastikanzug an, damit ich keine Spuren hinterlasse, und verabschiede mich.«

Das knisternde Geräusch, dachte ich. Also keine Folie oder was er mir da erzählt hatte.

»Ich geh zu Stiehler, alles perfekt, er ist alleine. Ich fackle nicht lang, mit der Büste, zweimal auf den Kopf mit Schmackes, zack fertig, ich ab die Waldfee. Auf der Treppe treffe ich dich. Und du bist auf dem Weg zum Tatort. Ich denke erst: Scheiße, und dann: Moment mal. Ich muss nun nur dafür sorgen, dass man dich verdächtigt. Deine Fingerabdrücke müssen an den Tatort, also bitte ich dich um ein Treffen.«

»Du bist gar kein Analphabet?«

Er lachte sein dröhnendes Lachen. »Hast du das wirklich geglaubt? Vielleicht hab ich dich doch überschätzt. *A wie Arsch* und so, super. Und das Heft mit den Linien, herrlich. Nein, ich wollte deine Fingerabdrücke. Dazu hab ich ein Glas gebraucht. Erinnerst du dich an das Glas, das mir runtergefallen ist? War eines, das ich mitgebracht hatte. Deines hab ich schnell eingesteckt. Mit einer Folie kann man die Abdrücke vom Glas extrahieren, dann hab ich meinen Kontakt bei der Kripo gebeten, die auf der Büste zu verteilen: War mir nicht sicher, ob es klappt. Hat aber.«

Ich spürte Zorn in mir aufsteigen. Zorn darüber, dass ich so naiv gewesen war. Darüber, dass es Mike gelungen war, mich so hinters Licht zu führen.

»Außerdem, und das war nun wirklich ein unglaublicher Zufall, habe ich in Erfahrung gebracht, dass Stiehler dich verklagen wollte. Ich hatte gewusst, dass er einen Prozess laufen hat, aber natürlich nicht, gegen wen. Als ich es am nächsten Tag erfahren habe, war natürlich logisch, was du von ihm wolltest. Ihn davon überzeugen, die Anklage fallen zu lassen. Schon klar. Es hat einfach alles zu gut gepasst. Im Grunde kann man mir gar keinen Vorwurf machen. Wenn einem so etwas wie du auf dem Silbertablett serviert wird, da kann man doch gar nicht anders, oder? Weißt du, es tut mir ja irgendwie leid um dich, aber ich kann da gar nichts machen. Kennst du die Geschichte vom Frosch und dem Skorpion?«

Ich kannte sie in der Tat. Schon alleine, weil Orson Welles sie in seine Verfilmung von *Der Prozess* eingebaut hat. Ein Skorpion fragt einen Frosch, ob er ihn über den Fluss bringen würde, er könne ja nicht schwimmen. Der Frosch erwidert, das mache er auf keinen Fall, der Skorpion würde ihn doch stechen. Der Skorpion wendet ein, dass, wenn das geschähe, sie ja beide ertrinken würden, also wieso sollte er das tun? Das überzeugt den Frosch. In der Flussmitte sticht der Skorpion den Frosch.

»Wieso tust du das?«, fragt der Frosch verzweifelt. »Jetzt sterben wir beide.«

»Was soll ich machen?«, fragt der Skorpion zurück. »Ich bin ein Skorpion, du ein Frosch. Das ist meine Natur.«

Mike war jedoch nicht nur genial, wie mir auffiel, sondern auch ein eitler Geck. Er gefiel sich sehr. Und es war ihm wichtig, dass die Welt, in dem Fall ich, davon erfuhr, wie schlau er war.

All das war aber natürlich auch eine große Demütigung für mich. Hatte sich Poirot je so hinters Licht führen lassen? Aber der hatte auch nie einen so gerissenen Gegner. Im Gegensatz zu Sherlock Holmes, der mit Moriarty über einen mindestens ebenbürtigen Rivalen verfügte, der ihn ein ums andere Mal arg in die Bredouille brachte.

»Und dann hatte ich die Idee mit dem Geld. Genial, oder?«, fuhr er fort. »Frau Stiehler war nur zu gern bereit, meiner Bitte nachzukommen, dich anzurufen und dir eine kleine Geschichte zu erzählen, so hatte sie doch die Schulden ihres Mannes mit einem Mal los, denn die hab ich ihr natürlich erlassen. Und die Polizei hat noch ihren zur Fahndung ausgeschriebenen Verdächtigen. Gut, was? Win-win-win auf der ganzen Linie. Für dich natürlich nicht so. Sorry, Pauker.«

»Mike?«

Eine Stimme von der Straße her ließ mich herumfahren, bevor ich allzu sehr in Selbstmitleid über meine Dämlichkeit versinken konnte.

Wolli und ein weiterer Caballero betraten das Gelände. Wolli hielt eine Pistole in der Hand.

Vor sich her trieben sie drei Jugendliche.

25.

Max, Amir und Leila.

Ich hatte immer noch darauf gehofft, dass wenigstens sie unversehrt entkommen konnten. Jetzt wurde es eng.

»Sorry, Herr Horvath«, murmelte Max zerknirscht. Amir sah man seine Angst an, Leila blickte stolz und selbstbewusst wie immer.

»Was sollen wir mit denen anstellen, Chef?«, fragte Wolli.

Mike blickte von den Schülern zu mir und wieder zu den Schülern. »Erst mal hier rein.«

Wolli und sein Kollege schoben die Schüler an uns vorbei in die Lagerhalle, wir folgten ihnen. Kurz glaubte ich, in unserem Rücken eine Bewegung wahrzunehmen. Ich drehte mich um, aber da war nichts.

Ronaldo stellte sich auf Mikes Geheiß als Wachtposten vor die Tür. In der Halle fesselte man den Schülern die Hände auf den Rücken und setzte sie bei Neno und Lukas auf den Boden. Ich sah mich rasch um. In der Halle waren unzählige Kartons gestapelt, ansonsten standen noch etliche Motorräder und Autos herum sowie Fässer und Metallkisten. In der Ecke der Halle, die der Gruppe am nächsten war, wurde ich einer geöffneten Falltür im Boden gewahr. Dadurch würden sie die Schüler beim Eintreffen der Polizei vielleicht aus der Halle schmuggeln, wohin auch immer.

Mike zuckte mit den Schultern. »Pauker, kannst du deinen Scheiß nicht alleine regeln, musst du immer Jugendliche da mit reinziehen?« Er schien ehrlich sauer.

»Wolli, findet mal heraus, was die wissen«, sagte er.

Das klang nicht gut. Was würde Wolli tun, um das herauszufinden? Ich wollte es nicht darauf ankommen lassen.

»Wolli, lass sie in Ruhe«, rief ich. Dann wandte ich mich wieder Mike zu. »Sie wissen, dass du Stiehler ermordet hast.«

Mike nickte und sah mich traurig an. »Das ist jetzt blöd, Pauker. Das war so nicht geplant.«

Allerdings, dachte ich. Dass *ich* Bescheid wusste, musste Mike nicht sonderlich stören. Jeden Moment würde die Polizei hier sein und mich abholen, und was ich behauptete, würde überhaupt niemanden interessieren, am allerwenigsten Masic. Aber dass die Schüler nun auch noch Zeugen waren, das war ein Problem, für das es für jemanden wie Mike im Grunde nur eine Lösung gab.

»Ihr Wichser, lasst uns los«, rief Leila, die schon im Schwarzwald bewiesen hatte, dass sie keine Angst vor Männern hatte, die vor Gewalt nicht zurückschreckten. Sicher hätte sie gerne mit ihrem Cousin Omar, einem Drogenhändler, gedroht, aber dem waren derzeit beinah nicht nur sprichwörtlich die Hände gebunden.

»Ruhe«, bestimmte Wolli.

»Was willst du machen, mhm?«, fragte Mike Leila. »Omar kann dir wohl kaum helfen.«

Leila spuckte in seine Richtung. »Meine Familie ist groß, es gibt noch andere.«

Mike nickte. »Das glaub ich dir sogar. Aber niemand wird je erfahren, dass du hier gewesen bist, oder?«

»Vielleicht gibt es Leute, die wissen, dass wir euch beobachtet haben«, sagte sie.

Mike sah sie nachdenklich an. Das konnte natürlich sein, und das wäre in der Tat ein Problem für ihn. Er gab sich einen Ruck und schien diesen Gedanken abzuschütteln.

»Okay«, sagte Mike grimmig, »wir müssen rausfinden, ob jemand weiß, dass die hier sind. Wolli!«

Der Angesprochene nickte, ging ein paar Schritte zu einer Werkzeugkiste am Boden, öffnete sie, begutachtete den Inhalt, zog eine Zange hervor und trat damit zu den Schülern.

Mein Magen rebellierte, und ich dachte einen Moment lang, ich müsse mich übergeben. Gleich würde ich zusehen müssen, wie einer meiner Schüler gefoltert wurde. Und auch das war meine Schuld. Irgendwo hörte ich Josef K. leise kichern.

Wo blieb eigentlich die Polizei, wenn man sie brauchte? Ich hatte gedacht, Masic könne es nicht erwarten, mich zu verhaften.

Wolli baute sich vor Max auf und packte ihn mit einer Hand am Unterkiefer.

Max' Augen weiteten sich. »Niemand weiß, dass wir hier sind, ehrlich. Das ist die Wahrheit!«

Leila stöhnte genervt auf.

Max blickte entschuldigend in die Runde und murmelte: »Sorry.«

»Oh, Mann«, sagte Leila und verdrehte die Augen.

»Ich kann Schmerzen halt nicht leiden«, sagte Max entschuldigend.

»Das stimmt«, sagte Leila, »haben Sie ihn schon einmal erlebt, wenn er einen Schnupfen hat?«

»Meinst du, Boxen ist dann der richtige Sport für dich?«, fragte ich.

»Ruhe!«, fuhr Mike dazwischen. »Handys her!«

Ronaldo machte eine auffordernde Bewegung, alle drei holten ihre Handys heraus. »Entsperren«, sagte er, was einer nach dem anderen tat, dann untersuchte er die letzten Nachrichten.

Die Handys waren natürlich ortbar, eine technische Möglichkeit, die mir schon einmal das Leben gerettet hatte. Ich war gespannt, wie die Rocker dieses Problem zu lösen gedachten. Die drei Schüler sahen mich beunruhigt an. Ich versuchte, ihnen mimisch das Gefühl zu vermitteln, dass alles in Ordnung käme. Wie in den Western, die ich als Kind mit Martin und meinem Vater gesehen hatte. John Wayne, Gary Cooper und die anderen großen Helden hatten eine besondere Fähigkeit: ihren Schutzbefohlenen zu zeigen, alles würde gut, auch wenn die Wagenburg gerade von Indianern mit brennenden Pfeilen beschossen wurde. Ich hoffte, es gelang mir nur annähernd so überzeugend.

»Nichts zu sehen, Boss«, sagte Ronaldo. »Keine Posts, keine Nachrichten, keine Anrufe über ihren Aufenthaltsort.«

Mike nickte.

»Gut. Diese Halle hier ist nicht mit uns in Verbindung zu bringen. Nachher entsorgt ihr die Handys an verschiedenen Stellen, dann dürfte das kein Problem sein.«

Von draußen vernahmen wir das Geräusch von Polizeisirenen, Motoren und quietschenden Reifen.

Ronaldo kam von seinem Wachtposten herein. »Sie sind da, Boss.«

Hoffnung trat auf die Gesichter der Schüler.

Wolli zog seine Pistole und richtete sie auf die Jugendlichen. »Kein Mucks!«, sagte er und legte sich einen Finger über die Lippen.

Keinen Mucks müsste es heißen, dachte ich und ohrfeigte mich innerlich selbst, weil es mir nicht einmal in solch brenzligen Situationen gelingen wollte, diesen oberlehrerhaften Sprachstalinismus abzuschalten.

Mike und der bisher namenlose Rocker zogen sich in eine Art Kabuff zurück und starrten auf einen Monitor, vermutlich zeigte er das Bild der Überwachungskameras.

»Masic mit ein paar Kollegen«, sagte Mike so laut, dass ich es hören konnte.

Wir hörten draußen Stimmen und Schritte, dann klopfte es gegen die Tür.

Die Stimmen draußen wurden lauter. Es hörte sich nach einem Wortgefecht an.

»Deine Freundin und dein Bruder sind auch dabei, und anscheinend sehen sie die Sache etwas anders als dein Freund Masic«, rief Mike mir zu. »Eine Meinungsverschiedenheit offenbar.«

Erleichterung machte sich breit. Betty und Martin waren da. Sie ließen mich nicht alleine. Mike kannte die beiden von unserer ersten Begegnung im Schwarzwald.

»Deine Freundin ist übrigens sehr attraktiv, Horvath.«

Wieder wallte Zorn in mir auf. Ich sah, wie die Rocker mich angrinsten.

»Außerdem noch ein Typ mit Lederweste, wer ist das?«

Der Taxifahrer, dachte ich. Der Taxifahrer, der vor dem Tor auf mich gewartet hatte. Er war meine Lebensversicherung, denn er wusste als Einziger mit Sicherheit, dass ich hier drin war, zumal es keinen anderen Weg von diesem Gelände herunter gab.

»Der Taxifahrer«, sagte ich, »der mich hierhergefahren und draußen auf meine Rückkehr gewartet hat.« Mike sollte ruhig wissen, dass er mich nicht so einfach verschwinden lassen konnte. Masic konnte er alles Mögliche erzählen, aber der Taxifahrer war ein wichtiger Zeuge.

»Fuck«, presste Mike hervor. Der belustigte Ausdruck

auf den Gesichtern der Rocker war einer deutlich sichtbaren Anspannung gewichen.

Mike und der namenlose Rocker kamen aus dem Kabuff.

»Los, weg hier. Wir gehen rüber. Wir nehmen alle mit«, befahl Mike.

Wolli befahl den Schülern durch unmissverständliche Hinweise mit seiner Pistole aufzustehen und bugsierte sie Richtung Falltür.

Plötzlich spürte auch ich einen harten Gegenstand, vermutlich der Lauf einer Pistole, im Rücken.

»Auf geht's, Pauker«, knurrte Mike hinter mir.

Wir stiegen eine Treppe in einen diffus beleuchteten Gang hinab. Kurz bevor Mike die Falltür schloss, hörte ich, wie die Polizisten versuchten, hinter uns die Tür zur Halle aufzubrechen.

26.

Schweigend gingen wir den düsteren, komplett gemauerten und betonierten Gang entlang. Es roch modrig und feucht.

Nun hatte ich also wirklich auch noch meine Schüler in mein Dilemma hineingezogen. Die Frage des Mädchens heute Mittag fiel mir wieder ein. *Bist du ein Böser oder ein Guter?* Ich hatte Unschuldige niedergeschlagen und in Gefahr gebracht. Mich dünkte, nun war nicht nur Mike, sondern auch ich der Malefizbube in dieser Tragödie. Ich wusste zwar nicht, ob Mike und seine Männer wirklich dazu imstande waren, uns alle zu beseitigen, aber eigentlich hatte er fast keine Wahl, wenn er mit diesem Mord davonkommen wollte, wenn er seinen ausgeklügelten Plan zu Ende bringen wollte. Es ging ihm wie Macbeth, der irgendwann erkennen muss, dass er schon zu weit gegangen ist, um noch mit dem Morden aufzuhören. Er kann gar nicht anders, als zu vollenden, was er begonnen hatte:

Zu meinem Vorteil muss sich alles fügen;
Ich bin einmal so tief in Blut gestiegen,
Dass, wollt ich nun im Waten stillestehn,
Rückkehr so schwierig war als durchzugehn.

Vielleicht sollte ich auch aufhören, immer wieder aus Macbeth zu zitieren. Möglicherweise war doch etwas dran an dem Aberglauben der Schauspieler, dass das Stück Unglück brachte, weshalb man nie seinen Titel in den Mund nehmen durfte, sondern es nur *The Scottish Play* nannte. Am besten erwähnte man es gar nicht erst.

Schließlich erreichten wir eine Treppe, die wir emporstiegen und die zu einer weiteren Falltür führte, durch die wir alle nach oben kletterten.

Wir standen in einer Halle, die etwas kleiner war als die von eben. Obwohl sie nur spärlich beleuchtet war, konnte ich erkennen, dass sie voller Fahrzeuge, Autos und Motorräder sowie Baumaschinen stand.

Auf einer Seite war in etwas mehr als zwei Meter Höhe eine zweite Ebene eingezogen, die sich durch eine Metalltreppe gleich neben der Falltür erreichen ließ und auf der weitere Metallkisten und Fässer gelagert waren.

Ronaldo wies die Schüler an, sich auf zwei der Kisten zu setzen, die in einigem Abstand zu einer der Seitenwände standen.

»Chef, was machen wir?«, fragte Wolli.

Ich fragte mich, wie sie vorgehen würden. Konsequent zu Ende gedacht, mussten sie unserer Leichen ja auch verschwinden lassen. Die Metallfässer, die hier herumstanden, ließen mich nichts Gutes ahnen, was die *Lösung* dieses Problems anging.

Ein scheppperndes Geräusch aus der Ecke, in der sich die Falltür befand, ließ uns herumfahren.

Mit einer Kopfbewegung wies Mike Wolli an, nachzusehen.

Wolli ging hinter einen Stapel Kisten und verschwand für einen Moment.

Dann schrie er. »Fuck. Ich seh nichts mehr!«

Ich reckte den Hals, um zu erkennen, was geschehen war, doch man hörte nur Wollis Wehklagen, sehen konnte man nichts von ihm.

»Was ist denn los?«, rief Mike ungehalten.

»Keine Ahnung, meine Augen. Scheiße!«

Mike wies Ronaldo an, nachzusehen, was vor sich ging. Der ging nach hinten, und als er unter der zweiten Ebene durchgehen wollte, fiel von dort ein Fass herunter, genau auf seinen Kopf, worauf er wortlos zusammenbrach.

Wolli tastete sich unterdessen in unsere Richtung, eine Hand vor den Augen, die andere als Fühler benutzend.

»Was zur Hölle ist denn …?«, rief Mike.

Ich machte mich bereit. Was oder wer auch immer das war, der mir hier beistand, ich musste die Gelegenheit nutzen. Ich versuchte, meine Sinne und meinen Körper unter Kontrolle zu bringen.

Ich atmete ein und aus. Entspannte meine Muskeln und fokussierte mich.

Ronaldo lag reglos am Boden, Wolli kämpfte immer noch mit seinen Augen.

Zwei Gegner, einer davon Mike. Da sprang ein schwarzer Schatten von der zweiten Ebene herunter, war mit wenigen Sätzen bei mir und stellte sich neben mich.

Vida.

Die Unsichtbare.

Sie hatten sie übersehen.

Mike und der namenlose Rocker sahen einander verblüfft an.

»Wieso ist der Pauker nicht gefesselt?«, rief Mike.

Wenn die Rocker überhaupt einen Fehler gemacht hatten, dann diesen.

Tai-Chi ist eine jahrtausendealte chinesische Kampfkunst. Im alten China waren viele Tai-Chi-Kämpfer nach ihrer Ausbildung Leibwächter. Legendär war ihre Fähigkeit, Angreifer im Nahkampf abzuwehren. Heute wird dabei in der Regel nicht mehr gegen einen echten Gegner gekämpft, der Konflikt wird vielmehr nachgeahmt, weshalb man auch von einer *inneren Kampfkunst* oder *Schattenboxen* spricht. Die meisten Menschen sehen Tai-Chi heute als Leibesübung an, die gut für die Gesundheit ist.

Daher muss, wer Tai-Chi als Kampfkunst lernen will, erst einmal einen Lehrer dafür finden. Der Kampfkunstaspekt wird kaum noch unterrichtet. Meister Shixin, mein Lehrer, war so jemand. Über viele Jahre zeigte er mir Dinge, von denen ich hoffte, sie nie gebrauchen zu müssen. Ich kannte Vitalpunkte und konnte Gegner kurzzeitig oder länger außer Gefecht setzen, durch einen Stich mit dem gestreckten Finger ins Auge beispielsweise oder einen Schlag aufs Schambein, ebenso durch einen Schlag auf die Halsschlagader, wodurch der Gegner das Bewusstsein verlor.

Natürlich konnte man auch weiter gehen.

All das wusste ich hauptsächlich aus der Theorie oder von meinen vielen Stunden bei Meister Shixin. Angewandt hatte ich es vor dem gestrigen Tag nur einmal während meines Studienaufenthalts in Wien, als mich zwei Dunkelmänner meiner Geldbörse hatten berauben wollen. Es war ihnen nicht gelungen. Allerdings waren die beiden keine geübten Kämpfer gewesen. Genauso wenig wie Jennys Freund und mein Vorgesetzter gestern.

Das würde nun gleich ganz anders sein. Ich atmete zweimal ein und wieder aus. Dabei entspannte ich meine Muskeln und richtete meine Gedanken auf das eine Ziel, das nun wichtig war.

Es war meine einzige Chance.

Ich machte mich bereit.

Statt einer Antwort auf die Frage, wieso ich nicht gefesselt war, ging ich auf Mike zu und trat ihm mit voller Wucht gegen den Hals. Zumindest war das die Idee gewesen.

Es gelang mir auch durchaus, Mike zu überraschen, aber seine Reflexe waren ausgezeichnet, und er war auch flinker, als es seine Statur erahnen ließ. Im letzten Moment wich er ein Stück zur Seite, weshalb ich ihn nur seitlich am Kiefer traf. Er stöhnte auf und verlor für einen Moment das Gleichgewicht. Ich versuchte, diesen Moment zu nutzen, und hieb ihm von der anderen Seite mit der Handkante gegen die Halsschlagader, aber auch diesen Schlag sah er kommen und wehrte ihn mit dem Unterarm ab.

»Andi, pass auf«, schrie Mike, und in dem Moment hörte ich erst Vida schreien und dann den bislang namenlosen Rocker namens Andi.

Ich sah im Augenwinkel, dass Andi zu Boden ging. Wie Vida das gelungen war, konnte ich nicht erkennen. Andi stöhnte.

Mike hatte sich so weit wieder erholt, dass er in Verteidigungshaltung ging. Er war mit Kampfsport vertraut, wie ich an seiner Position erkannte.

In dem Moment sah ich, wie die drei Schüler aufstanden und sich Richtung Falltür schlichen. Offenbar hatte Vida ihre Fesseln gelöst.

»Andi, Achtung, die Schüler«, rief Mike, wodurch sowohl er als auch Andi abgelenkt waren.

Vida stürzte sich von hinten auf den sich Richtung Schüler schleppenden Andi, warf ihn erneut zu Boden und setzte sich auf seinen Hals, zog einen Gegenstand hervor und sprühte ihm damit ins Gesicht.

Andi schrie.

Pfefferspray offenbar, mit dem sie wahrscheinlich auch Wolli außer Gefecht gesetzt hatte.

Der versuchte sich nun, nur nach Gehör handelnd, auf sie zu stürzen, doch sie war blitzschnell auf den Beinen und trat dem Ahnungslosen gegen den Solarplexus, worauf er keuchend zusammensackte.

Ich hätte das alles nicht so genau beobachten sollen, denn Mike nutzte meine Ablenkung zu einem Gegenangriff. Sein Schlag war nicht über die Maßen schnell, aber sehr kräftig, ich zuckte zurück, doch seine Faust traf mich dennoch schmerzhaft am Ohr. Ich ignorierte den Schmerz, wirbelte nach vorne und deckte ihn mit beidarmigen Handkantenhieben im Wechsel ein. Er nahm die Arme hoch und schützte seinen Kopf, wodurch sein Unterkörper ohne Deckung war. In dem Moment, als ich das Knie hob, um ihn in den Magen zu treffen, holte er ansatzlos aus seiner Deckung heraus mit der rechten Faust aus und traf mich mitten im Gesicht.

Damit hatte ich nicht gerechnet.

Während ich zu Boden ging, geschah allerdings etwas auch für ihn Überraschendes. Vida, die keinen weiteren Gegner mehr hatte, nutzte den Moment seines Schlages, um ihn seitlich heranfliegend in die Weichteile zu treten. Während er stöhnend nach vorne kippte, stand sie blitzschnell auf, rammte ihm ihr Knie ins Gesicht und schlug ihm von hinten ins Genick.

Darauf flog er lautlos um und rührte sich nicht mehr.

Ich wischte mir das Blut aus dem Gesicht und befühlte meine wahrscheinlich gebrochene Nase. Mein Ohr schmerzte von Mikes Schlag, und ich hatte das Gefühl, mein Gleichgewichtssinn war nicht mehr intakt.

Vida stand schwitzend und schwer atmend neben mir. Sie blies sich die schwarzen Haare aus dem Gesicht und nahm meine Hand.

»Kommen Sie, Herr Horvath, weg hier.«

Unter den Schreien Wollis und Andis zog sie mich Richtung Falltür, öffnete sie und führt mich hinab in den Gang.

Ich spürte, wie mir die Kräfte schwanden. Mir fiel ein, dass ich den ganzen Tag nichts gegessen und kaum etwas getrunken hatte. Außerdem war ich voll banger Sorge, dass Mike mir mehr als eine gebrochene Nase verpasst haben könnte. Der Schlag hatte die Wucht einer Abrissbirne gehabt. Vielleicht eine Gehirnerschütterung?

Die Welt wurde schwarz, und ich fiel.

27.

Das Erste, was ich sah, als ich wieder zu mir kam, war Bettys Gesicht. Es sah aus wie das eines schwarzhaarigen Engels. Betty. Am Ende war es immer Betty.

Ich hörte Schritte und hektisches Stimmengewirr.

»Wie lange war ich weg?«

»Nicht lange, paar Minuten.«

»Kam mir vor wie ein paar Tage.«

Betty beugte sich vor und gab mir einen sanften Kuss auf die Stirn. »Komm. Es ist vorbei. Die Schüler haben alles erzählt.«

Sie zog mich hoch.

In dem Moment knallte es. Es klang wie ein Schuss. Ich sprang auf. Geduckt gingen wir den Gang entlang wieder zurück, in Richtung der Halle, in der gerade der Kampf stattgefunden hatte.

»Bleib hinter mir«, sagte Betty und kletterte langsam die Treppe zur geöffneten Falltür nach oben.

Ein weiterer Schuss fiel.

»Was ist da los?«, fragte ich.

»Die anderen sind alle schon da oben«, sagte Betty. »Martin, Masic und ein paar Kollegen.«

»Und die Schüler?«

»Sind auf der anderen Seite in Sicherheit.« Sie zeigte

mit dem Finger den Gang entlang zu der ersten Halle. Ich nickte erleichtert. Wieder knallte ein Schuss.

»Gib auf, Mike!«, hörte ich Martin rufen. »Das bringt doch jetzt nichts mehr.«

Mike musste sich schnell wieder erholt haben und war offenbar nicht bereit aufzugeben.

Betty steckte vorsichtig den Kopf aus der Falltür und wies mich an, unten zu bleiben. Sie zog ihre Waffe und stieg geduckt nach oben. Dann war sie verschwunden.

Wieder fielen Schüsse.

»Niemals!«, rief Mike zurück.

Ich konnte nicht hier unten bleiben. Unmöglich. Langsam stieg ich hinauf.

Vorsichtig spähte ich in die Halle. Ich sah Betty, Martin und noch einen Polizisten in der Nähe der Falltür hinter Fässern und Kisten kauernd, dann fiel mein Blick auf Masic, der hinter einem Motorrad kniete, die Waffe im Anschlag. Er sah mich kurz an und gleich wieder weg.

Mike hatte sich in der Nähe des Ausgangs hinter einer Motorhaube verschanzt, allerdings war der Ausgang etwa zwei Meter von ihm entfernt; zwei Meter, die er ohne Deckung hätte zurücklegen müssen, was ihm momentan nicht möglich war.

Ein Rocker, vermutlich der von einem Fass getroffene Ronaldo, lag immer noch am Boden. Wolli und Andi saßen mit tränenden und roten Augen gefesselt an der hinteren Hallenwand.

In dem Moment rannte Betty wortlos an mir vorbei, zurück durch die Falltür, die Treppe hinunter, die in den unterirdischen Gang führte. Irritiert sah ich ihr nach.

Von meiner Position aus konnte ich Mike teilweise hinter seiner Motorhaube kauern sehen. Hätte ich eine Waffe gehabt, wäre das ein guter Ort gewesen, ihn zu treffen. Ich erkannte, wie er mit einer Hand die schwarze Tasche mit dem Geld öffnete und hineinsah. Vielleicht wollte er sich vergewissern, ob er, sollte ihm die Flucht von hier gelingen, über genügend Bargeld verfügte. Er griff mit den Händen hinein, und ich sah, wie sich seine Augen weiteten.

Er hob die Hand in die Höhe.

Sie war voller Papierbündel.

Langsam ließ er das Papier aus der Hand fallen.

Wir hörten ein Lachen. Es war nicht das übliche dröhnende Donnern, das er sonst von sich gab, es klang höher, beinahe hysterisch. Martin, Masic und der Polizist schauten sich an, dann sah Martin zu mir. Ich wusste nicht, was los war.

Mike lachte und konnte offenbar gar nicht mehr damit aufhören.

»Pauker, bist du da?«, rief er irgendwann.

»Bin ich.«

»Ich kann das nicht glauben, Pauker, du hast mich wirklich ausgetrickst. Unglaublich.«

Ich wusste beim besten Willen nicht, was er meinte.

»Das ist so bescheuert, das ist schon wieder gut. Hast du allen Ernstes geglaubt, du kommst damit durch?«

»Mit was genau?«, fragte ich.

Mike lachte wieder, aber es klang nun müde und resigniert. »Du machst mich fertig, Pauker. Ehrlich wahr. Ich habe dich unterschätzt. Oder überschätzt, ich weiß es nicht einmal.«

»Mike, gib auf, du sitzt in der Falle«, rief nun Masic.

»Sei du bloß ruhig, du Supercop«, höhnte Mike.

Ich sah, wie Martin bei diesen Worten grinste.

In dem Moment sprang Mike erstaunlich schnell auf und war mit einem großen Satz beim Ausgang. Martin schoss, als Mike die Tür aufriss, aber die Kugel schlug neben Mike in der Wand ein. Mike setzte zur Flucht aus dem Gebäude an, doch in dem Moment fror seine Bewegung ein.

Er hob langsam die Hände und ging zwei Schritte rückwärts.

»Nicht schießen, Kollegen«, hörte ich eine weibliche Stimme, die mir sehr bekannt vorkam.

Betty folgte dem rückwärtslaufenden Mike zurück in die Halle, ihre Waffe auf seinen Kopf gerichtet.

»Auf die Knie, Hände hinter den Kopf.«

Und das tat Mike.

Es war vorbei.

Obwohl, noch nicht ganz.

Ich sah, wie Martin mit schnellen Schritten auf Masic zuging und ihm mit der Faust ins Gesicht schlug, sodass dieser zu Boden ging.

Epilog

Jahrelang war es den Caballeros gelungen, sich dem Zugriff des Gesetzes zu entziehen, jetzt flog alles auf. Waffenhandel, Drogenhandel, Erpressung und zumindest ein einigermaßen nachgewiesener Mord. Natürlich basierte der Verdacht gegen den in Untersuchungshaft sitzenden Mike zunächst hauptsächlich auf der Aussage von Neno und Lukas, aber insgesamt fügte sich doch alles zu einem schlüssigen Bild. Mikes verfrühter Abgang aus der Physiopraxis, meine Aussage, ihn im Treppenhaus getroffen zu haben, das Knistern beim Gehen. Außerdem waren heute, wie ich eben erfahren habe, beide Kontaktleute der Caballeros bei der Kripo aufgeflogen. Der Labortechniker, der dafür gesorgt hatte, dass meine Fingerabdrücke auf Stiehlers Büste zu finden waren, und Masics Assistent, der Mike über den Stand der Ermittlungen unterrichtet hatte und, wie sich herausstellte, schon seit Jahren als Mikes Informant, beispielsweise über geplante Razzien, tätig war.

Auch der Inhalt der ersten Halle, wo die Geldübergabe hatte stattfinden sollen, war für die Polizei aufschlussreich gewesen. Neben Waffen, Tilidin und anderen Drogen unterhielten die Caballeros offenbar noch einen florierenden Handel mit gestohlenen Fahrzeugen aller Art. Der Tunnel verband diese Halle mit dem Hauptquartier des Clubs oder vielmehr einer kleineren Lagerhalle auf dem Gelände, auf dem sich das Hauptquartier befand. Die beiden Grundstücke waren durch eine viel befahrene zweispurige Straße voneinander getrennt, die Betty unter Lebensgefahr rennend überquert hatte, nachdem sie kombiniert hatte, auf welchem Grundstück sich die zweite Halle, in der die Schießerei stattfand, stand und aus welcher Tür Mike vermutlich gleich zu fliehen versuchen würde. Und sie war genau im richtigen Augenblick dort eingetroffen, um Mike an der Flucht zu hindern.

Mike und seine Kumpane stritten natürlich alles ab, aber es waren doch zu viele sich deckende Aussagen gewesen – von den Schülern, mir selbst, dem Taxifahrer und dessen Beobachtung, wie Wolli und Andi die Schüler mit gezückter Waffe auf das Gelände trieben, und nicht zuletzt Frau Stiehler –, die dafür gesorgt hatten, dass die Polizei bei den Caballeros nun doch einmal genauer hinsah und Mike verhaftete.

So flog auch Masics Irrtum auf. Allerdings ohne dass ihm bislang Vorsatz nachgewiesen werden konnte, dafür, dass er tagelang den falschen Verdächtigen verhaften wollte und dabei entscheidende Hinweise übersehen hatte. Offenbar war den Beamten in den drei Tagen weder etwas über Stiehlers Tilidin-Handel noch über die Affäre seiner Frau mit einem anderen Mann zu Ohren gekommen, von all den anderen möglichen Verdächtigen, die ich ausfindig gemacht hatte, ganz zu schweigen. Immerhin hatte laut Martin die Dienstaufsicht ihre Ermittlungen gegen Masic aufgenommen. Auch Martins Schlag in Masics Gesicht würde hierbei genauer untersucht werden, ich hoffte ohne allzu schlimme Konsequenzen für meinen Bruder.

Die Tasche mit den Papierschnipseln stellte die Kripo vor ein Rätsel, das letztlich keine allzu große Rolle spielte. Masic, nachdem er sich von Martins Schlag erholt hatte, sah sich die Tasche eine Weile an, dann schüttelte er den Kopf und beschloss, das Thema einfach zu ignorieren, Martin lächelte beinah unmerklich in meine Richtung, und ich sah Betty an. Die blickte ausdruckslos zurück, doch durch ein leichtes Zucken ihres Mundwinkels erkannte ich, dass sie es gewesen war, die nach meiner SMS, in der ich ihr von allen Details des Tages rund um Frau Stiehler und die vermeintliche Erpressung durch die Caballeros berichtete, beschlossen hatte, das Geld im Schließfach aus der Tasche zu nehmen und gegen Papierschnipsel auszutauschen.

Mittlerweile haben Betty und ich das Geld zurückgegeben. Martin hat dafür gesorgt, dass es offiziell bei den Caballeros gefunden wurde und so keine Verbindung zu uns hergestellt werden konnte. Es fühlt sich besser an, es nicht zu haben. So kann sich auch die Karma-Polizei wieder wichtigeren Fällen widmen. Mein Herz ist rein.

Was Mike anging, so gab es letztlich nur wenig Beweise für seinen Mord an Stiehler. Außer unseren Aussagen und einer kleinen Lücke in seinem Alibi war es nicht viel, was die Staatsanwaltschaft in der Hand hatte, und ein Geständnis würde Mike nie ablegen. Zwar hatte die Polizei genug gefunden, um Mike wegen mannigfaltiger Vergehen anzuklagen, aber der Ausgang des *Mord*prozesses war ungewiss. Ich selbst war dank der Aussage von Dr. Kroll von jedem Verdacht reingewaschen. Die Begegnung mit ihm vor Stiehlers Praxis genau zur Tatzeit war meine Rettung gewesen.

Frau Stiehler rief mich am Tag nach der Schießerei in der Lagerhalle an.

»Herr Horvath, Stiehler hier. Es tut mir leid, Sie in eine solche Notlage gebracht zu haben, aber ich hatte das Gefühl, keine Wahl zu haben. Ich möchte mich bei Ihnen bedanken. Dafür, dass Sie mir mit dem Geld geholfen hätten. Es gibt nicht viele Menschen, die dazu bereit gewesen wären. Zumal wir uns ja kaum kennen.«

»Wieso haben Sie mir nicht gleich, als ich zum ersten Mal bei Ihnen war, von den Caballeros erzählt?«, fragte ich.

»Ich konnte nicht. Kurz vor Ihrem Besuch hat dieser Wolli mich angerufen und mir den ganzen Plan erklärt. Ich solle noch einen Tag warten, mich dann bei Ihnen melden und von der Erpressung erzählen und davon, dass ich diesen Streit zwischen Wolli und meinem Mann beobachtet hätte. Er hat mir versichert, wenn ich mitspielte, wäre ich schuldenfrei. Ich habe mich darauf eingelassen.

Mir steht das Wasser auch so bis zum Hals. Ich werde das Haus nicht halten können, ich dachte, mein Mann hätte eine Risikolebensversicherung, aber wie es aussieht, gibt es da Probleme.«

»Das tut mir leid zu hören«, sagte ich ratlos. War ich nun meiner ärgsten Sorgen wegen Stiehler ledig, wurden ihre offenbar immer größer. »Danke noch für das Notizbuch«, fügte ich hinzu.

»Bitte«, erwiderte sie. »Es war alles, was ich tun konnte. Ich hatte so eine Ahnung, dass es Ihnen helfen könnte, den wahren Mörder zu finden und sich selbst zu retten.«

»Das hat es«, sagte ich.

»Ich habe die Klage gegen Sie wegen Thor zurückgezogen«, sagte sie noch. Und damit war das Telefonat beendet.

Als Nächstes überlegte ich mir, wie ich Tschakka und Tim für ihre Hilfe danken sollte. In Ermangelung einer besseren Idee verabredete ich schließlich ein Treffen zu dritt in Tschakkas Wohnung und besorgte auf dem Weg drei Hawaii-Pizzas mit Salat. Den Salat würdigte Tschakka keines Blickes, doch die Pizza kommentierte er mit einem erfreuten Grunzlaut, bevor er sich darüber hermachte.

Ich fragte Tim, ob das so in Ordnung ginge, kauend und grinsend zeigte er mir den Hochdaumen.

»Tja, Tim«, sagte ich zu ihm, »sieht so aus, als zöge dich

die Bekanntschaft zu mir regelmäßig in irgendwelche Kriminalfälle hinein.«

Er nickte. »Das stimmt, Herr Horvath, aber mein Leben ist gerade nicht so aufregend, ich find das gut so, und diesmal war ich ja nicht einmal selbst in Lebensgefahr.«

Damit spielte er auf seinen Versuch vor einem Jahr im Schwarzwald an, seine nun verflossene Freundin Leila zu retten, der ihn in höchste Not gebracht hatte.

Und natürlich musste ich mich noch einmal bei den Schülern melden, mit ungutem Gefühl, denn ich hoffte, deren Eltern würden mich nicht dafür zur Verantwortung ziehen, ihre Kinder in Gefahr gebracht zu haben.

Ich verabredete mich mit Amir, Max, Lukas, Neno, Vida und Leila auf dem Kanonenplatz, der oberhalb der Innenstadt gelegen einen schönen Blick über Freiburg bot.

Ich hatte eine Kühltasche mit verschiedenen antialkoholischen Getränken dabei, und wir stießen miteinander an.

»Ich greif einfach mal so random rein«, sagte Max und fischte eine Cola aus der Kühltasche hervor, was er juchzend kommentierte. Offenbar das Getränk seiner Wahl.

»Ich möchte mich dafür entschuldigen, dass ich euch in so eine Situation gebracht habe«, sagte ich.

Die Schüler widersprachen empört.

»Herr Horvath, sting like a bee«, rief Max aufgebracht, »wir haben es Ihnen doch angeboten, Sie konnten da praktisch überhaupt nichts machen, wir waren wie hilfsbereite Terrier oder so, wir …«

»Max, ist gut«, unterbrach ihn Leila lächelnd. »Herr Horvath versteht dich auch so.«

Ich nickte.

»Unseren Eltern haben wir gesagt, dass wir das alles völlig selbstständig entschieden haben, uns war halt langweilig wegen Lockdown und so, da haben Sie nichts zu befürchten«, sagte Neno. »Stimmt ja eigentlich auch. Ist doch besser, als den ganzen Tag *Fortnite* zu spielen.«

Erleichtert nahm ich das alles zur Kenntnis, auch wenn ich mir nicht ganz sicher war, ob ich den letzten Satz so unterschreiben würde.

Dann wandte ich mich an Vida.

»Vida, ich …« Mir fehlten tatsächlich die Worte. Ich wusste nicht, wie ich das, was sie für mich und die anderen getan hatte, artikulieren oder wertschätzen sollte. Sie hatte uns das Leben gerettet. Wie bedankte man sich für so etwas?

Ein Lächeln huschte ihr übers Gesicht.

»Ist schon in Ordnung, endlich wusste ich mal, für was ich seit Jahren trainiere.«

»Du bist gut«, sagte ich. »Besser als ich«. Ich zeigte auf meine noch immer schmerzende und sich seit Mikes Schlag noch seltsam instabil anfühlende Nase.

»Ich hatte den Überraschungseffekt auf meiner Seite«, sagte sie leise. »Das war alles.«

»Wie ein Ninja, echt mal«, sagte Max anerkennend.

»Meganice«, ergänzte Amir, und mehr gab es dazu offenbar nicht zu sagen.

»Herr Horvath«, sagte Lukas, »für Sie immer. Wenn wieder etwas ist, wir sind zur Stelle.«

Verblüfft sah ich meine Schüler an und schüttelte den Kopf. »Neno und Lukas, bitte hört augenblicklich auf, euch wegen irgendetwas schuldig zu fühlen. Das war sowieso nie nötig, und ich erkläre jegliche vermeintliche Schuld hiermit für getilgt. Und ihr anderen, erklären kann ich euer Verhalten nicht, aber ich fühle mich geehrt und danke euch. Nicht random, sondern ganz gezielt.«

Wir sahen uns beinahe feierlich an und hoben unsere Flaschen noch einmal gegeneinander.

Jetzt, da Betty mir auf meinem Balkon gegenübersitzt und wir den Beginn meiner Pfingstferien und meine wiedergewonnene Freiheit mit einem Glas Wein feiern und dabei der Sonne im Westen zusehen, wie sie orangerot hinter den Dächern der Stadt verschwindet, habe ich doch noch ein oder zwei Dinge mit ihr zu besprechen.

»Das mit dem Papier in der Geldtasche war aber ganz schön gefährlich. Was wäre gewesen, wenn Mike gleich in die Tasche geschaut hätte?«

Sie trinkt und sieht mich aus ihren großen dunkeln Augen an. »Ich war mir sicher, er würde dir nicht zutrauen, dass du mit Papierschnipseln da aufkreuzt. Das macht doch niemand, das ist doch Wahnsinn. Außerdem hatte ich, was Mike anging, so einen Verdacht, und ich ahnte auch, dass er diesen Moment nutzen würde, dich bei der Polizei zu melden. Ich hatte vor, früher da zu sein, vor Masic, um dir eventuell beistehen zu können, wenn etwas schiefgeht, bevor Masic kommt, aber der hat verhindert, dass wir ihm dazwischenfunkten.«

»Wie das?«

»Er hat uns in unserem Büro eingesperrt und den Schlüssel mitgenommen. Es hat eine Weile gedauert, bis die Kollegen die Tür aufbekamen. Hat ihn allerdings niemand gesehen dabei, nicht einmal wir selbst, aber wer soll es sonst gewesen sein? Der war schon die ganze Zeit völlig paranoid, hat sich nur im Geheimen mit seinem Team getroffen und uns komplett isoliert. Wir haben nichts mehr erfahren. Er hat vermutlich unsere Handys abhören lassen, ob wir mit dir kommunizieren oder dir Nachrichten schicken, daher haben wir die Nummern gewechselt. Ich bin sicher, der hat uns auch überwachen lassen. Aber all das können wir nicht beweisen. Keine Ahnung, wie die Dienstaufsicht das alles bewertet, aber Martin hat ihm ja für alle Fälle schon mal die passende Antwort gegeben, finde ich.«

»Dieser Narr«, sage ich.

Wenigstens weiß ich nun aber, weshalb Betty und Martin sich so rargemacht haben mit ihrem Beistand, als ich ihn so dringend benötigt hätte. Sie haben mir einfach nicht besser helfen können.

Oder? »Aber jetzt mal ehrlich«, sage ich und sehe sie an, »warst du zu jedem Zeitpunkt von meiner Unschuld überzeugt?«

Sie leert den letzten Schluck aus ihrem Glas, stellt es ab, faltet die Hände in ihrem Schoß. »Wie lautet dieses Zitat, das du so gerne erwähnst? Die Klugen sind so voller Zweifel, nur die Dummen wissen alles.«

»Aber, hör mal. Wir sind doch eine Art Liebespaar, oder? Wir sind zusammen. Du kannst mir vertrauen und einfach einmal prinzipiell davon ausgehen, dass ich kein Mörder bin, zumindest so lange, bis das Gegenteil bewiesen ist.«

Sie nickt und sieht mich ernst an. »Horvath, ich weiß, so sollte das sein. Aber ich mach das jetzt auch schon eine ganze Weile bei der Kripo. Was meinst du, was ich mit eigenen Augen gesehen und mit eigenen Ohren gehört habe? Ich glaube, jeder Mensch hat drei Leben. Ein öffentliches, ein privates. Und ein geheimes. Und geheim heißt, niemand, nicht einmal die Lebensgefährten wissen davon. Süchte, Affären, Porno, Bordellbesuche, Gewalt, alles ist möglich und geschieht Tag für Tag. Und kommt immer überraschend. Diese muskelbepackten russischen Killer aus den Filmen sind es eher selten. Es ist der Ehemann, der nette Nachbar, der Briefträger, bei dem sich die Abgründe zeigen, wo das Böse unter der Oberfläche schlummert.«

Ich sehe sie an. Vermutlich hat sie recht. Was weiß ich

schon. Die Welt ist ein Rätsel, und die Menschen sind es erst recht.

»Und bei mir kommt dazu«, fährt sie fort, »dass ich mich schwertue, jemandem voll und ganz zu vertrauen. Es gibt da diese Sperre, die mir rät, immer ein wenig Abstand zu halten, immer ein wenig vorsichtig zu sein. Sicher irgendwas aus meiner Kindheit, es gibt vielleicht Menschen, die das erklären könnten.«

Sie atmet tief ein und wieder aus.

Ich bin beinah gerührt. So viel an einem Stück redet sie selten. Und schon gar nicht darüber, wie es in ihr drinnen, in dieser so faszinierenden wie rätselhaften Seelenlandschaft, wirklich aussieht.

»Es tut mir leid. Für einen Moment sah es wirklich so aus, als könntest du es gewesen sein«, sagt sie und lächelt leicht.

Ich entsinne mich, dass ich das kurz sogar selbst für möglich gehalten habe.

Ich nicke, lächele sie an und stelle mein Weinglas auf den Tisch vor dem Sofa.

»Und fandst du das irgendwie faszinierend, die Vorstellung, dass ich ein Mörder bin?«

Der Hauch eines Lächelns umspielt ihre Lippen. Ein wohliger Schauer läuft mir bei ihrem Anblick über den Rücken. Sie sieht wunderschön aus im Licht der untergehenden Sonne. »Horvath, ich sitze hier, weil du nicht normal bist. Ich bin es zwar auch nicht, aber ein Mörder musst du nicht unbedingt sein. Du reichst mir völlig so, wie du bist.«

Für einen Augenblick zwischen zwei Sekunden erwäge ich ihr zu sagen, dass ich sie liebe, schrecke aber davor zurück. Ich fürchte, so weit sind wir noch nicht.

Die Sonne ist nun untergegangen, und es wird merklich kühler.

Betty steht auf und hält mir die Hand hin. Beim Blick in ihre dunklen Augen schwindelt mir.

»Gehen wir jetzt endlich rein?«, fragt Betty.

Und das tun wir.

Mein Dank geht an:

Regine Weisbrod und Carolin Graehl für das wie immer so gnadenlose wie essenzielle Lektorat.

Außerdem an Kai Gathemann von der Literaturagentur Gathemann für seine stetige Unterstützung.

Und natürlich: an Anne. Dafür, dass sie diesen ganzen Irrsinn mitmacht.